THE WAY WE WERE

高璇 任宝茹

著

2

中国友谊出版公司

THE
WAY WE WERE

归 去 来

THE
WAY WE WERE

归/去/来

THE
WAY
WE WERE

归 / 去 / 来

THE
WAY
WE WERE

THE
WAY WE WERE

归去来

第13章

成然行驶在别墅区行车道上,还没到成家别墅,就见路边停着两辆搬家公司的厢式货车,搬家工人们进进出出,正往一栋别墅里搬家具,随即他放慢车速,因为看见那个正连说带比画、用中文鸡同鸭讲地指挥工人们的中年华人妇女,正是绿卡她妈!一脚急刹停车,成然想看个明白:绿卡她妈为什么会出现在这里?居然还是在搬家!

绿卡冲出别墅大门,她看见成然开车经过,直奔而来:"亲,你回来了?"

成然一脸懵逼地下了车:"你……你们……这是什么情况呀?"

绿卡爸老金也大步流星地冲出别墅:"哎哟,我的帅女婿!好久不见了。"

成然望着这一家三口:"你们家怎么……全都在这儿?"

绿卡回答他:"因为这儿是我家呀。"

成然的脑子发出嗡的一声轰鸣,以为没听清,又问了一遍:"这儿?谁家?"

"我家!我爸妈把这栋别墅买下来了。"

绿卡爸妈露出财大气粗的微笑,一起含蓄低调地点头确认。

第 13 章

成然把内心的恐惧尽量包装成真诚的建议:"这儿的房子性价比不是那么高,你们应该再看看、多选选……"

绿卡爸大手一挥:"不用,我就看上这儿了!露露一说你们这儿有房出售,我立刻出手,第一时间拿下。中国人嘛,最稳妥的投资理财还是买房!"

绿卡妈亲热如火:"女婿,以后咱两家就隔100米,随时互通有无。将来等你俩有了小宝宝,我们在这边帮着带孩子,你俩照样可以在你那边享受二人世界。"

成然五雷轰顶,趁着绿卡妈继续用中文指挥美国工人、绿卡爸心疼他的红木圈椅的工夫,一把揪住绿卡:"是你撺掇他们买的吧?"

"我不是要追你吗?住得近,追起来方便。"绿卡肝胆相照,"别担心,我先不让他俩过来住,这就是咱俩的二人世界,等以后有了孩子,再让他们过来。"

一张天网正从天而降,成然还能往哪儿逃呢?最后一个能救他的成伟也走了,赖不着谁,也怨不着谁,成然只能自食其果,因为这张网他自己也没少帮着织。

从被春田大厨视频直播脱衣秀肉、赠送私定寿司那一晚开始,只要在萧清的上班时间,无论她在招呼客人、点菜、传菜还是上菜,都不时感觉到春田追随自己的黏稠眼神,她总避免不了要到寿司制作间的窗口外取做好的寿司,好几次被他趁机捏住她的手,除了尽量不引人注目地挣脱掉,萧清对他无可奈何。

找了个合适时机,趁老板走到后门外抽烟放松、独自一人时,萧清走过去,想让他了解自己的处境,并对春田大厨有所干预。

"老板,我有点困扰,想请你帮忙。"

"什么困扰?"

"关于春田大厨,我觉得……他太热情了。"

"春田大厨的确是个热情的人,他厨艺这么好,就是因为对料理怀着巨大的热情,有爱的食物才会格外美味。"

"他对食物热情,我完全没有意见;但是对人,热情过头,影响了我的工作。"

老板迅速明白了萧清另有所指:"你想说什么?"

萧清只好把话挑明:"他对我经常有摸手、拍屁股一类的身体接触,这很困扰我。"

老板嘿嘿一笑,暴露出他对萧清屡被骚扰这件事并非瞎子:"他的确对你很热情,否则也不会强烈要求我把你留下来。你能有这份工作,是拜他所赐。"

"老板,我很珍惜这个工作,所以能不能请你跟春田大厨谈谈?"

"谈什么?他对食物的热情和对你的热情没有什么区别,唯有美食与爱不可辜负嘛。我给你的建议是:反正摸一下、碰一下你也不损失什么,不如试着把这当成一种生活情趣来享受,就不会觉得困扰了,说不定还会有惊喜。小姑娘少见多怪,好了,去工作吧。"老板扔下萧清,径自进店。

"Excuse me?这是生活情趣?"老板的不以为然和轻描淡写让萧清以为程序出错的是自己,也让她立刻认清并接受了一个现实:日料店的处境,除了自己,没有人能帮她。

深夜打烊后,萧清做完整个店面清洁,手拎两只硕大的垃圾袋,走出后门,把垃圾扔进垃圾桶,这是她每天的收尾工作。突然,她的屁股又被拧了一把,萧清一声尖叫,猛然回身,全身开启戒备模式。果然,春田大厨悄无声息地来到眼前,正对她一脸春色荡漾。

"春田大厨,请你尊重我,别再开这种玩笑了!"

"萧,我不是开玩笑,我很认真,你真的很可爱,请做我的女朋友吧。"

第 13 章

"我是来工作的,没有和任何人谈恋爱的打算,请你停止这种想法。"

"做我女朋友有很多好处哟,可以少点辛苦、多点薪水,还能天天享受我专门给你一个人定制的美味。"

"谢了,这些好处我不需要。"萧清说完想走。

春田大厨一把拽住她的胳膊:"那你需要什么?你说出来,我会让你满意的。"

"什么都不要,我现在就要下班回家。"

春田大厨不撒手:"今天我可不会再让你逃走了。"

这是逼自己出手、斩立决的节奏啊!萧清深呼吸:"请你松手!"

春田大厨露出一脸顽皮:"我就不!"

萧清正要抬手,忽然,两道强光射来,她和春田以及整条昏暗的后巷瞬间被照得通明,强光中心的两人一齐举手遮光,寻找光源。他们看到:光源来自巷口停着的一辆汽车的大灯,一个身影迈步下车,身披车灯的光影,如天神降临,向他们走来。走近一些,萧清看清了他的脸,是成然!

成然当然看到了萧清被春田大厨捏屁股、拽胳膊的全过程,张嘴含怒:"这位大厨,我女朋友给你留着面子,但她表达得还不够清楚吗?你这样死活纠缠,太失礼了吧?"

春田大厨打量着一身名牌的成然和他身后的宾利欧陆,气势上先输了一阵,狐疑地问萧清:"他是你男朋友?"

萧清聪明地报以沉默,可以理解为默认,让春田感到威慑;也可以理解为不承认,避免成然上脸。

"就凭你那点鸡毛蒜皮的小恩小惠,也想追她?开玩笑吧?"成然演萧清的男朋友演得来劲儿,掏出名牌钱包,动作夸张、表情炫耀地翻开,一张一张抽出银行的黑卡、金卡、白金卡,像扑克牌一样码成一个扇面,举到春田面前嘚瑟,"这些银行卡你认识吧?只要她愿意,无上限、随便刷!你能给她我给的这些吗?"

春田大厨一秒黑脸:"要是真的,她还打什么黑工?"

"知道什么叫有钱任性吗?我们工作,不是为了钱,是为了体验人间疾苦,接触天下苍生。当然,像你这种不知财富为何物的人,理解不了我们这种境界。今天就算给你开眼了,以后再敢打她主意,我可就没现在这么客气了。"

春田大厨感觉自己被金钱赤裸裸地凌辱了,他恼羞成怒,一转头进了日料店后门。

成然冲萧清得意地炫耀:"兵不血刃,一个回合就KO……"

话音未落,他表情就变了,只见春田大厨去而复返,手举一根钢管冲出后门,直取成然,嘴里喊着"浑蛋"。成然见势不妙,一秒钟正面硬扛的念头都没有,撒腿就跑。说时迟,那时快,萧清眼疾腿快,抬腿一个侧踹,春田大厨高举钢管的右手腕被一脚踢中,当即刹车,一声惨叫,钢管掉在了地上。

听到大厨的惨叫,成然才在逃窜的狼狈之中回了一下头,瞥见春田翻倒在地,手中的钢管扔在一边,他这才敢停下,视线从悲惨可怜的春田转移到安然无恙的萧清身上。这是她干的?一个回合就KO了?

还得把受伤的春田紧急送到医院治疗,两人再从医院出来时,已经是深夜了,成然欢快地开车送萧清回家,一路洋溢着幸灾乐祸的笑容。

"给人付医药费你还挺开心呀?"

"开心!这钱花得心甘情愿。看那家伙疼得龇牙咧嘴,你不觉得解气?"

"我后悔,寿司之神啊!手伤要养一个月,老板非气疯了不可。我当时要是稍微走走脑子,绝对不会让他手腕骨折,最多是……毁容。"

两人同时爆发出一阵狂笑。

"甭管哪儿折,咱都是正当防卫,他对我行凶在先,你见义勇为在后。"

"你那个嚣张炫富的德行简直就是找揍,他不行凶才怪。"

"我就要闪瞎他的狗眼,让他看到差距,找回自知之明,以后不敢再打你的歪主意。我可是头一回把炫富用在了正地方,你也不给咱点个赞?"

"赞你什么?英雄救美反被救?"

"惭愧惭愧,最后还被你保护了,没面子。"

"不用惭愧,一般人都不知道我是真汉子。"

"女侠,我觉得打这种黑工太委屈你了,辛苦不说,还要忍受这种人渣。别干了,钱不是问题,我帮你解决。"

"所有钱能解决的,对你都不是问题;所有钱能解决的,对我都是个问题。但是——这个问题我只能、必须自己解决!"

"你先别忙着拒绝,顺着我的思路抬眼瞧瞧,小到民间借贷,大到各种国债,凡人哪有不借钱、不融资的?联合国还逮谁跟谁借钱呢,怎么到你就一概拒绝外援,非得自己解决不可?纯属小国寡民闭关锁国的狭隘思路。"

"你是想放贷给我?"

"无息无期,请接受一个美国公民的国际友谊援助。"

萧清歪头看了一眼成然,忽然觉得:这个游手好闲的小富家子,有点可爱。

"成然,你喜欢打游戏吧?请问你打游戏享受的是什么乐趣?"

"当然是战斗的乐趣,一路过关斩将打boss,直到通关,爽!"

"完全能get你的乐趣,因为对我来说,生活就是一场通关游戏,每当自己解决一个难题,就特有成就感,从幼儿园和小朋友打架,到现在打黑工遇到人渣,我也是一路过关斩将。每当遇到之前没见过的变态题型,挑战难度增大,成就感也就更大,装备不断升级,战斗力越来越强,爽!我特别感激我爸妈的一个地方,就是他们从来不在第一时间出手帮我解决问题,因为他们知道:人生永远伴随问题,谁也不能一辈子帮我解决,所以,让我学会面对和解决问题、不断自我升级才是王道。当我终于离开他们的庇护,成为一个不管扔到什么环境都有办法生存的人时,这是他们给我的最好礼物。"

成然在心里五体投地地给萧清跪了,他生平第一次感到榜样的力量,第一次觉得辛苦打拼比养尊处优要帅!

送到合租别墅,萧清下了宾利欧陆,向成然致谢:"谢谢送我回来,bye。"他望着她的背影,心里突然荡漾了一下,不甘心今晚就这样正常而礼貌地结束。成然拉开车门,一个箭步下了车,蹦蹦跳跳追到萧清身后。

萧清迈上门前台阶,听到成然追赶她的脚步声,转头望去,他已经站在了台阶下,眼巴巴地看着自己。

"走吧。"

"我看你进去。"

萧清掏出钥匙开了门锁,最后一次转头劝离,却惊诧地发现成然已经来到眼前,近在咫尺,呼吸相闻。

成然双手撑门,对萧清形成环抱。

萧清动弹不得,无处可避。

成然目光灼灼,吻像坦克一样碾压过来,萧清不能使用暴力,躲又躲不开,嘴被他结结实实地吻上。也许是忌惮萧清的暴力打击,还没等她的囧转化成怒,成然拔腿就跑。

妈蛋的!一拨流氓退去,又一拨流氓来袭。宾利欧陆绝尘而去的同时,身后的大门突然洞开,萧清猝不及防,仰面朝天摔倒在地。这

第 13 章

是个什么夜晚？萧清摔得起不来，上空出现了莫妮卡和凯瑟琳的两张脸，正肩并肩、齐刷刷，低头看着她。

"你们谁开门陷害我？"

凯瑟琳坏笑："怎么倒下的就一个人？我明明在猫眼里看见帅哥的脸压过来，所以想请你们进门慢慢亲啊。"

想到刚才的一幕被她们尽收眼底，萧清打滚哀号："我的初吻啊，莫名其妙就没了，我还没谈过恋爱呢……"

莫妮卡和凯瑟琳毫无同情心地一起狂笑：

"初吻耶，要喝酒庆祝！"

"喝酒喝酒，我们要听今晚的故事。"

"庆祝个鬼？没有故事，全是事故！"

成然开车回家，即将经过绿卡家别墅，刚才吻萧清时有多怦然心动，这会儿他就有多做贼心虚，为了避免自己的行踪被发现，熄了车灯，减速慢行，摸黑无声地滑过绿卡家。

回到成家别墅，依然怕暴露目标，还是不敢开灯，成然用遥控器升起车库门，借助车库里的微弱灯光，把车驶进车库。刚停好车，手机就响了，低头一看，来电显示是绿卡，成然硬着头皮接起来："喂？"

"老公，啊不，亲爱的，你怎么到我家门口把车灯关了？是不是怕车灯太亮影响我休息？以后千万别这样，摸黑开车太危险了。反正不管多晚，我都会等你回来的，不跟你说'晚安'我根本睡不着。今天我就不去给你good night kiss了，洗完澡记得把头发吹干再睡，做个好梦，梦里要有我噢，晚安，亲爱的，mua！"

成然欲哭无泪，似乎已经预感到：他越努力争取婚内自由，他得到的自由就越少。

清晨，萧清正在草坪上除草，一位气质雍容、衣着华丽的华裔中年女性走上了合租别墅的私家草坪。萧清暂停除草机的操作，诧异地询问:"您好!请问您找谁?"

贵妇没有回答萧清的问题,仿佛这个问题根本不值得一答,反而反问她:"你是莫妮卡雇的除草工?"

"算是吧,我也是这儿的房客。"

贵妇讥讽了一句:"现在的房客都会赚房东的钱了。"掏出门钥匙,开了合租别墅的门,径直进屋。

萧清意识到这位贵妇是谁了,放下除草机,跟随进门。莫妮卡正走下二楼,表情震惊地望着来客,对她不打招呼地突然登门感到诧异:"妈!你怎么来了?"

"我来还需要理由吗?"

萧清印证了自己的猜测,这位正是莫妮卡的母上大人!接下来的母女对话,更让她开眼。

"没事你不会来吧?总不会是突发思念来看我吧?"

"你是不欢迎我吗?"

"我有这个资格吗?你才是这座房子的主人。"

"你有这个概念就好。"

萧清接到莫妮卡向她投来的眼神,莫妮卡对她耸耸肩,做出一个感觉荒谬的表情。这对母女之间的关系和气氛,第一时间让萧清感觉到了——诡异。

上完课,再赶去日料店打工,一进店门,就撞上老板的肃杀目光,这是萧清早有预料并有所准备的,昨晚春田大厨的手腕被诊断为骨折,今天她势必要对此做出交代。

老板一张嘴,语气就非常冰冷:"昨晚搞出那么大麻烦,我以为你会自动消失。"

"伤到春田大厨,我非常抱歉,但是老板,请你了解一下事情经过,这件事不能只怪我一个人,是他错在先。"

"你们之间的问题不关我事,但春田受伤直接导致店里生意受到严重损失,当然是你的错!"

"我愿意接受处罚。"

"处罚你?我可不想自找麻烦,你走吧,不用再来上班了。我本来就不愿意用黑工,早知道你男朋友那么厉害,有钱有势,我才不敢雇你。求你快点走吧,别来搅和我的生意,不要再费口舌。"

就这样失去了日料店的工作,萧清又失业了,这份工才打了一个月,现在,要重新找工作。因为被开除,这天回到合租别墅的时间比平时早了很多,萧清下了自行车,一眼看到莫妮卡独自坐在门外台阶上,正闷头抽烟。

萧清走过去问她:"怎么了你?"

莫妮卡抬起头,一眼可见,她刚刚哭过:"你觉得我像是有家人、有母亲的样子吗?你有印象我妈她联系过我吗?事实上——就是没有。我和她,有快一年没有打过一个问候电话、说过一句话了。"

萧清在她身边坐下:"她现在不是来看你了吗?"

"看我?这样的亲情我压根儿不指望。"

"那她来干什么?"

"她来——"莫妮卡用手指着自己肾脏的位置,说出了一句耸人听闻的话,"要我的肾!"

"啊?"萧清被莫妮卡的这句话结结实实地吓到了。

"这就是她百年不遇、突然出现的原因,她让我马上跟她回纽约,去做肾脏配型。因为——她和我那个美国有钱后爸的儿子、我同母异父的弟弟得了尿毒症,他们不想让他一辈子以透析维持生命,想给他换一个健康的肾,所以,就来要我的。"

这是怎样一种凛冽的家庭关系?寥寥数语,一个瞬间,萧清触摸到了莫妮卡身上那个一直被她自己含糊和遮掩的伤痛。

"她从来没做过一分钟合格的母亲,现在有什么资格对我提出这种无理要求?就因为我是她生的?我的身体、我的肾是她给的,就可以像银行存款一样,想支取就支取?想拿走就拿走?"

"可能她看你弟弟生病受罪,心里太担心、太焦虑,所以病急乱……"

"她永远只为Adam担心、焦虑,永远不会为我,她只有Adam一个孩子,为什么只有在这种时候,她才想起自己有两个孩子?"

"平时再怎么联系少,你们还是母女,你不愿意,她不会逼你的。"萧清握住莫妮卡的手,努力让她平静下来,"冷静一下,我陪你进去,再和她好好谈谈。"

萧清陪着莫妮卡返回别墅,莫妮卡妈妈正仪态万方地端坐在客厅里,莫妮卡的行李箱就立在她的脚边,不用张嘴,强悍得不容反抗的气场已经全开。

"我的行李你都替我收拾好了?"

莫妮卡妈妈起身,端正一下鲜亮的衣裙,摆出拔腿就走的架势:"该讲的道理我都已经讲过了,我不想继续跟你争吵。要么,你拿上行李,跟我飞回纽约,飞机两小时后起飞;要么,你就离开这栋房子,因为我是这里的房主,既然你不把我当成你妈、不把Adam当成你弟弟,我也不再把你当女儿。你选吧!"

母亲摆出的两条路,让莫妮卡难以置信,也让萧清难以置信。

"六年前你抛弃过我一次,现在还要再抛弃一次吗?"莫妮卡对母亲的质问里流露出了她的选择,她毫不犹豫地拒绝了第一种。

莫妮卡妈妈面无表情:"你完全可以不这么理解,我每一次所做的,明明是皆大欢喜的选择。"

"皆大欢喜?"莫妮卡的泪水夺眶而出,上前抢过她的行李箱,充满恨意地最后看了母亲一眼,夺门而出。

第 13 章

萧清追出门时,莫妮卡的汽车疯狂地冲了出去。萧清情急,骑上自行车就追,追出两个街口,越落越远,好不容易看见下一个路口变了红灯,她脚下猛踩,希望能在那个路口赶上停车等绿灯的莫妮卡,没想到,莫妮卡丝毫不减速,闯红灯而过,萧清只好放弃了双腿不敌四轮的徒劳追赶。

回到合租别墅,推门就看见莫妮卡妈妈站在窗前,手里还拿着一杯威士忌,全然没有女儿刚刚离家出走的焦虑。

"莫妮卡不知道去哪儿了,我追不上她。"

莫妮卡妈妈没接话,继续喝酒,就像萧清说的是:莫妮卡出去散个步。

"你不找她吗?不担心她发生意外?"

"用不着担心,她的坚强一直都很让我意外,这一次也不会让我失望。"

萧清忍不住"哇"了一声,这算是她听过的最奇葩逻辑了:因为她没出过事儿,所以我不用担心她。

"我讨厌中国人什么事情都要撕破脸皮、面子里子一股脑扯个稀巴烂的解决方式,我习惯这样冷处理,给莫妮卡一点时间,她会想明白的。"

萧清听得生气:"你好冷,你不找她,我去找!"转身又出了门。

既然莫妮卡的离家出走只有萧清担忧,她就决定负责到底!先联系上凯瑟琳,两人把她们能想起来的莫妮卡以前的相好都问了个遍,无人知晓莫妮卡的下落。两人又分头去莫妮卡经常流连的夜店、酒吧找,还是无果。这时已经入夜,萧清决定用笨办法,一家一家去找酒店,既然莫妮卡没有找熟人、朋友投宿,那她就只能去住酒店。

就在萧清忙着满世界找莫妮卡时,成然像往常一样,在晚饭时分推开日料店的门,进去找了一圈,没看见萧清的身影,却见寿司制作间的展示窗后，春田大厨手腕绑着夹板，正口头指导另一名寿司制作员工。隔着玻璃，两人目光相遇，成然完全无法控制一脸讥讽的笑容往外冒。

成然问一名女服务员："我怎么没看见萧清？她来上班了吗？"

"萧清不在这儿了，她被辞退了。"

成然心里一惊，眉头一皱："麻烦把你们老板找来。"

老板很快出现在成然面前："请问您有什么事？"

成然兴师问罪："你为什么辞退萧清？"

"你就是她那位有背景的男朋友吧？相信你很清楚，萧清没有打工资格，当初是春田大厨好心劝我雇她，现在她给店里造成经济损失，我辞退她完全合理。"

成然用手一指展示窗后的春田大厨："好心？那家伙对萧清就没安好心，昨晚是他骚扰萧清，受伤纯属活该，我已经付了他的医药费，你不开除骚扰女职员的流氓，反而辞退受害女职员，合的是什么理？"

"我的店当然按我的道理，你无权干涉，如果不想吃饭，就请离开吧。"

春田大厨这时也从寿司制作间里冲出来助阵："老板，他要是敢闹事，我们就报警！"

成然盛气凌人："信不信我把这个店买了，第一件事就是把你这个色鬼大厨开除？"

老板还击成然："信！你们中国人最有钱，恨不得买下全世界，但你可以开价试试，看我多少钱肯卖这个店给你？"

成然转身就走，现在比在气焰上压倒两个日本人更重要的事，是找到萧清。他走出日料店，拿出手机，给她打电话。

萧清正骑着自行车沿街而行，目光四处巡视，寻找莫妮卡的汽车。听到手机响，看到成然来电，此刻焦虑找人的心情使她顾不上

第 13 章

接。转过街角,她单脚撑地停车,前方一家精品酒店门外,莫妮卡的汽车停在那里。

萧清冲进精品酒店前台询问:"请问今晚有没有一位叫莫妮卡的女孩入住?"

"抱歉,我们不会透露入住客人信息。"

"她是我朋友,和家人吵架离家出走,情绪很糟糕,我一直联系不上她,刚才在门口看到她的车,才进来问的。"萧清从手机里翻出她和莫妮卡的合影,举到前台接待面前给他看,"就是她,拜托你查一下,如果她住在酒店,就帮我给她房间打个电话。"

前台仔细看了看照片,说:"她是一个小时前入住的。"他在电脑上查询,然后拿起电话拨号,等了一会儿,告诉萧清:"房间电话没人接,会不会出去了?但是我没印象看到她离开酒店。"

萧清有一种不祥的预感,她和前台接待一起来到莫妮卡房间外时,门上挂着"请勿打扰"。敲门,从轻声到用力,久久不应。前台接待掏出应急门卡,打开了反锁的房门,萧清三步并作两步,冲进房间。

房间没人,无声无息,萧清看到卫生间门半掩,心脏以令人窒息的速度狂跳,按住胸口,拼命控制住心率,推开卫生间门,眼前的画面还是让她差一点晕厥。

莫妮卡和衣浸在浴缸里,手臂没在水里,浴缸里的水,已成一池血色!

凯瑟琳陪着莫妮卡妈妈赶到医院时,萧清疲惫得连从长椅上起身迎接她们的劲儿也没有了,也不想起身对莫妮卡妈妈展现礼貌。

但她看到的莫妮卡妈妈仍然很镇定:"莫妮卡现在怎么样了?"

"她失血过多,医生说幸亏发现得不算太晚,没有生命危险,正在给她缝合伤口。"

"谢谢你去找她。"

"其实她没有你想象的那么坚强。"

莫妮卡妈妈不和萧清做更多交流,走到长椅边,坐下等待。

凯瑟琳劝萧清:"你折腾一晚了,回去休息吧,我在这儿守着。"

萧清摇头拒绝:"莫妮卡还没完全脱离危险,我不放心,而且我比较了解她和妈妈的状况,等她醒过来,我陪着会好一点。你先回去,明天早上过来接替我。"

"OK,有什么需要随时打电话给我。"

合租别墅里的所有人都集中在医院时,成然独自等在合租别墅外,一直等不到萧清回来,给她打电话,没关机,但始终不接。成然想不到莫妮卡会发生意外,他担心的是:萧清失业、失联,那么需要一份打工收入的她,接下来怎么办?

深夜,萧清歪在医院长椅上打了个盹,醒来时,发现身上搭了一条莫妮卡妈妈的围巾。凯瑟琳已经回去了,这条出现在自己身上的围巾,让萧清特别意外,也让莫妮卡妈妈的冰冷人设突然有了一丝丝人味儿。

莫妮卡妈妈正端坐在萧清旁边的椅子上,即使疲惫也保持着万方仪态,正喝着一杯咖啡,努力让自己保持清醒,见萧清醒了,就扭头问她:"醒了?"

萧清坐起身,把围巾叠整齐还给她:"谢谢。"

莫妮卡妈妈又把一个袋子递过来:"三明治和咖啡,一晚上都没吃东西吧?"

"看见吃的才觉得饿,不客气了。"萧清接过来,闷头就吃。

莫妮卡妈妈目视前方,不像是和萧清说话,却问了一个她没有防备的问题:"你一定觉得我是个冷酷无情的母亲吧?"

"不了解,不评价。"

"我刚带莫妮卡来美国时,日子过得非常糟糕,直到遇上一个能给我安定生活的人,那种好不容易才从烂泥潭里挣扎着爬上岸的感受,只有我自己最切肤。莫妮卡这个孩子,就像是——我急于融入美国社会和新家庭,不得不扔出去的一件碍事的东西,可现在,我却不得不为了保全新家庭的完整,把她捡回来。她是我女儿,唯一的女儿,却成了一个无处安放的孩子,我可以给她一座房子,却给不了她一个家。"

猝不及防,萧清就这样听到了她不像是倾诉的倾诉,听出了她话语中不像是自责的自责。

莫妮卡妈妈对着空气喃喃自语:"我到底在干什么?"

萧清忍不住说了一句:"如果你避免不了要失去一个孩子,至少,你能避免同时失去两个。"

这句话像一只强有力的手,把莫妮卡妈妈的视线从空气中猛然拉回到萧清的脸上,扭头凝视她好一会儿。

护士走出急救室向她们汇报:"莫妮卡醒了,可以进去探视。"见萧清和莫妮卡妈妈一齐起身准备进去探视,她随即补充了一句:"抱歉,她说……不想见到她妈妈。"

莫妮卡妈妈戛然止步,问:"她脱离危险了吗?"得到护士点头肯定后,就对萧清说:"那我先回去休息,这里就辛苦你了。"她转身走出医院,高跟鞋踩着平稳的步子。

萧清走进急诊室,见莫妮卡躺在病床上,神志清醒地迎接自己,她割腕自杀的左手缠着厚厚的纱布。萧清上前,轻轻握住莫妮卡的手。

"我做了一个好长好长的梦,梦里我一直想回家,可怎么都找不到回家的路,我走啊走啊,累得实在走不动了,还是想不起家在哪儿。"

"你怎么不给我和凯瑟琳打电话?我们会去接你的。"

"那只是座房子,不是家。我也不知道,我在找哪个家。"

"是小时候的家吗?"

"从我记事开始,我爸就不在家,我妈说他在美国,将来会接我们过去团聚,我就一直盼。7岁的时候,我妈带我来到了美国,我爸住的房子特别小,可我总算有爸爸了,家终于完整了,家人在一起才是家呀!但是没过多久,他们俩就开始吵架,整天鸡飞狗跳。吵到我9岁那年,有一天,我爸出去就再没回来,我妈说他是个窝囊废,没本事给我们像样的生活,就逃走了,不要我们了,这个不是很好但好歹还算完整的家,就没有了。"

"那你妈也不容易。"

"我妈其实很厉害,我们被逼到绝境后,她打各种工、拼命学英语,不放过任何一个改善生活的可能。一年后,她牢牢抓住了一个有钱、有地位的美国人,半年就把他变成了我的继父,我也有了第二个家,还很快有了一个混血弟弟。说实话,那段时间我挺开心的,经济条件比之前改善太多,继父对我不错,小弟弟也可爱,这个不是原装、半路拼凑出来的家,好歹也让我产生了归属感。"

"那不是很好吗?"

"没过多久,就变味了。13岁那年,继父看我的眼神变得和以前不太一样,我妈不在的时候,他经常有一些让我不自在的身体接触,然后自己又表现出不安和内疚,向我道歉。那时候,我对这些还不是很懂,只是害怕,又很困惑,就偷偷告诉了我妈,希望她能帮我解决这种困扰。结果,那个暑假后,我等来了我妈的解决方式——在看上去完美的家庭和让她各种情绪交织的女儿之间,她选择了放弃我!她把我带上飞机,送到旧金山一所寄宿中学,还给我买下这栋房子,请人照顾我,给我足够的生活费,保证我衣食无忧。安排好这一切,她就走了,回到纽约的家里,把我一个人扔在这边。她只偶尔飞来看我一眼,到我高中毕业后,连偶尔也省了。我从14岁开始,就是独自一人,没有家人、没有妈妈,只有一栋房子和不缺的生活费。在同学和朋友眼里，我是有钱有自由、无牵无挂的open girl；只有我自己知道，我是个被放逐的homeless people。"

震惊、怜惜、难过……对莫妮卡的心情，萧清难以言表，什么话也说不出来。

"我只想要个家，却一直找不到，被我爸抛弃，又被我妈放逐，好像注定我就是自生自灭一样。现在，是不是只要我舍得拿出一个肾，就能换回他们接纳我回去？可我怕：就算这一回我肯拿出肾，也免不了下一次被抛弃，再被放逐……"

萧清起身，在莫妮卡身旁躺下，紧紧地抱住她。

清晨，凯瑟琳来医院接班，萧清在急诊室外交代她："莫妮卡状况稳定了，就是情绪不好，你陪她聊点闲篇儿，换换心情。"凯瑟琳拿出一个餐盒塞给萧清："我带了比萨，给你当早餐。"萧清拿上餐盒拔腿就走，今天上午有堂刑法大课，无论如何都不能迟到、缺席。

美国大学的法学教育，以哈佛法学院创立的案例教学法为主流，采取苏格拉底式质问进行授课，课堂上，教授和一两个学生之间连续推论和反推论、质疑和反质疑，以此训练法学生的思辨能力和庭辩技巧。一旦学生被点名，如果没有事先完成教授布置的阅读量，没有充分备课，就是一场灭顶之灾；没有被点名的学生也不会高枕无忧，教授随时会叫任何一个人接盘庭辩。因此，法学院的法学课，对每名法学生来说，都是一场战斗！

今天上战场前，因为昨晚的通宵忙碌，萧清没有做一分钟课前阅读和预习，没有丝毫准备，她带着侥幸心理来到法学院课堂上，想着只要刑法教授不叫到自己，就能蒙混过关、万事大吉。

刑法教授站在讲台前，气压全场，所有学生都在他的俯视之下："前期课程已经覆盖了刑法的基本内容，比如犯罪行为、犯罪意图、法律认识错误、事实认识错误、犯罪竞合等。从这节课开始，正式进入刑法罪名部分，我们将结合案例，对刑法罪名逐一进行学习。"

通宵没合眼的萧清突然困意来袭，勉强撑开双眼，还是阻挡不住一波又一波困倦，一个劲儿想睡觉。坐在她侧后方的书澈，看到了萧清昏昏欲睡的状态。

"如果你们听学长说过，或者谷歌过我的课程，相信你们都知道我的课程强度。但是如果你们认为前期课业压力已经不小了，那么我建议：从现在开始，你们投入多一倍的时间。"

"wow！"满堂学生哗然，被更可怕的课业压力吓到了。

萧清被同学们的齐声惊呼吓醒，振作一下精神，抬头听课。

刑法教授开始提问："谁能介绍一下谋杀罪的几种罪名？"

一名美国同学举手，在教授示意后起身答题："在普通法下，分为谋杀罪、故意杀人罪和过失杀人罪三种。大部分州将普通法下的分类进行了进一步划分，分为故意与蓄意的杀人行为，即一级谋杀罪：如果被告是在冷静、非激动情况下做出杀人犯罪意图，并付诸实施，即为故意或蓄意的杀人行为；一级谋杀重罪也算作一级谋杀罪，即在犯重罪的过程中致人死亡；有些州也因为犯罪手法，如以折磨杀人，算作一级谋杀。而二级谋杀罪，是包括一级谋杀罪以外的其他杀人罪，如行为人并无预谋又非犯罪过程中杀人，而是临时起意杀人，或从其使用工具、杀伤部位和用力大小推定其有故意杀人，或其他未造成多数人死亡的过失杀人，以及意图重伤而结果致人死亡等。"

"不错！这位同学充分了解了谋杀罪的分类及构成要件，这就是我一再强调你们必须在我的课前充分阅读的原因，如果不进行课前准备，你们就没有必要来上我的刑法课了，因为——根本听不懂。开始探讨具体案例，辛普森案是美国司法史上知名度、曝光率、关注度数一数二的案件，我们从这件家喻户晓的案子入手。谁能告诉我：辛普森被起诉的罪名是什么？"

第 13 章

又一名同学起身回答:"辛普森被起诉两项一级谋杀罪,分别是对妮可和戈德曼的谋杀。"

每一个起身答题的同学,都让萧清减轻了一点紧张感、增加了一点安全感,她的神经逐渐麻痹,脑袋一垂一垂,终于睡着了!书澈看得清清楚楚,瞥向她的眼神颇为不屑。这时,成然神不知鬼不觉地混进了百人阶梯教室,坐在了最后一排,他是专门来找萧清的。

"谋杀罪的构成要件是什么?"

"犯罪一般的构成要件为犯罪意图、犯罪行为,以及意图和行为之间的因果关系。"

在其他同学答题的过程中,刑法教授探照灯一般的目光,扫射到了——正在打盹的萧清身上。

"只有形成完整证据链条,才能证明犯罪嫌疑人的杀人行为。辛普森案件中,检察官提出了哪些证据证明辛普森的犯罪行为?缺失哪些证据?哪些证据存在瑕疵?最后导致了什么?"刑法教授的手突然于百人之中锁定了萧清,"你,起来回答一下。"

萧清浑然不觉,邻座的触碰唤醒了她,猛抬头,惊跳起来,一脸蒙圈,连问题是什么都不知道。

书澈望向萧清,看她如何应付。

最后一排的成然神情焦急,替萧清担忧。

"教授,我……请再重复一下您的问题。"

"辛普森案件中,检察官提出哪些证据证明辛普森的犯罪行为?"

萧清把自己的课本一通乱翻,越翻越慌乱,邻座好心地把她的资料推了过来,萧清只好拿起来,照本宣科地读,因为没有预习,依然磕磕巴巴:"主要证据有:辛普森别墅里发现的带血的手套,在辛普森卧室床下发现带血的袜子,经检查,袜子上的DNA与受害人一样,还有……在辛普森的野马车里发现多处血迹,在犯罪现场发现的带血的脚印，鞋号为12号……"

"缺失或有瑕疵的证据有哪些？"

萧清翻找相关资料，找不到，一脸茫然。

刑法教授的问题连珠炮一般袭来："控方出现了哪些错误？辩方以哪些策略赢得了陪审团最终的无罪判决？"

萧清彻底答不上来了，羞惭、汗颜。

刑法教授毫不留情地揭穿她："你没有课前阅读吧？"

萧清无言以对，昨晚她准备预习的时间，全花在寻找和抢救自杀的莫妮卡身上了。

刑法教授宣布："给你10分钟，把应该课前做的事在课堂上补救回来，重新读这些资料，10分钟后，再给你一次答题机会！"

这是一个赤裸裸的带有羞辱性质的惩罚决定。

书澈望着萧清。

成然望着萧清。

教授望着萧清。

前后左右的同学齐齐望向萧清。

萧清在众目睽睽之下，把资料举到眼前，逼迫自己去看密密麻麻的英文字，课堂上所有声音都退去了，耳朵里只剩下钟表走动的"嘀嗒、嘀嗒、嘀嗒"声。

可满页英文模糊一片，入不了眼，更入不了心。萧清的眼泪夺眶而出，啪的一声，放下了手里的资料："抱歉，教授，我回答不了……"

刑法教授咄咄逼人："为什么？"

"因为，我没有在课前阅读你通过E-mail给我的资料……"

"那你来我的课堂上干什么？就是为了睡觉？"

萧清无地自容。

"我理解你们作为法学院一年级学生，学业压力很大。法学院第一年的目的,就是把你们从普通人变成初步的法律从业者。选择了这条路,就要付出时间、努力和代价!"

不被教授获准坐下,萧清只能受刑一般,木桩似的站着。

"刚才的问题,谁能继续回答?"刑法教授手指向了书澈,"你不会也没有课前阅读吧?"

书澈拿起画满笔记的打印纸和教材,起身回答:"控方缺失的重要证据,我认为是杀人凶器。根据验尸报告,凶器是一把锋利的刀,但至今尚未找到,原告一方至今也没有找到一位谋杀现场的目击者,这两点在美国的刑事诉讼中必须有交代,而控方没有提供杀人凶器,就给辩方留下了可乘之机。另外,物证采集方式和程序的合法性,也受到辩方严重质疑,由于未取得搜查令就进入辛普森私人住所进行取证,不符合取证流程和规定,违反了宪法第四修正案'保障居民免受非法拘禁和搜查'的规定,因此,辩方抓住这一点进行质疑也无可厚非。最后,控方的证人证言因为信誉度遭到严重质疑,血手套发现者福尔曼警探做证:辛普森在案发当夜10点15分左右,驾驶白色野马吉普车,来到前妻妮可的公寓,杀死两人后,返回两英里以外的住所。控方将福尔曼的证人证词作为核心证据,却被辩方找到大打'种族主义'牌的攻击软肋,辩方大量举证福尔曼过往种族主义劣迹,证明其存在种族歧视倾向,导致人格破产,福尔曼从控方证人沦为道德上的被审判者,其证人证言的可信度岌岌可危,甚至被普遍认为是主观地对辛普森预设定罪。加之本案陪审团的成员构成,美籍黑人在12名陪审员中占到8名之多,种族歧视的烙印会给陪审团留下何种印象,可想而知。根据疑罪从无原则,陪审团认定:没有证据链条证明辛普森谋杀了妮可和戈德曼,最终,做出无罪判决。"

"非常好!"刑法教授带头鼓起了掌,学生们也对书澈的精彩答题报以掌声。示意书澈请坐后,教授才赦免了垂头呆立的萧清:"坐下吧，希望你记住这堂课，让它不再发生。"

教授一宣布"下课"，萧清就起身逃离"惨案"现场。成然从最后一排站起，迎上萧清，想安慰她。

书澈这才看见成然，对他出现在这里感到十分意外："咦？你怎么在这儿？"

成然张嘴就对书澈出言不逊："有必要吗？一定要落井下石才能显出你优秀吗？不帮着解围就算了，至少不用得意扬扬显示就你能吧。"

"成然，这是课堂，不是扶贫的地方。"

萧清经过斗嘴的他俩，正准备沉默离开，听到书澈在身后说道："你来美国干什么？为了在课堂上昏昏欲睡吗？那又何必每年花着父母的几十万、漂洋过海来睡觉？"

一句也不想辩解，萧清快步走出教室。

成然梗着脖子冲书澈嚷嚷："你知道什么？你对她了解多少？你知道她每天过得比你辛苦十倍、努力十倍吗？不要拿你自以为是的认识评价她的生活！"

"什么情况？你很了解她？你最近是不是都在了解她的生活？"

"对！这是我花得最有价值的时间！"成然扬长而去。

书澈望着他的背影，看出了一些端倪：花心大少这是又瞄上萧清了？

成然追出法学院，见萧清正开自行车锁要走，冲了过去："书澈是小人！教授是鬼畜！鉴定完毕。"

"那我就是白痴！对吗？"

"你没必要这样糟践自己……"

"我必须糟践自己！"

"你天天睡图书馆，把自己抽成陀螺了，还想怎样？"

"我抽得还不够!"

"你不让我告诉别人你在校外打黑工、自己挣生活费,只有我知道:刚才课堂上的所有人都对你不公平!我知道你昨晚为什么夜不归宿,凯瑟琳从医院回来都告诉我了。为什么不向别人解释你没错?为什么要忍受这种不公平待遇?"

"哈哈!这才哪儿到哪儿,就不公平了?少爷,你见过多少不公平待遇?我没有什么好解释的,更没有什么好诉苦的。我现在最不够的,只是时间!时间!只要有时间,我就能有一切。"

"我有时间啊!有什么需要让我来帮你的?"

"让我一个人待着,你就算帮我了。每天24小时,我恨不能一分钟掰成几分钟过!成然,我真的没有时间给你当小伙伴。"萧清绕过成然,推车就走。

成然胸中陡然升起一股冲天豪气,冲着萧清的背影嚷嚷出一句:"我付钱,买你全部业余时间,陪我吃喝玩乐、虚度光阴还赚钱,这个交易怎么样?"

萧清头也不回,回了成然一根中指。

"当我女朋友,让我养你好不好?"

听到成然这句嚷嚷,萧清停下了。

"那个……不当女朋友,也让我养你好不好?"

萧清支好自行车,掉头返回成然面前。

成然举双手投降:"打不过,求不打!"

萧清摇头,表示她不会使用暴力。

成然放心了:"是不是你心里已经一片汪洋?"

"一滴——也没有!但我还是要谢谢你,虽然你的方式,恰恰是我坚决拒绝、拼命逃避的原因。你想帮我,但给我的感受很糟糕。面对侮辱,让我愤怒、让我反抗的,是自尊;面对好意,让我感动、让我拒绝的,也是自尊。我知道你认为自尊是一种矫情的东西,但我想一直有并打算一直矫情下去。别再跟着我了,应付你比打工还累,我还要再去找工作。"

时间不够用,终于为学业和打工的两头应付付出了代价,这个代价的名字叫尊严。萧清会永远铭记这堂刑法课,这堂课,她的自尊被碾成齑粉。她耻于没做功课,但不许自己为每天辛苦奔波20个小时而委屈,更不许自己怨天尤人,别人的关心,除了温暖无济于事。无论是之前的家庭灾难,还是现在的课堂受辱,萧清都把它们变成时刻抽打自己的小鞭子,这是她一个人的孤军奋战。

第14章

在那个早上确认女儿脱离了危险就离开医院后,莫妮卡妈妈再也没有出现过。萧清回到合租别墅,不见她的踪影,还以为她独自出门散心去了,等到入夜,凯瑟琳和本杰明都回来了,莫妮卡妈妈还是音信全无,没人有她的联系方式,所以无从寻起。

萧清去医院陪伴莫妮卡,在病房里,两人一起收到了莫妮卡妈妈发来的一条信息:对不起,女儿,我回纽约了,你好好休养,把我这一次到来和说过的话都忘掉吧,不管你能否原谅我,我还是你妈妈。原来她悄无声息地离开了旧金山,莫妮卡久久凝视着手机屏幕,许久才吐出一句:"她走了,放过我的肾了。"

萧清长嘘了一口气:这样也好,一个糟糕的开始,一个糟糕的过程,至少不是一个糟糕的结果。

比萧清自己更担忧她经济状况的人,是成然,一个适合替女性承担经济义务、解决经济问题和物质需求的最佳人选,无论他使用的是涓涓细流送小费还是大包大揽送包养,无论他采取的是含情脉脉还是粗暴蛮横,遇上萧清,无一不碰壁而回。成然对萧清,几乎黔驴技穷,但是"几乎"还不是彻底和完全,他还有招儿。

伟业集团旧金山公司的前台小姐脚下生风地走进CEO办公室,用末日降临的神态向上司汇报:"弗兰克,二世祖来了!"

弗兰克也像末日即将降临一样从老板椅上弹跳而起:"他来干什么?老大不是禁足他来这里吗?"

前台小姐摊手耸肩表示"我冇知啊",脸上的惶恐一秒变媚笑,因为她听到了身后成然尾随而至的脚步声。成然晃着膀子,横着走进了CEO办公室。

前台小姐转身笑迎:"小成总,我给您做咖啡。"

"不用了,我说几句话就走。"成然径直走到弗兰克办公桌前,居高临下地命令他,"把我爸那套公寓的门卡钥匙给我。"

"这个……不好吧?成总每次来都要住那里。"

"他这次回去,不知何时来美国呢。"成然向弗兰克伸出手,"给我!"

弗兰克微弱地负隅顽抗:"成总颁布过纪律:禁止您使用……"

"他不在这儿,你违抗他,他不知道;但你要是得罪我,我可记着,而且我记性超好。"

历史上从来没有人能拗过这位少爷的先例,弗兰克只好拉开抽屉,拿出公寓门卡和智能钥匙。

成然一把抢过去:"别告诉我爸!对你对我都好,发生的费用你知道怎么做。"

"祖宗,你能否提前给我扎个针儿:大概会发生多大规模的费用?"接收和处理成然留下的一屁股账单,对于弗兰克来说,不是一回两回了,他唯一能提前做好的心理建设,就是了解大致支出预算。

"这次保证勤俭节约。"成然忍不住嘚瑟,"她可是我女朋友中唯一视金钱为粪土的。"

"这个,你计划和她好多久?"

第 14 章

"一辈子。"

前所未有！空前绝后！从小就在花丛里打滚的成然突然变身成了憧憬永恒的痴情少年，这种基因进化让弗兰克瞠目结舌，天哪！太阳打西边出来了这是？成然拿着门卡钥匙，飘然而去。

成伟在旧金山的豪华公寓，老虎不在，猴子成了大王，为迎接新主人到来，成然专程前往巡视，命令菲佣做好万全准备，以最高规格礼遇，提供一切服务。他对菲佣耳提面命："要像对我爸一样服务新的女主人，一日三餐，她想吃什么，你就做什么；她让你干什么，你就干什么。她还在念书，作业多、功课紧，她需要安静，你就消失。"

下一步，就在某天萧清走出合租别墅、骑上自行车离开后不久，成然按响了别墅门铃，开门的是凯瑟琳。

"嘿，帅哥！萧清不在，刚出门。"

成然径直进门，轻车熟路，直奔萧清卧室，就像回自己家一样熟稔："我知道，我们刚碰过面，她让我过来的。"

"她让你来做什么？"

"她没和你说吗？我来帮她收拾行李，搬家。"

凯瑟琳感觉意外极了："啊？完全没听过！她从来没有说过这件事，刚刚出门也没有讲一句你要来。"

"可能她不好意思。"

"为什么她会不好意思？"

"她……要搬去我那里。"成然一副欲言又止的羞涩状，故意引导凯瑟琳误会他和萧清"好了"。

凯瑟琳立刻误会了："What？My god！你们？"

成然含笑点头。之后他的行动就畅通无阻。凯瑟琳虽然对萧清的突然离去充满离愁别绪，但还是热心协助成然装好了萧清的所有行李。

"莫妮卡还在医院,不知道萧清要搬走呢。"

"萧清自己会告诉她的。"

"我不认为莫妮卡会高兴,其实,我也一半为你们高兴,另一半不高兴。"

"欢迎你们随时到我家来做客,找她玩。"

"好吧,我努力多高兴一点。"

帮成然把萧清的两个超大行李箱塞进汽车后备厢后,凯瑟琳的眼圈还红了,叮嘱成然:"萧清是个好女孩,你要好好对她。"

成然也被感动了,重重点头承诺:"我会的!"入戏入得连自己都信以为真。

就这样,在萧清一无所知的情况下,她的全部家当被成然从合租别墅拉走,"被搬家"进了成伟的豪宅。

挪完了东西,最后一步,就是挪人。在校园里闷头骑车的萧清一抬头,看见前方路边的成然正潇洒倜傥地靠在宾利欧陆上,她原地转圈,掉头就跑。成然见萧清一见他就跑,撒丫子就追,两人一个使劲蹬一个玩命跑!

成然的长胳膊长腿不输给萧清的车轮,他伸手一把拽住自行车后座,她就动不了了。

"你一见我跑什么?"

"我怕呀。"

"你怕我啥?"

"我一看见你就累得慌。"

成然举手发誓:"我保证往后不天天给你小费,也暂时不提养你的事儿。"

萧清双手合十作揖:"谢谢你不养之恩!说话算话,人贵有诚信呀。"

第 14 章

"今天我来,是要给你介绍一份好工作,一对一、不受累、免骚扰,包你满意,现在就带你去见一下雇主。"

"真假?"

"坐我车去,走!"

萧清将信将疑,在路边停好、锁上自行车,坐进成然的车里:"我怎么这么不踏实呢?"

"瞧好吧您。"成然发动了豪车。

成伟的豪华公寓一进入视野,萧清就在车里发出了惊呼:"哇,好高大上!雇主住在这里?"

"嗯。"

"这是什么工作?"

"让他自己跟你说。"成然把宾利欧陆停在公寓正门外,对萧清说,"你先下,在大堂等我,我把车停好就来。"

车子刚停稳,门童就上前殷勤迎接,为萧清打开车门引路,见到车里的成然,又冲他鞠躬微笑,显然认识并熟悉成然,这让萧清有了狐疑。对于成然用智能钥匙开房门,她更诧异了:"你怎么还有雇主家的门钥匙?"成然一脸神秘,笑而不语,敞开房门,请萧清入内:"请进。"

萧清走进豪华公寓,还来不及膜拜高大上的环境家私,先被肃立门厅恭迎的菲佣吓了一跳,菲佣冲她深鞠一躬:"下午好,萧小姐,欢迎您来到这里,有幸为您服务,请允许我带您熟悉一下环境。"

萧清礼貌回应:"谢谢你,我就不熟悉环境了,直接带我去见雇主就好。"

这下轮到菲佣蒙圈了:"雇主?"她的眼神瞟向成然,"您是说成先生?"

萧清转身回头问成然:"雇主是你?"

"其实——是你。"

"什么意思?"

门外出现了一辆行李车,行李员推着它走进房间,萧清一眼看见:车上是她的两个超大号行李箱和杂物手拎袋。行李员正要往下搬行李,被她冲过去一把按住行李箱,表情严肃地问成然:"什么情况?"

成然给了行李员10美元现钞,让他离开。

萧清催问:"成然,你给我介绍的工作呢?"

"你的工作,就是从今天起住在这里,一日三餐,想吃什么,就吩咐琳达做;所有家务不用管,琳达自己会做;你想一个人,就让她离开。但薪水呢,就不用想了。"

萧清明白了,这是成然换汤不换药的新一轮包养攻略:"言而无信,你说话就像放屁一样!"

成然争辩:"你不要我为你花钱,我可一分钱没花呀。"

"那这房子是大风刮来的?"

"是我爸刮来的……"

"这是你爸的房子?"

"他来美国住这儿,可是一年顶多就住一个月,剩余时间一直空着,严重的资源浪费!我这是挽回损失、制止浪费。你放心住,我爸他很长时间不会再来美国了。"

"对不起,我绝对不能接受!"萧清推行李车想离开,被成然一把拉住车把手。

"你要自力更生,OK,我收起自作多情的钱包,但至少我还可以为你省钱!在这里,你想住多久就住多久,不用再为挣生活费去打黑工,不用再把一分钟掰成几分钟用,你可以心无旁骛专心读你的书,把最辛苦、最要命的第一年熬过去!我不过是想用你需要的方式帮助你,就这么不招你喜欢吗?"成然一声咆哮,吓得菲佣一溜烟消失了。

"我不喜欢!我不想你把我变成和你一样,花你爸的钱,每天过着无所事事、不用努力、不用奋斗的日子!"

成然露出了富二代理直气壮的嘴脸:"我爸的钱,早晚都是我的,那就是我不用努力、不用奋斗、吃喝玩乐、游手好闲、纸醉金迷的资本!做我的女朋友,有貌美如花和挥金如土两项专长就够了,只要你愿意。"他走到客厅中央,张开双臂,一副"我是这里的王"之姿态:"你们努力奋斗为什么?不就为有一天终究能过上我这样的日子吗?有所事事,不就是寄望于未来的钱吗?那为什么不能要无所事事现在就送到眼前的钱?萧清,有钱、有爱情,自尊心难道就不能放在一边吗?"

"不,不是自尊心。我明白了,成然,我拒绝你的原因,不是我的尊严,而是我的价值观!我和你不是一类人,我的信条,在你眼里就是蠢笨无知;你的生活,在我看来,不产生价值。"

"哈哈!我家价值不要太多,我爸现在还在火箭一般地增长它,需要我产生什么价值?"

"关于价值,你说的,还是钱;但我说的,是你看不见的东西。"

"那是什么?我瞎了,看不见?"

"那是——活着的意义。"

门外传来一声冷笑:"哈哈!谈包养就谈包养,一步扯到哲学,也不怕步子大了扯淡!"

成然吓傻了,人见人怕、鬼见鬼愁的大卡姐是如何跟踪到了这里的?难道自己的行踪尽在她的掌握中?

绿卡迈着方步进门,走到矮了半截的成然面前:"你是要把这儿变成你和她的爱巢吗?"

成然坚决否认:"没有没有没有!就……就她一个人住,不信你问琳达。"

"内部事务,我不愿当着外人解决,一会儿再跟你说。"绿卡转向萧清,"把这个无所事事的男人留给无所事事的我好了!你赶紧回自己家去,熬上一大锅自我奋斗的毒鸡汤慢慢喝,努力做你的精英,快马加鞭、一日千里,看这辈子能不能追上我们这些土鳖富豪?"

萧清不想花一秒钟和绿卡纠缠,更不想被她当成一分钟的情敌,推上行李车,拔腿就走。成然去追萧清,被飞身过来的绿卡一个饿虎扑食,从身后扑倒。绿卡骑坐在成然身上,劈头盖脸一顿暴揍,边打边骂:"真给我们有钱人丢脸!现在不是我打你,是我代表土豪阶级打你!送钱、送房、送人上门,还被灰姑娘侮辱不产生价值,贱到家了你!土豪的节操呢?土豪的Power呢?"

成然奋力反击,一挺身,把绿卡掀翻在地,又骑上了她:"你懂什么爱情?"

萧清眼见这两个祖宗在地上滚成一团,夺门而出,逃离了肉搏场。凯瑟琳见萧清拖着那些行李返回合租别墅,不明所以地问:"你怎么回来了?这么快就闹分手了?"

萧清气冲冲地说:"你替我和他好的呀?"

凯瑟琳凌乱了:"啊?你俩没好呀?"

萧清恍然醒悟:"是不是你帮他抄了我后路?"

三个室友一起共进晚餐时,凯瑟琳才明白了事情的原委,才了解到"搬家"从头至尾都是成然一个人的单边行动,她不但没有反省自己助纣为虐的错误,反而悍然嘲笑萧清的麻木不觉:"萧清,我怀疑你不是女人。阔少对你这样,怎么也算用情至深了,你难道就不感动到以身相许?"

"感动嘛,有一点点,但不够以身相许。"

"别人连这一点点感动都不用,光冲他的钱,就巴不得许了。"

"我可能性冷淡。"

萧清的自我鉴定让本杰明扑哧一声笑喷。

"OK，你高冷，不爱他钱，那他的人你爱不爱呢？"

萧清摇头否定。

"为什么不爱？我在一边旁观都觉得他可爱……"说完这话，凯瑟琳扭头瞥见本杰明正诡异地斜睨着她。

本杰明嘲讽女朋友："是你想以身相许吧？"

"我不过是替萧清设身处地而已。"

萧清进一步解释自己不爱成然的根源："价值观上，我和他不是一类人。"

"价值观？大小姐，把你的价值观放一边吧，人品性格、家世背景、经济基础、能力潜质都能左右爱情，没听说价值观决定你爱不爱。"

"我的价值观就决定我爱不爱。价值观统一，你和他的理想信仰、人生追求、终极意义，甚至金钱观、消费观等一切认知才能统一，否则，他之熊掌，我之砒霜；我之营养，他之毒药，俩锅里的馒头没法儿在一口锅里蒸。对坐享其成、无所事事理所当然、理直气壮的人，我尊重他的价值理念和生活方式，但不会爱上他。"

"难道你放着别人送的别墅不住，要去住自己辛苦供的经济房吗？把让你坐享其成的金主拒之门外，去爱每月一万的打工仔？"

"没有不变的身份和阶级，不努力，富豪不会永远是富豪，但无所事事的终点永远是无所事事；肯努力，打工仔不会永远是打工仔，月薪一万的终点也不会只是一万。"

"Yes！"萧清的宣言，让一直沉默倾听的本杰明突然发出击案赞叹。

凯瑟琳扭头嗔怪男朋友："做什么你？"

本杰明亮明态度:"我站队萧清这边。"

莫妮卡出院了,架着一副超大的墨镜,恨不得遮盖住整张脸,用风衣把自己包裹得严严实实,两手缩在袖子里,整个人缩成了一个分子,她的手腕偶尔会从宽大的袖口露出来,上面纱布缠绕,依然触目惊心。

萧清把莫妮卡接回了合租别墅,从她回家进门,大家就自觉变成了保姆和护工,全天候交叉履行监管义务,以防再次发生意外。

直到某天傍晚,萧清走上二楼叫莫妮卡下楼吃饭,走近她的卧室,听到了里面的低语声,于是放慢、放轻脚步。

"Adam现在情况怎么样?肾源还没有消息?医生没有说排队要等多久?只能这样了是吗?我?已经出院了,身体很好……"

萧清惊讶地听出,莫妮卡破天荒地正在和她妈妈通话,更让萧清惊讶的是她竟然在关心她弟弟的病情。虽然是打电话,但这对母女终于不再是每句话都唇枪舌剑。没有打扰她们通话,萧清转身下了楼,从一浴缸血水触目惊心那一刻起一直为莫妮卡揪紧的心,终于放松了。

自从在成伟豪华公寓被绿卡打散,成然就和萧清失去了联系。一是因为从那以后,他就被绿卡实行了最高规格的严控跟防;二是因为——他被毁了容。成然的脸上,现在抓痕累累、阡陌纵横,虽然走到哪儿都免不了被狐朋狗友打趣、被老师同学注目,但至少可以不让萧清看见,不被她当成笑话。

最高规格的严控跟防是什么样呢?举例说明,成然开车出门,刚开上别墅区车道,就看见前方绿卡的身影冲出自家别墅,箭一样射到自己车前。成然被迫停车,绿卡扑到驾驶座窗外,准备强行开门,他迅速落锁,不让她上车。

绿卡拉不开车门就怒吼:"哪儿去呀你?"

"去学校上课。"

第 14 章

"我和你一起去。"

"你要干吗?"

"你骗我去找初心,原来是为自己生外心。我宣布收起对你无效的贤惠忍耐,恢复行使妻子的监督权和限制权!"

"土豪的体面何在?"

"土豪的体面早被你丢光了。让我上车!"

毕竟方向盘还掌握在自己手里,成然猛踩油门,车子一溜烟冲了出去,甩掉了追在车后徒劳咒骂的绿卡。

以为这样就甩掉桎梏了吗?宾利欧陆奔驰在高速路上,突然,成然看见后视镜里玛莎拉蒂紧追着自己。宾利欧陆加速、变道,玛莎拉蒂就跟着加速、变道,无论宾利欧陆如何狂飙,玛莎拉蒂都不会从它的后视镜里消失。最后,宾利欧陆放弃挣扎,玛莎拉蒂追了上来,两车并驾齐驱,绿卡冲成然露出了"小样儿,你跟我斗?"的诡异一笑。

到了旧金山大学,绿卡更是如影随形,在校园、在教室、在餐厅,无论成然干什么,她就像是他的重影儿。

晚上,成然跑去混富二代的得扑局,绿卡亦步亦趋跟了去。他打牌,她就枯坐一旁,成然盯着手里的牌,绿卡不错眼珠地盯着他。成然故意把绿卡当空气,可是,狐朋狗友们的注意力无法专注在牌局上。

狗友替哥们儿向绿卡哀求告饶:"卡姐!卡娘娘!您回家去吧,成然我们给你看着,他跑不了。"

绿卡一副恬淡隐忍的表情,挥手安抚他们:"没事儿,你们专心玩,我就喜欢坐在这儿看着。"

另一个狗友悄悄问成然:"以后你就是这种绝望的人生了?"

这句话问得成然悲从心头起、恶向胆边生,一跃跳起,把手里的扑克牌狠狠地摔到牌桌上,纸牌纷飞,一声怒吼:"没法儿玩了!"愤而离席,扔下一众哥们儿,扬长而去,绿卡弹射起身,追随而去。

哥们儿一起摇头哀叹成然的命运:"这货完了!"

成然冲进自家车库,玛莎拉蒂随后杀到,趁绿卡还没停稳车,仅仅快了几秒,他狂按遥控降下车库门,总算把她隔绝在外。穿过客厅,正要上楼,只听别墅大门被拍得啪啪作响,绿卡风情万种的声音从门外传来:"老公晚安,明早不见不散哟!"成然生无可恋,这日子,真的没法儿过了。

康律师被紧急召唤而来,成然上蹿下跳、气急败坏地向他抒发了必须离婚的急迫心情:"我一分钟也忍不了了!这次我要不计任何代价……不行!你不能让我付出任何代价,除了你的律师费,最好控制在零成本。你现在就去——替我把婚给离了!"手一指,指向了窗外的绿卡家。

康律师在逼迫和授命下,作为成然的代理人,首次登门会晤绿卡,进行初步接触和交涉,并在第一时间向她表达了委托人的诉求:"本人作为成然先生的代理人,全权代表他,向你提出离婚。"

出乎他的意料,绿卡慵懒地偎在沙发里,专注地倾听,反应完全不像是听到了"离婚"。

"金露女士,成然先生目前已经完成他和您所签婚姻协议中约定的全部义务,帮助您获得了两年有效的条件式绿卡,现在你们双方应该互相给对方自由了。至于金女士您担心的绿卡转正问题,届时请您本人在绿卡失效前90天,独自前往移民局申请转正,出示法院开具的离婚令,拿出证明你和成然曾经相爱的证据……"

绿卡突然冒出一个问题:"我们曾经相爱的证据?那是什么?"

"比如你和他之间的情书呀,照片呀,朋友证词呀,只要能证明你俩当初是真结婚,不是为了骗取绿卡的假结婚,离婚也确实因为感情破裂而分手。"

"可是我们的感情没有破裂。"

第 14 章

"这一点你和成然先生显然无法达成一致,所以你俩不符合简易离婚的条件,我将代表成然先生单方面向法院提出离婚,以你收到离婚诉讼公文之日起计算,满半年,法院判决离婚,从此你和他成为路人。"

绿卡开始欣赏自己新涂的指甲油颜色:"没有那么简单吧?你以为我没研究过离婚程序?我和成然之间千丝万缕的勾连多着呢,半年后,法院怎么判,还说不定呢。"

"就算半年后还有争议没解决,离婚也只是时间早晚的问题。"

"对,时间早晚确实是个问题,说不准三年五年也离不了。反正我不怕,慢慢耗着呗。"

"这是你单方面一厢情愿的想法,我会尽最大努力帮助成然先生早日达到离婚目的。"

说出这一句,康律师看到绿卡放下双手,脸色一秒变凄厉,双眼射出一道急冻的寒光,他心中一凛,不寒而栗,下意识站起身。

坐在成家别墅静候佳音的成然,突然听到窗外传来一声怪叫,喊的还是中文:"冲动是魔鬼啊!"他能分辨出这是康律师的声音,一个弹跳,从沙发上跃起,冲到窗前,只见窗外绿卡手举高尔夫球杆,一路追打康律师,康律师跑得比兔子还快,一头钻进停在路边的自己的车里,猛踩油门,逃之夭夭。

在康律师绝尘而去后,成然见绿卡向成家别墅方向掉转头,手拎高尔夫球杆,以横扫千军和碾压一切之势,向这边走来。成然也像兔子一样,逃离窗口,飞奔过客厅,确认大门锁好后,逃上了二楼。当初收15万美元结这个商婚的时候,成然打死也不会想到:这是一桩要用生命离的婚。

一如风投顾问Hanks的承诺,风投对书澈及创业团队的投资流程以不可思议的速度快速推进、迅猛完成,双方签订了投资协议后,300万美元的风投一次性打进了书澈的公司账户。书澈的新创科技公司也有了一个崭新的名字：田园科技。之所以叫"田园"，寓意为"家"。有了钱，有了名号，还要有个大本营。因为团队成员全部是来自斯坦福各专业和各院校的同学，所以，书澈希望公司的办公地址立足校园，依托斯坦福这个他们共同的精神家园。

萧清经过校园公告板时，被一张中、英文的招聘告示吸引，驻足仔细观看。一家叫"田园科技"的新创科技公司，现招聘5名编程工程师和1名法律顾问，薪金优厚，优先录用斯坦福的在校生，有意愿者请联系公司HR主管威廉，招聘启事上还留有威廉的手机号码。

这正是萧清求之不得的最佳打工机会，她立刻掏出手机，记下威廉的手机号，立刻打给了他："你好，威廉，我是萧清，法学院JD在读生，我看到了你们公司招聘法律顾问的启事，我有意应聘。OK，OK，明天下午4:00，在bookstore里的cafe面试，明天见。"如果能成功应聘，真的没有比这个更理想的工作了。

晚上回到合租别墅，萧清、凯瑟琳和本杰明发现了一件令他们大为震惊的事情——莫妮卡不见了，但不是失踪、失联，她留下了一张字条，用小学生一样歪歪扭扭的中文写道：清，我去纽约了，结束后就回来，别担心我，莫妮卡。在母亲放弃逼迫女儿捐肾救弟后，莫妮卡终究还是选择了主动回去。

第二天下午，萧清特意换上一套干练的职业小套装，走进bookstore cafe，去争取她梦寐以求的公司法务职位。她一边找人一边和威廉通话，确定他们就坐在窗口座位等着她，萧清走过去，还没走到，脸上的笑容就凝固了，因为她看见和威廉并排而坐、正低头看着电脑的人，像是书澈。

威廉看到了走来的萧清，确认她就是来面试的法学院女生，起身笑迎："嘿，我是威廉，你是来面试的吗？"

萧清没法后退，只好走到他们面前："是我。"

第 14 章

书澈抬头，看到了立于面前的萧清。

威廉和萧清热情握手："欢迎你来！你叫萧清，我没记错吧？"他向她介绍书澈："这是我们田园科技的CEO书澈先生。"

萧清的心凉了，田园科技居然是他的公司！她对书澈改说中文："我不知道这是你的公司。"

"知道就不来了，对吗？"书澈脸上似笑非笑。

威廉望着他俩，诧异地问道："你们认识？"见书澈点头默认他和萧清认识，就问他："那我们还有必要履行面试程序吗？"

萧清等待书澈的反应，要杀要剐，只能凭他。

书澈对萧清说道："很高兴你愿意加入我们的团队，但是抱歉，这个职位你不适合。"

果然不出所料，对她怀有深刻成见的他，能给自己什么礼遇？萧清的拗劲儿突然上来了，眼神露出不服、不忿："你什么问题都没问，我就被秒杀了？"

"没必要问。"

"你很了解我吗？"

"我们团队需要的法务，他的专业性至少要在我之上，一个连刑法都学不过我的JD，我怎么敢信任她？"

在萧清刑法大课当众出丑的伤口上，书澈又高冷地撒了一把盐，他看到她的额头上青筋暴起，眼珠因愤怒而充血，但她一言不发，掉头离去。

萧清闷头疾步冲出bookstore，和迎面而来的人撞了个满怀，随即被不怀好意地一把推开，跟跄后退站住，这才看清推搡并对她怒目而视的人，是绿卡。

绿卡揣着一腔怒火而来，见到萧清就火冒三丈："是你撺掇成然和我离婚的是吗？"

萧清当然一无所知:"离婚?我不知道,不关我的事。"

"他现在追你,这也不关你的事?"

"不是你想的那样。"

"他天天跑去你打工的日料店给你送小费,把他老爸的豪宅让给你住、让菲佣伺候你,光天化日下恨不得让全世界听见他嚷嚷'我养你、做我女朋友吧',我是不是该把这些理解为你们纯洁无瑕的友谊?"

"我没有义务向你解释,但我依然愿意向你澄清:我只是把成然当成朋友,仅此而已。"

"朋友?仅此而已?那你为什么不向他说明,还一直吊着他?"

"我没吊着他,只是想……选择合适时间、以合适的方式向他说明,因为我不想伤害他。"

"哟!你是多么善解人意呀!你简直就是劈腿出轨人士以及小三的福音。只要怀抱一颗'我不想伤害他'的善心,是不是就可以一边把自己变成富贵不能淫的白莲花,一边笑纳送上门的各种福利?这样才符合名校生的Style?原来斯坦福款的小三儿是这样的式儿!"

"我会尽快和成然说清楚。"

"能保证以后不见他吗?"

"我可以。"

绿卡得寸进尺:"给我写个书面承诺,包括道歉,发微信也行。"

"我没伤害你,你没有权利侮辱我。"萧清转身就走。

绿卡突然手指萧清的背影,对经过的学生们大喊:"请你们记住她、提防她!她是法学院的萧清,是插足别人婚姻的第三者!"

真有好事的美国吃瓜群众驻足围观,萧清打死也想不到这种"校园捉奸"的九流狗血剧情会发生在自己身上,对于没有恋爱经验、连正房经验都荒芜的她,"被小三儿"更是从未涉足过的未知领域,她

第 14 章

一时还真不知所措。

宾利欧陆一个急刹停在面前,成然跳下车直奔绿卡,显然他是追赶绿卡而来,试图阻止她对萧清的伤害:"绿卡,你要干什么?"

"你看不出来?我手撕小三儿呢。"

"你别小三儿、小三儿的,她不是!"

"这你也能帮她洗白?她难道不是?咱俩不是美国法律承认的合法夫妻?你没有出轨追她?她不是介入咱俩、导致你要离婚的罪魁祸首?"

萧清走到成然和绿卡面前,最后一次向两人声明:"我没有丝毫愿望介入你们的感情,请你俩移步回家玩耍,把清静还给我。"

绿卡不依不饶:"你要真像自己扮演的那样,三观超正,还自尊自立,今天你就在这儿,当着我,当着所有人,把话跟成然说清楚!'我不爱你'这几个字是甲骨文说不出口吗?还是你舍不得说?不想吊着成然,你就干干脆脆地告诉他,立刻断了他的念头,别像现在这样占着便宜,还立牌坊!"

此刻的形势,逼迫萧清粗暴、直白,逼她必须在不合适的时间、以不合适的方式挥出斩断纠缠的一刀。萧清走近成然,他预知了她即将说出口的话,眼神里满是"求你别说"的哀求,他怕自己的希望被她一刀切断。

萧清狠心说了一句决绝的话:"成然,我和你不是一类人,我不会爱上你。"

绿卡继续施压:"你是故意的吗?'不会爱'和'不爱',一字之差,可是差之千里。"

"成然,我不爱你,谢谢你……"

成然听到萧清这句狠话的表情,就像明明被一刀刺中却不觉得疼痛一样,是一种麻木的空洞,从未在这个花花大少身上见过这种哀莫大于心死的悲伤，他扬长而去。

就在成然转身离开的一刹那，萧清后悔了，她难过得无以复加，好像他此刻的心如刀割她也能感同身受一样。本来她不该这样伤害他，就算没有爱上，他也那么多次地让她温暖、让她感动过……一扭头，萧清就看见了书澈的目光。

书澈此刻站在bookstore的台阶上，刚才的大战不知道被他看到了多少。他居高临下俯视萧清的眼神，写着"怎么又是你？怎么围绕你的全是乱七八糟的事情"的轻蔑。

萧清问绿卡："我说得够清楚吗？"

"关键要言行合一。"绿卡大获全胜，得意扬扬，鸣金收兵。

这一天是灾难日，受难的，不只萧清，还有宁鸣。萧清折损的是尊严，宁鸣危及的是生命。

宁鸣在客房卫生间里用刷子清洁墙壁瓷砖时，他的手突然感觉到一种异样，刷子下面的瓷砖呼扇呼扇的，那片摇摇欲坠的墙壁在宁鸣头顶正上方，他不敢动，小心翼翼，一寸一寸缩回手臂，刚想逃离危险之地，只听头上稀里哗啦，一大片瓷砖从墙上整体脱落，轰然砸中宁鸣的脑袋。

因为算工伤，所以黎老板亲自动手"治疗"宁鸣，给他消毒、清洁头上的创口，大伤口贴上纱布，小伤口贴上创可贴。宁鸣对镜观赏"治疗"后的自己，看上去像是一件打满补丁的旧衣裳。

"老板，我这算工伤，对吗？"

"算，所以我免费给你清创包扎嘛。"

"这就算补偿了？"

"晚上我再亲手煎块牛排给你。"

"补偿"还包括自己动手调制水泥、给卫生间脱落的墙体补镶瓷砖，黎老板一手持水泥瓦刀，一手捧块瓷砖，向宁鸣传授瓷砖镶嵌技术：" 水泥涂抹的位置和厚度，决定了上墙以后的牢固程度，也决定了一块瓷砖的使用寿命。" 几抹、一贴，这块瓷砖上了墙，"加固。"

宁鸣手持橡皮锤，敲打刚上墙的瓷砖，真心推崇黎老板的泥瓦活儿，同时纳闷："老板，你技术这么过硬，它怎么还能整片掉下来呢？"

"不是自然脱落，是人为所致。"

"人为？"

"这是毒虫毒瘾发作时用手抠松的。"

宁鸣吓得目瞪口呆："啊？这有十万马力七大神力吧？那你还敢让我往街上扔他们？老板，你可没告诉我，这份工作有风险！"

"来的都是客，我们没的挑。放心，被瓷砖砸到脑袋这种事呢，凭我20年的经验，也就是一年赶上一回的频率。"

黎老板没有告诉宁鸣的是：虽然被瓷砖砸中脑袋一年只能赶上一回，但是，一年赶上一回的其他凶险，还有很多，很多……

"老板，你在这里做了20年，没想过不做、离开吗？"

"离不开。我不做谁做？"

"你可以像别人一样辞职呀。"

"辞不掉，这份工是娘胎里带来的。"

宁鸣懂了："哦，旅馆是你家的家族产业？"

"不是祖产，我会做它20年？"

"那你没有想过做点别的行业？"

"人能挪，房子挪不了。"

宁鸣被震惊了："难道，这栋楼，都是你的？"

"是哟。"

"哇！" 宁鸣眼里的黎老板平地拔高、陡然威武，"原来你就是传说中的地主!"

"不过蒙祖荫,楼是我爷爷20世纪50年代过来、一辈子打拼出来的,然后他用剩下的钱把我爸爸兄弟姐妹几个一个一个从大陆接过来,我小姑姑在1966年春节前最后一个到了美国,够幸运。"

"那你在美国出生、长大,算地道老美了。"

"地道老美?中国人当我是老美,老美当我是老中,不中不西,我也不知道自己是什么。"

"有栋楼,那你还不想怎样就怎样、为所欲为?"

"然而并不是!我爸接手我爷,我接手我爸,职责就是守它一辈子,然后我的孩子继续守下去。别看它现在有点破败,哇!你没见过它过去30年的辉煌盛世……"

黎老板的谈兴上来了,打开了他的话匣子,他把视线投向日昌旅馆的大门,他的讲述带着宁鸣时光倒流,回到了过去的峥嵘岁月。

20世纪70年代,日昌被香港、台湾的生意客占领,他们个个腰缠万贯、挥金如土,每天,都有一群一群戴蛤蟆镜、穿喇叭裤、手腕上金表闪亮、拎着方方正正的装满现钞的皮箱满世界走的港客,粗声大气、谈笑风生地走进日昌,每间客房都住满客人。那时候,还见不到一个大陆人。

80年代,大陆客开始出现了,他们看上去都一个样儿,身穿全套中山装,架着漆黑的老式墨镜,看不见双眼。走进日昌时,不苟言笑,不见其色,说话交头接耳,不闻其声,虽然穿着老土,但他们一个一个行踪神秘、深不可测,因为陪同他们的,经常是西服革履的上流美国人。神秘大陆客进入日昌像一个预言,揭开了中国人进军全世界的序幕,从那以后,他们把红旗插遍了寰宇。

90年代,做生意的中国香港人、中国台湾人、大陆人都住到Down Town去了,但日昌仍然客满,来的都是大陆的留学生,他们很穷,几个人拼住一间房,但没有一个人拖欠房费。他们早出晚归,每天只睡几个小时,不是在读博,就是在打工,吃苦耐劳能赶上黎老板祖辈那一代了。现在,这些当年拼住客房的留学生,要么在美国大学、大公司里做教授、高管,要么已经回到大陆,成了各行业的领袖精英。

半个世纪屹立不倒的日昌,像一台时光记录仪,然而时光仍在,这台仪器,看上去却有点老了。

宁鸣追问:"后来呢?"

"进入互联网时代,客人们都消失了。"

"但现在蜂拥而来美国的中国人其实比过去多。"

"但是,没有人来我这里,游客们去住洲际、万豪、Airbnb,留学生去租房、住寄宿家庭,怎么还肯拼房、住我的旅馆?我家三代人在美国奋斗70年,就为了出来无论如何都比留下好,结果也就这一二十年的工夫,后来的你们,已经个个比我们财大气粗。我没有变、日昌没有变,变的是你们,是这个世界、这个时代。"

"你没想过跟着一起变、与时俱进?"

"之前来美国的中国人,用了一两代才在这里生根落叶,才让我这种移三代安定下来吃祖荫,大陆叫'啃老'对吧?好不容易不动荡了,我们的义务,就是沿着爷爷和爸爸铺好的轨道,平稳地滑行下去。"

"我说唐人街怎么凝固在了八九十年代,在这里我就像穿过时光隧道,回到30年前。"宁鸣恍然大悟,"这就是现在的人不来这里的原因!因为他们走在、活在现在的世界和时代。"

黎老板听得逆耳,面露不爽:"我管不了现在的人去哪里,也选择不了来什么客人。"

"你当然可以选!比如,翻修做精品酒店,软硬件定位上去了,价格就跟着上去了,把魑魅魍魉挡在门外,把财大气粗引进来;

再比如，改房屋结构，几间客房拼成一套公寓，做酒店式公寓或者Airbnb。日昌名字也不好，日昌，日昌，都成现在的钟点房了……"

"日昌是我爷爷取的，70年都没有变过！纸上谈兵谁不会？你说的这些，要真金白银地投入，要向银行贷款，要冒险！"

"不冒几次失败的险，一眼就能看见自己四五十年以后的样子，真的有意思吗？"

"就算不怕冒险，这也是颠覆！动荡动荡，一动就会荡！"

"树挪死，人挪活，这栋楼不就是你爷爷动出来的吗？待在安全的壳儿里，会不会成了一种束缚？"

忆往昔峥嵘岁月稠的吹牛被宁鸣生生变成了扎心，然而这些从来没有人对黎老板说过的话，却像倒刺儿一样，妥妥扎在了他的心上，拔之不去。

宁鸣脑袋上的砸伤还没好，万万没想到，一年一回概率的其他类型的凶险纷至沓来。

虽然一直不解其中奥妙，但每次Time is up，宁鸣都谨遵黎老板教诲，严格执行。这次，他像往常一样，站在房门一侧，伸手敲了几下门，喊道："Time is up！"房间内没有反应，再敲，又喊一声："Time is up！"

突然，宁鸣听到房间里传来一声金属撞击声：哗啦！正当他琢磨这是什么声儿时，一声轰然巨响：砰！惊天动地！房门被炸开一个碗大的洞，木屑四溅，硝烟升腾，一颗子弹穿门破屋，笔直向前，一头深深嵌进对面的混凝土墙壁上，才停止飞行。宁鸣像座雕塑，一动不动，硝烟散尽，他的神志才回到大脑：房间里的客人竟然——开了枪！他两腿一软，咕咚跌坐在地。

对讲耳机里传来黎老板的焦急呼唤："宁鸣！你在吗？宁鸣！你在吗？"

宁鸣嘴唇哆嗦半天，才气若游丝吐出一个字："在。"

"刚刚什么声音？是不是枪声？出什么事儿了？"

宁鸣说不出完整句子："客人……开枪……"

"搞不好是恐怖袭击！千万不要起身，匍匐前进，往电梯方向爬！"

宁鸣四肢伏地，手脚并用，在走廊地面上匍匐前进，爬离了枪击第一现场。枪响后，酒店一片静谧，估计每间客房里的客人都吓得闭门不敢出。只有地上的宁鸣，一步一步，爬向电梯口。

距离电梯几米之遥时，突然听到电梯上升的吱吱嘎嘎声，有人正坐电梯上来，宁鸣吓得立刻不敢动了，死盯住电梯门，心里的恐惧达到极点！如果——遇上传说中的恐怖袭击，如果——电梯里走出来的是恐怖分子，和房间的同伙里应外合，他宁鸣——将是第一个不幸遇难的倒霉蛋！

电梯到达，门开处，一只握枪的手先伸出来，枪口对准宁鸣的方向。完了！他垂头闭眼，等待命运的宣判。脚步越来越近，枪手来到身前，突然，后衣领被他一把揪住，倒拖向电梯。宁鸣睁眼望去，只见黎老板正一手揪着他的后衣领，一手举枪对准走廊，英姿飒爽、侠肝义胆，宛如小马哥，不对，宛如救世主。

酒店外面传来警笛声，黎老板反应迅速，把宁鸣拖进了209，往地上一扔："有人报警，警察来了，不能让他们看见你……把工作服脱了，如果警察盘问，就说你是住店客人。"

黎老板关门去了很久很久，宁鸣还趴在地上，上牙打着下牙，全身抖成筛糠。刚刚，哪怕他的站位偏移了50厘米，子弹钻进去的地方，就不是墙壁，而是他的脑袋了。宁鸣至此方懂这就是Time is up规范化的必要性以及严肃性所在。

第15章

经过现场初步勘查,美国警方基本确定在客房里向宁鸣射击的人,既不是恐怖分子,也没有谋杀伤害的犯罪企图,他只是一个神志不清的醉鬼,仅仅是出于对宁鸣在门外喊"Time is up"的不耐烦,就顺手抄起了随身携带的枪。

黎老板全程扮演险被枪击的酒店服务生,应付警察盘问,来掩护宁鸣的黑工身份不被暴露。

宁鸣在床上躺了几小时,听着走廊里从混乱喧嚣到归于安静,瘫痪的四肢逐渐恢复了正常的知觉。在一动不动仰望天花板的这段时间里,他一直循环思考的一个问题就是:如果那颗任性的子弹偏移了50厘米,他现在就躺在一个密封尸袋里,被推进一个冷藏柜,任何一个亲朋好友都不知道他已经死于非命、殒命美国,多少天后,噩耗才能传到他的长春家里和北京同学们的耳朵里。那些他该做的事、他该承担的责任、他该尽的义务,没有人替他去做;那些他该照顾的人,从此再无指望和依靠。

房门被敲响,宁鸣一激灵坐起身,黎老板端着早餐推门走进来:"魂儿还没回来呢?来,吃点东西压压惊,肚里不空,心才能定。"

"不饿。"

"警察局刚才来电话通报：初审结果基本排除恐怖袭击，嫌疑人对开枪射击完全没有记忆，酒精检测结果显示他1毫升血液中酒精含量高达200毫克，属于严重醉酒状态。就是说，昨晚不是恐怖袭击，你只是倒霉撞上了一个拔枪就射的醉鬼而已。"

"而已？不管醉鬼、毒虫还是恐怖分子，谁开枪都一样要命！"

黎老板还是一副就算撞到鬼也都不算事儿的轻描淡写："别担心，这种事呢，以我的经验，几年也碰不上一回。"

"你是说我运气还特别好喽？"

"一会儿去买张彩票，说不定你能中头奖。"

"我要是被那颗子弹打中了，会怎样？"

"你有保险吗？"

"有，办美国签证时买了保险。"

"有保险就行，住院治疗费用全部由保险公司支付；即使没买保险，美国医院也该抢救抢救、该治疗治疗；如果你付不起费，医院还可以向人道机构申请替你支付。"

"那我要是被打死了呢？"

"呸呸呸！就算死了，也有死了的赔偿嘛。"黎老板被宁鸣提醒了，突然想起一件事，"对了，你给我留个家人、朋友的联系方式，万一你……啊，呸呸呸！我也知道联系谁。"

宁鸣终于忍无可忍，从床上一跃而起，脱下身上的制服，狠狠摔到了地上："我不干了！"

"被吓着了？别怕，有了这一次，以后你就金刚护体了。我给你加薪，补偿你的精神损失，好不好？"

"加什么我都要走！这一枪彻底把我打醒了，之前被瓷砖砸脑袋、刚才子弹从眼前飞过，都是老天在警告我：你要任性吗？看，任性没有好下场！万一我在美国不明不白地捐躯了，我在国内的父母、爷爷怎么办？没有我，他们老了谁照顾？那些该我负的责任，谁替我去负？"

"你打算回去对自己、对父母、对世俗的人生负责去了？"

"我在这儿干了四十多天，您给我结一个月薪水就行。"

黎老板当即黑脸，一副锱铢必较的奸商嘴脸："要走我不拦着，走之前你要还住这里，从今天开始收你房费，每天50美元！还有，早餐也是收费的，20美元！这顿就开始算！"

宁鸣目瞪口呆，黎老板这脸，变得比川剧还快。这天下午，他来到斯坦福，坐在体育场的看台上，遥望着在场内塑胶跑道上奔跑的缪盈。这是他每天的流金时光，在这里等她来，尾随她徜徉在这座校园的每个角落，不想未来、不计未来，也不见未来地贪恋着眼前的欢乐，不意味着他听不见未来走到他耳边、他脑海和他心里轻轻地低问："你真的不想我吗？"所以，宁鸣决定了，这是一次默默的告别，此前他亲眼见证了缪盈和书澈的重归于好，他就当那是给自己的感情棺材板敲下了最后一根钉子，可以死心离开了。此刻坐在看台上，他冲着被缪盈忽略的小事儿以及照亮自己生活的大事儿，说了一声："再见！"

这次的沉默道别，和上次道别后因为邂逅书澈而夭折一样，因为听到了一个越洋电话，而再度夭折。

离开体育场，宁鸣跟随缪盈来到商学院，见她找了一个无人的僻静角落，拿出了手机。这是缪盈特意为之的，她要打一个电话，这个电话不能让书澈听到，所以不能在书澈住处打；也不能让成然听到，所以不能在成家别墅打，因此她选择了僻静的校园，她要在这里给成伟打一个重要的越洋电话，问一个从风投顾问Hanks一出现就萦绕在她心头的疑惑。她唯一想不到的就是，宁鸣全程偷听到了这个电话的内容。

"爸,有一家在美国注册的旧金山华人风投公司,刚给书澈的公司投了300万美元。"

成伟在电话里回应女儿:"这不是好事吗?"

"但项目初审、条款清单、尽职调查一系列必要流程,都几乎是走过场,快得不可思议。"

"那说明他们对书澈的创业非常看好。"

"这家风投公司的资金背景……和你有关吗?"

听筒里沉默了片刻,成伟没有立刻回答,过了一会儿才说:"没有任何线索和证据显示我和这家风投公司的资金背景有关。何况现在国家管控严格,对境外投资、个人消费的大宗转账追踪监控,听说未来还会出台额度限制政策。"

"我问的是:事实上,有关还是无关?"

"缪盈,这不过是个商业投资行为,记得我离开美国前对你说过的话吗?'有些事一定会发生'……"

在问出下面的话之前,缪盈还警惕地向四周环视了一圈,确认没人,周围一片"寂静"——包括躲在拐角后寂静偷听的人和一份对她寂静无声的关切。

"爸,这是你给书伯伯的回报吧?回报他让'市政府地铁竞标处于伟业掌控之下'?"

成伟不想继续否认抵赖,相反,女儿对真相一步一步地彻悟,也是他计划的重要组成部分:"果然,你比任何人都更早明白它意味着什么。"

"爸,我明白,这是投资,但更是……扮成投资的变相贿赂!"

"永远不会有人知道我在幕后操纵给书澈投资,更不会有人知道这种投资的真实性质。知道这件事的人,加上你,只有四个人,连具体经办人都不知道他在做什么,所以,放心。"

证实了最不想证实的事情,缪盈挂断手机,背靠着墙,缓缓跌坐在地。不知过了多久,她才起身离开此地,夕阳将她的身影镶金,看上去美丽而忧伤。

宁鸣始终站在拐角后,听着空气中传来她的叹息,轻微然而沉重,他十分震惊,也十分确定:就在刚才,自己偷听到了一些敏感词!这些词,让宁鸣突然打开了对缪盈的家庭、缪盈的感情的另外一个认知维度,她不再是宁鸣和众人眼中那个超凡脱俗、活在真空里的白富美女神,在另外一个现实维度里,她周围是沼泽、脚下是荆棘、内心有着不可言说的纠结,所以,他看到她离开市政厅后跑到礁石滩的那一场失声痛哭,所以,连书澈也搞不懂她的逃婚原因、她一切悲伤的根源,就来自他们不曾发现的维度。

偷听了缪盈和成伟的电话后,宁鸣又偷听了一场她和萧清的对话。在校园餐厅里,他坐在火车座的一侧,头戴棒球帽,用墨镜遮脸,另一侧坐着缪盈和萧清。他和两个女孩背靠背,她们的对话,清楚地落入宁鸣耳中。

"萧清,最近你好像很忙?每次见你都像踩了风火轮,嗖的一下就没了。"

"我……是有点忙。"

"在忙什么?"

"JD第一年嘛,九死一生。"萧清不想对缪盈诉苦学业和生活的艰辛,更不能和她谈论成然的纠缠和绿卡的敌对,于是转移话题,"我还没有祝贺你和书澈和好了,看到你俩好好的,我这只没恋爱可谈的单身狗,都觉得阳光灿烂、晴空万里。"

缪盈的淡笑里有一抹苦涩:"可是我们……很难回到从前了。"

"为什么?你没有和他说开吗?你俩没有冰释前嫌?"

"我到底没有告诉他为什么不结婚,他也放弃追问了,说他想让我保有自己的秘密,有不必对他开放的空间,有爱他或者不爱他的自由。"

"牛!情圣的境界呀。缪盈,你可死死攥紧了,一旦、万一、假如,我说假如你失去了他,会后悔一辈子。"

"谁也不知道我现在有多害怕失去他……过去,和他分开的怀疑和恐惧,我一秒钟也没有过,但现在……"

"为什么你会这么没有安全感?"

"就因为——我不能和他结婚。"

"那个原因到底是什么?"

"不是因为他,也不是因为我……这个原因,并没有因为书澈不穷究根底而时过境迁,它确确实实地发生过、正在发生,还将一直发生下去,我不可能忽略它的存在。现在一无所知的书澈,也终究有一天会知道。"

萧清似懂非懂,还是不知道"这个原因"是什么,但她能看出"它"让缪盈郁郁寡欢、忧心忡忡:"你怕他知道你的逃婚原因?"

"我很怕他知道,但是……他早晚会知道。"

"我相信你们的感情禁得起所有颠覆,要是连你和他的爱情都扛不住消磨,那我真不相信爱情了。"

"再刻骨铭心的爱,也不一定禁得起任何事情的颠覆。"

萧清不知如何给予缪盈安慰,只能紧握住她的手。相比萧清的懵懂,缪盈背后的宁鸣,心里已经如明镜一般清晰:缪盈悔婚的原因,就是刚才她在电话里向成伟确认的那件事,她和书澈的感情,掺进了太多爱情以外的杂质,这些杂质,足以稀释爱情的纯度。此时此刻,只有一个人知道了缪盈内心的恐惧和担忧,也因为她的担忧而深深地担忧她。

晚上，宁鸣回到日昌旅馆，见黎老板正自己动手补墙、修门，他走过去，默默拿起油漆桶里的滚筒，往黎老板刚刚用腻子填平的弹孔上补漆。

黎老板气哼哼地瞥了宁鸣一眼，还带着对他要离开的怒气，揶揄他："和你的风花雪月告完别了？什么时候走？我好给你结账。"

"我……又不想走了。"

黎老板咧开嘴乐了："不走好。"他递给宁鸣两块木板，把工具箱一脚踢到他脚下，"把门上的枪洞也钉上。"

"我不走，是说不离开美国，但还是要离开这儿。"

黎老板的情绪重新低落，失望叹气："来去由人，每个来过的人都是不久就走掉，没有人做得长。"他掂起木板，自己去遮挡房门上的枪洞。

宁鸣从工具箱里拎出锤子，走到他身边说："我会干到你找到人接替夜班经理再走。"

两人合作修补好了门上的枪洞，当晚，黎老板罕见地关门歇业，拉宁鸣去了一家唐人街的小馆子，又罕见地埋单请客。爷儿俩又吃又喝，都有点高了，黎老板才问起宁鸣又决定不走了的原因。

"你怎么又改主意不走了？"

"因为我今天听到一个秘密……"

"什么秘密？"

"我终于知道——她为什么那么想嫁给青梅竹马却在注册的当天当了落跑新娘。"

"为什么？"

"因为——她爸从他爸手里拿项目，他爸从她爸手里拿好处，她知道，他还不知道，又不能告诉他，只能逃婚，虽然他俩和好了，但前途还是一片阴霾。"

"哦……"黎老板一语道破,"她爸是商?他爸是官?"

宁鸣动作一下定格,被黎老板的准确判断惊着了:"你怎么知道?"

"官商勾结、钱权交易,都是套路嘛。哇!原来,你的风花雪月是白富美,她的青梅竹马是官二代呀。"

"我一直没想明白,为什么他俩不能结婚?她爸和他爸绑在一艘船上,他俩不是更瓷实吗?"

"要避嫌啦!"

宁鸣恍然大悟:"哦!我之前怎么没想到?"

"Too young, too simple!"

"那她为什么不告诉他?"

"我爸拉你爸下水,我还要告诉你,让你敲锣打鼓地欢迎?你还是Too young, too simple!"

"那两家的雷凭什么让她一个人顶?"

"这不还有你陪她一起顶吗?"

"我就要陪她。她高兴,我陪她高兴;她难受,我陪她难受;她担心他俩的将来,我也担心他俩的将来……"

"你还真是——吃着白菜豆腐操着燕翅鲍鱼的心啊!你到底图啥?"

"我啥也不图。"

"不对,你有所图!你发现他俩感情出了问题,看到他们分手的可能性,所以你决定留下来,韬光养晦,伺机而动,等着将来捡一大漏,然后直接鲤鱼跃龙门、抱得美人归。你高哇!"

宁鸣感觉自己被深深地侮辱了,愤怒地拍打桌子:"我一丁点儿这种希望都没有!"

"你潜意识里肯定就这么想,自己不敢面对。"

"我的潜意识,我不知道,你知道?"

"不然怎么解释你悄无声息潜伏在人家左右又毫无存在感的举动?"

宁鸣从凳子上一跃跳起:"我的行为无须解释!如果非要解释不可,那就只有一个原因——唯有青春和爱不可辜负,因为它们终将一去不返!"

黎老板不得不抬头仰视宁鸣,被他的酒醉宣言震惊的同时,觉得自己心里流淌出了一丝叫作羡慕的东西。自出生四十载有余,他从未跨出过祖荫半步,日昌这个硕大的祖荫,遮盖了他,也束缚了他,随心所欲和肆意妄为这两样东西,从来没有在酒店继承人的生命里出现过。他也要像移民二代的父亲一样生于日昌、死于日昌吗?他将和祖辈、父辈两代老移民一样,终其一生都不走出唐人街吗?

喝到深夜,黎老板架着彻底高了的宁鸣,勾肩搭背、晃晃悠悠地走回日昌,宁鸣把旧金山的街道当成了卡拉OK的包间,高唱:"我想要怒放的生命,就像飞翔在辽阔天空……"

歌词更加触动了黎老板的伤感:"比起你,我这辈子活得死气沉沉,青春和爱,都辜负了。"

"树挪死,人挪活。"

"我老了,挪不动了。"

"不是挪不动,是你不敢挪。"

"是不敢,动荡动荡,一动就荡,我这把年纪,禁不起折腾了。"

"生命在于折腾!不折腾就是死水一潭!"

"那要是折腾死了呢?"

"折腾死,也好过在惯性的死水里闷死。'曾经多少次失去了方向,曾经多少次破灭了梦想,如今我已不再感到迷茫,我要我的生命得到解放……'"

走路都走不稳的两个男人,感觉自己上了天。

在面试田园科技惨遭书澈否决后,萧清坚持不懈地继续寻找工作,终于在一家酒吧里找到了waiter的工作。这份工作让她最满意的,是每晚可以在做完作业和预习好第二天的功课以后再去上班,工作到凌晨几点不定,因此,睡觉时间被挤压得越来越少。

往返于吧台和桌子之间、给客人服务以外的时间里,萧清常常盯着调酒师Jack眼花缭乱的动作出神,一看就是半天,Jack很快看出了她的野心和企望。

"清,你是想学这个吗?"

"Jack,你想收个徒弟吗?"

"如果你能学会并且胜任的话,我愿意当你的老师。"

"这个难学吗?"

"如果你有天分,几天就能出师,一个月就能成为我。但如果你是笨蛋,那我无能为力。"

"我保证不是笨蛋。"

只要没有客人召唤服务,萧清就溜到吧台后跟Jack学习调酒。Jack发现她果真不是笨蛋,无论是一招一式的动作,还是对酒品种的超强记忆力,到对调制口感和准确度的拿捏,都显出了一个斯坦福学霸的全能学习力。萧清的小野心非常单纯,就是调酒师的时薪比waiter高多了,当她能为客人调制出第一杯酒时,她的收入就向前迈进了一大步,向买辆二手汽车的理想前进了一小步。

打烊常常在旧金山凌晨三四点钟,萧清走出酒吧时,总下意识地往四下张望,像是找什么人;车灯一闪或者有车经过,她也会确认一下,那是不是宾利欧陆。萧清意识到,每当午夜时分打工结束,成然的出现和陪伴,对她而言,已经成了一种习惯,有一段时间看不到他了,她努力忽略自己内心的失落。

深夜回到别墅,凯瑟琳和本杰明早睡了,萧清怕吵到他们休息,轻手轻脚地进门,却意外看见客厅亮着一盏昏暗的小灯,莫妮卡正坐在落地窗前,扭头见她归来,举了举手里的啤酒瓶。

莫妮卡从纽约回来了!这让萧清喜出望外,她走过去,挨着她坐下:"白天睡,晚上喝,你一回来就恢复正常作息了?"

"你的新工作怎么比日料店下班更晚,扛得住吗?"

"习惯了。弟弟怎么样?"

"飞机一落地,我就直奔医院,告诉我妈,我来做配型。"

"你一走,我就猜到你要去做这个。"

"去纽约前,我做好了送给Adam一个肾的准备。"

"然后呢?"

"造化弄人,配型没配上。Adam只能继续等待肾源,不知道还要等多久。之前只能一直透析,每周三次,他才9岁……我的肾救不了他,我不知道是该替他难过,还是替自己庆幸。现在,我谁也不欠了。"

萧清如释重负,至少,她为莫妮卡感到庆幸,举起啤酒瓶:"这个值得干一瓶!"

两个女孩的啤酒瓶撞在一起,莫妮卡喝下一大口,扭头凝视萧清,眼睛里星辰闪烁。

"你知道吗,下飞机回到这里,远远看见这幢房子,想着窗户后面就有你、有你们,我忽然觉得——它不再只是一所房子,而像个家了。"

自从绿卡在bookstore外逼迫萧清当众拒绝成然、手撕小三儿大获全胜后,成然就进入凡人不理、神佛不敬的境界,绿卡对他失去了威慑力,同时,也失去了存在感,无论她再对他做什么,他都视她为空气。绿卡赢得了对萧清的战役,却丢失了成然。

这天,绿卡从自家别墅窗口望见几辆豪车经过,在成家别墅外一溜儿停下,从车上下来几个和成然一起玩得扑的狐朋狗友,绿卡认识他们,接着又下来七八张网红锥子脸,绿卡一秒鉴定出她们是外围女。红男绿女大呼小叫地蜂拥而入成家大门,成然这是要在家作妖的节奏。

绿卡肩负起合法妻子的监督管束义务,杀到成家别墅外,听到门里地动山摇,按了半天门铃,无人应门,干脆改用拳头擂。一狗友开了门,屋里和他身上的酒气一起直冲绿卡,她把他扒拉到一边,长驱直入,所到之处不堪入目,男男女女散布各处,有跟随音乐连体摇摆的,有搂抱一起耳鬓厮磨的。绕到沙发后面才找到成然,一见他,绿卡双眼顿时冒火。成然正坐在地上,闷头吸大麻,两个外围女腻在他身上喝酒嬉笑。

"成然!你这要上天啊?"

成然抬头,目光迷离:"对啊,正飘呢,你也想上来逛逛?"他把手里的大麻递给绿卡。

绿卡一把夺过大麻,扔到地上用脚碾碎:"乌烟瘴气!"

外围女质问绿卡:"你谁呀?哪个庙的?"

绿卡理直气壮:"这个庙的!我是他正牌老婆!"

"离婚了!前妻!前——妻!"成然对绿卡摇晃着手指,大声澄清,"你管不着我了,我也管不着你,一别两宽!这么多帅哥,随便你扒!哥几个,我前妻,跟我没有半毛钱关系了,谁跟她对上眼儿,我主随客便。"

"你他妈浑蛋!"绿卡气得七窍生烟,拔腿就走,走出别墅,就拨通了缪盈的手机,"姐,我是绿卡,你回家看看吧,成然要疯了,家里已经乱成一团,不可描述……"

缪盈接到绿卡的电话,紧急赶回成家别墅,拿钥匙开了门,空气中的大麻味道扑面而来,呛了她一个跟跄。缪盈顿时变色,大步流星冲进客厅,绿卡跟在她的身后,只见一客厅男男女女,沙发上、地面上,横七竖八,全嗨了,眼神迷离,神志不清,在红男绿女中找了一圈,没见成然。

缪盈拽起一个狗友问:"成然呢?"

他四下撒眸,露出迷之怪笑:"啪啪、啪啪去了……"

缪盈扔下他,推开一扇一扇房门,卫生间门被推开时,一个男孩和一个女孩正靠在墙上激吻,缪盈上去就是一脚,踹在男孩屁股上,他双膝一软,扑通跪倒在地,回头刚想发火,一见是缪盈,立刻尿了:"姐……"但他不是成然。

"成然呢?"

"刚才见他上楼了……"

缪盈一阵风刮上二楼,一把推开成然卧室门,他在这里!而且是独自一人,正靠床瘫坐在地毯上,手拿一只玻璃杯,仰头往嘴里灌。

缪盈冲上去劈手夺过杯子:"你喝的是什么?"

成然被缪盈的争抢溅了一脸液体:"水,是水。"

"撒谎!"

"真是水,姐!不信你尝尝!"

缪盈喝了一口,还真是水,她把杯子放在一边,继续审问:"刚才是不是喝酒了?"

"半瓶儿。"

"还抽大麻了?"

"几口。"

"撒谎!楼下都成酒池肉林了,进门差点儿呛死我!"

"真就只喝了一点、抽了一点。"成然一脸委屈地揉着心口,"姐,我心疼!本来想抽点儿、喝点儿,把自己麻痹了,就不疼了。谁知道,别的地方都麻痹了,这儿——更疼了!"

缪盈架起成然,往床上抱他:"别坐地上了,起来。"

成然被缪盈拖到床上,还在诉说:"心,碎成一片儿……一片

儿……一片儿，每一片儿，又碎成渣……渣……渣……"

缪盈哭笑不得："都有幻觉了，还说只抽了几口。"

"姐，失恋太难受了！"成然先是潸然泪下，继而号啕大哭，"嗷——嗷——"

没有人见过失恋的成然，这是他的第一次，连缪盈都觉得稀罕，更别说站在门外的绿卡，她听到了成然这些话，他的心是因为被萧清拒绝而碎，从来没有一个女孩让成然这样失魂落魄，这就是他在爱情里的样子吧？这就是自己求之不得的他吧？绿卡嫉妒至极，她宁愿他一直是那个花丛里打滚，片叶不沾身的花花公子，宁愿没有见过他爱的样子。

缪盈安置好成然，返回一楼，关掉音响，拉开大门，对众人下了逐客令："结束了，你们都给我走！"晕晕乎乎的男男女女一个个意兴阑珊地爬起，摇摇晃晃地往外走，但是，外围女都站在原地不动，齐刷刷望着缪盈，一个也不挪窝。

狗友提示缪盈："姐，成然还没结账。"

"多少钱？"

"女孩一人200美元。"

缪盈掏出她钱包里几乎全部现金，递给狗友："你给她们结。"狗友分发美元给各人，女孩们站成一排冲缪盈鞠躬："谢谢老板打赏！"简直没眼看。

只剩下姐弟两人单独相对时，他们坐在泳池边，从失恋说起，谈起了爱情。关于这个话题，姐弟俩从来都是鸡同鸭讲，拜萧清让成然初尝失恋的味道所赐，姐弟俩的交流终于能归到一个维度里了。

"我被萧清当众、直白、冷酷地狠狠拒绝了。"

"我了解萧清，不是被逼得没办法，她不会那样处理。你和她不是一类人，她不会爱上你。"

"你是我亲姐吗？不用再重申一遍这个残酷的真相。"

"亲姐才帮你直面现实呢，还有一个更残酷的真相，就是，你配不上萧清。"

"没法聊了。"

"你不是要麻痹吗？我的话比大麻、酒精有效。"

"姐，我失着恋呢！失去幽默能力了！"

"说真的，虽然不可能，但你喜欢萧清，我还挺高兴的，说明你的审美突飞猛进地提升了。"

"受的打击也成批量增加了，从来没为一个女孩儿这么心累过。"

"你从前那些女朋友有费事追过的吗？"

"真没有，都是一拍即合，倒是分手比较费事。"

"那你有没有想过，可能因为头一次碰到你搞不定的女孩儿，所以才特别不甘心，征服欲受挫也会难受。"

成然认真想了想他对萧清的感情："不是征服欲，我是真喜欢她。因为她，我才发现以前我没动过真情；因为她，我才意识到钱不是对所有人都万能，那种拿钱拍女孩儿的手段，我不敢对她用，觉得丢人；因为她，我甚至怀疑以前那些女朋友对我有多少真感情，和我在一起吃喝玩乐买买买，要是我没有钱呢？"

"至少有一个人你可以不用怀疑，绿卡绝对不图你的钱，她对你的感情百分之百不掺假、不兑水。"

成然从灵魂深处发出一串哀号："啊……别跟我提她……"

"其实，你爱的女孩不爱你，并不是最糟糕的事儿；最糟糕的，是睡人无数，还不知道爱情为何物。至少现在，你知道了爱一个人是什么滋味儿。"

书澈在斯坦福校区找到了合适的office地址，经过装修，田园科技正式入驻，整个团队开始为筹备开幕Party而忙碌。本来萧清和这个

第 15 章

Party 毫无干系,就算接到缪盈的盛情邀请,因为和书澈的芥蒂,她也不会前往。但吊诡的是,偏偏有人把她和书澈的开业 Party 扯上了干系,这个人就是绿卡。

冤家路窄,一天晚上,为了散心,绿卡和几个买买买的小伙伴走进一家酒吧,看到了站在吧台后调酒的萧清!难道她在这儿打工?绿卡留了个心眼儿,没有跟朋友一起走进酒吧,而是在门外站了一小会儿,确认萧清就是在这家酒吧打工。也就在门外这一小会儿,她想起了和缪盈聊起过开幕 Party 的酒水和乐队助兴,缪盈对吃喝玩乐的领域并不熟悉,绿卡就大包大揽承包了这两项,她当然有自己的朋友资源,但如果提供酒水服务的人是萧清……绿卡有了一个让自己心情爽朗的主意,她没让萧清发现自己,叫走了小伙伴,坚持要换一家酒吧,离开前,她拿走了一张酒吧宣传单。

两天后,酒吧接到一个条件苛刻的大订单,在周末下午为一个 Party 提供全部酒水、冷餐、糕点和小食,并要求派一名会调酒的女招待到现场。因为下单公司的员工华裔居多,所以要求这名现场服务的女招待会讲中文。这样的客户要求,导致符合条件的仅有萧清一人。

虽然 Jack 为徒弟打了包票,但老板还是不放心,怕萧清一人搞不定、毁了这个大单,他决定当场测试萧清,让她调制一杯 tequila sunrise。萧清走进吧台,拿过一只高脚杯,放入冰块,量出一盎司 tequila 酒倒进杯子,往杯里兑满橙汁,量出半盎司石榴糖浆,沿着高脚杯壁缓缓倒入,石榴糖浆沉入杯底后自然升起,呈现出太阳喷薄欲出的色彩,制作完成,她把酒杯推到老板面前:"tequila sunrise。"老板端起酒杯喝了一口,放心了。萧清迎来了独自出台的机会,她怎么会想到,这是一个居心险恶的大坑!

田园科技的开幕 Party,注定会成为一个标志性的事件、一个转折性的时间节点和一段不可磨灭的永恒回忆。所有人都参与其中,萧清、书澈、缪盈、成然、绿卡，若干年以后，他们从不同的视角，以不同的感受来珍藏这个晚上，共同的是，这个晚上，彻底改变了每个人，一些东西结束了，一些东西开始了，从过去到未来，因为这晚发生的事情，才能承上启下，成为必然。这五个人，如果抽掉了这一晚的经历，未必会成为后来的萧清、后来的书澈、后来的缪盈，以及后来的成然和绿卡。命运里的偶然和必然、因和果转换的微妙，莫过于此。

这天下午，萧清带着满满一面包车酒水和食物成品，送到客户指定的Party现场，一进去，她就看到"田园科技"的硕大中英文Logo，这竟然是书澈公司的开幕酒会！难道自己出现在这里只是一种巧合？萧清没有更多时间去深究根底，因为立刻要和田园科技的安妮对接。听完安妮的进一步要求，她开始一系列忙碌，布置点缀餐台，摆放冷盘、点心、酒杯，开瓶、醒酒……一扭身，看见了西装革履、意气风发走进场的书澈。虽然萧清心理上做好了必然会遇到书澈的准备，但她还是不可避免地感觉局促。

书澈也看见了萧清，她身穿一套不是她日常装扮的行头，他对她的来龙去脉一头雾水，心里纳闷：她怎么会出现在这里？

书澈走到萧清面前，问她："是缪盈请你来的？"

萧清不知如何回答他，只好转移话题："今天是你公司开幕？恭喜发财！大展宏图！"

书澈微微颔首，算是收到了萧清的祝贺，上上下下打量她，开了一句玩笑："我们今晚没有Costume Play的环节。"

这个玩笑有点伤害萧清，但她没有反驳他，沉默地转身离开。也就在这个时候，萧清第一次对今晚的Party感到怯场，她对于以服务生、女招待的身份出现在书澈、缪盈和成然面前，感到一种下意识的羞耻，虽然理智马上告诉自己：这没有什么可羞耻的！在本能和理智的交锋中,她给酒吧老板打去了一个求援电话。

"老板,你能不能换个人过来顶替我的工作?"

"怎么了?你身体不舒服?"

"不是,这个开幕公司的老板,是我……认识的人,还有很多我的朋友。"

"你怕他们知道你打这份工?"

萧清被一语说中了心事。

"萧,这份订单的附加条件,就是客人指定你做。"

"为什么他们专门指定要我做?"

"不知道,我只是按照客户要求完成订单,希望你能做好这个工作。"

老板没有给萧清退路,还透露了一个信息,那就是客户订单对女招待的要求条件里,还列出了萧清的名字。

萧清几乎可以确认自己出现在这里的蹊跷,也隐约感觉到了蹊跷后面的险恶,她预见到今晚将有一场针对自己的风波在酝酿,但她本来不是这场Party的主角,更不该是今晚的中心。

后无退路,前藏叵测,萧清躲在准备间里,无计可施地想着应对之计,其实,只是在做心理建设,她一遍一遍鼓励自己:无论面对什么样的凌辱,都要做好服务,你是Party的服务员,并不丢人,也毫不羞耻,萧清,你可以搞砸一切,唯独不能搞砸的,就是今晚这个大订单。

透过准备间门缝,萧清看见缪盈已经来到现场,作为女主人的她穿了一条礼服裙,点亮了全场,书澈走向她,他们牵手站在一起时,就是传说中的一对璧人。安妮撞开准备间的门,催促萧清:"你还在干什么?客人都来了。"萧清深呼吸,迈出了准备间的门。

萧清手举托盘在来宾中间穿梭、为众人送上酒水小食时,还是本能地闪躲，不往书澈和缪盈身边靠近，所幸他们忙于迎接一拨一拨来宾，关注点不会停留在一个女招待身上。

但是，有人在刻意寻找萧清，绿卡一进会场就启动雷达，满场搜索萧清，看到了，她亲自打电话下单钦点的女招待正在服务。这个场面让绿卡非常满意，可她也无须暴露自己的居心，甚至今晚，她只要确保把萧清弄进这个场面，其他什么也不用做，坐等好戏开场就是了。最高级的凌辱，何必一定要声色俱厉？再强悍的尊严，面对贫富差距的当面碾轧，也让你尸骨无存。而绿卡真正的目的，是把阶级的天堑赤裸裸地亮给成然看，你看看，你看看，你爱的应该是一个为你端盘子的女孩吗？

成然姗姗来迟，没精打采，仿佛还沉浸在失恋的颓废中。萧清送完一盘点心，走回冷餐台，放下空托盘，一抬头，看见成然！

他凝视她，她凝视他。

经过一瞬间的犹豫，萧清走向成然。在那样一场当众拒绝后，她知道她给了他怎样一种难堪和伤害，从那天以后，她一直想和他说几句话。

成然见萧清向他走来，转身躲避，走到一边。在那样一场当众拒绝后，他不知道如何面对她，他还沉浸在深刻的受伤中，尽管他每天都在思念她。

萧清看到成然在刻意躲避自己，只好停下走向他的脚步，随即，被缪盈一把抓住："萧清，你来了！也不过来找我们？是书澈请的你吧？他事先也不告诉我一声，怠慢你了。"缪盈低头见萧清手托酒杯："你怎么还干这个？放下，过来给你介绍几个书澈的朋友，看能不能找出一个秀色可餐的。"

"不了，我在工作。"

"什么工作？"

第 15 章

"今天我不是谁请来的,我是招待,为你们提供服务。"

缪盈对萧清这样的出场身份感到诧异:"谁安排的?谁雇用的你?是书澈吗?"

"不是他,我也不清楚……"

缪盈招手呼唤不远处的书澈:"书澈,你过来一下。"

那边,书澈正在接受几个来宾举杯祝贺,闻声向她们这边望过来,不解缪盈何意。

"别打扰他。"萧清低声向缪盈解释,"我现在在一家酒吧打工,接到订单,给这个Party提供酒水冷餐,还指定我现场服务,然后我就来了,没想到这么巧,居然是你们公司的开幕仪式。"

缪盈听了更加诧异:"谁指定你现场服务?"

萧清并不想带领缪盈当场破案,就说:"你陪书澈应酬吧,我工作去了。"

缪盈似有所悟,刚想对萧清说点什么,她已经离开。

书澈和来宾喝完杯中酒,一直手握着空酒杯,无处放置。萧清适时来到他们面前,微笑着端上托盘,来宾们自然而然地把空酒杯放到她的托盘上,换取有酒的杯子。书澈这才真正注意到萧清的姿态,难道她是一个女招待?他的眼神充满疑惑,上下打量萧清,成了最后一个还手握空酒杯的人。

萧清递上托盘,请书澈放置空杯:"请把杯子给我吧。您还需要什么?我马上送来。"

来宾吩咐萧清:"请再给我们送点小食。"

"好,马上送来,请您稍等。"萧清专门问书澈,"您还要酒吗?或者点心、三明治?"

"不要,谢谢你。"

萧清弯腰鞠躬,离开他们。书澈目送她走向冷餐台,这才确认她就是女招待，向来宾致歉："不好意思，走开一下。"快步走向缪盈，他想知道这是怎么一回事。

"缪盈，萧清是什么情况？她不是你请来的？"

"我还以为是你请了她。"

"她为什么在这里当女招待？"

"她在校外一间酒吧打工……"

"校外黑工？她的教授不是给了她一份校内工吗？"

"我也刚知道她打黑工，这次她工作的酒吧接到我们公司开幕Party的订单，还专门指定要她来现场服务。"

书澈这才明白了萧清的来由："酒水冷餐不是你去联系落实的吗？"

"绿卡说她有朋友关系，可以打折，把这件事揽过去了，当时我也没多想。懂了吗？是绿卡，她想侮辱萧清。"

书澈终于明白了：因为绿卡的暗算，萧清才来到这里。这个横生的枝节让他感到烦恼，他可不想公司开幕这样的高大上Party，被些鸡飞狗跳搅局。

如果此刻的事情发生在被萧清当众拒绝前，成然一定会挺身而出，责无旁贷地保护她，但现在他一反常态，缩在角落里，只能用视线一直追随她、怜惜她。他当然看到了萧清的身份，也当然猜得到她如何来到这里，可是爱莫能助。尽管萧清表现得泰然自若、不亢不卑，但成然心里还是抑制不住替她窘迫、替她尴尬、替她难堪。

绿卡走到成然身边："哟，这一脸怜香惜玉，我都跟着你心疼。"

"是你搞的鬼吧？"

"我这不是和你天天上门送小费一样吗？还不是为了帮她？"

"你想让她当众出丑，让她在朋友、同学面前低人一等，抬不起头。"

第 15 章

"哟！多么世俗的眼光啊！做招待就低人一等了？不是自立自强最光荣吗？不是富贵不能淫吗？有什么丢人的？为什么抬不起头？还是你觉得她这样低人一等，让你在朋友面前抬不起头来？"

成然语塞了，他被绿卡一语切中软肋。没错，感觉抬不起头的人，不是萧清，而是他。

绿卡乘胜追击："面对你真实的内心吧，自己说的那些甜言蜜语别信以为真，什么'喜欢她自立自强、不冲你的钱'不过就是哄她、哄自己的甜乎话，她真在你面前、当着你家人朋友的面儿自立自强，你是不是觉得面子扫地？这就是真相，你和她是两个阶级，不是一个锅里的馒头，你是恋爱，还是扶贫？门不当、户不对，她凹尊严，结果丢了你的面子；你的场面，可惜她高攀不起。这种女孩子的命运终点，打破天就是一个脚踩风火轮的职场女汉子，五行缺爱、缺宠，辛苦命一条，只有把自己变成条汉子，才能找到点可怜的成就感，打着自我实现的鸡血，充实贫瘠的人生。而你的人生伴侣，注定是一个天天和你一样无所事事，不是在美容院、健身房、高尔夫球场、卡拉OK，就是在买买买的壁花，比如近在咫尺的我。为什么你还要舍近求远？想找刺激换口味，说这回换个职场御姐尝尝鲜儿，我可以给你这个自由。"

"我爱上她了，不管什么阶级，不管她爱不爱我。"

"你真当自己是初恋少年啊！滚过炮友，突然就懂爱情了？花丛里打滚儿，就这一个搞不定、吃不着，你就放不下了？什么爱情？说穿了就是征服欲。你爱她，她爱你吗？就一个字——贱，我只说一次！"

两人争执声渐大，吸引了不少来宾的注目，书澈和缪盈也向他俩这边望过来，狐朋狗友们赶紧过来救场，替哥们儿解围："成然，我们祝贺过姐姐、姐夫了，一直没找到你，刚才你躲哪儿去了？"他们一起向绿卡点头哈腰："卡姐好！""卡娘娘好！""大嫂好！"为的就是打岔，分散绿卡的火力。

绿卡不为所扰，一声冷笑："大嫂？我只是名誉大嫂，你们哥心里指定的正牌大嫂——在那儿呢！"抬手一指萧清："端盘子送酒的那朵白莲花。"

成然被激怒了，冲绿卡下逐客令："你能不能离开这儿？"

"凭什么？我是被邀请的客人，凭什么要躲一个女招待？"绿卡对萧清一声吆喝，"服务员，你过来，给这几位客人拿酒！磨蹭什么？麻溜儿的！"

绿卡剑拔弩张，对情敌的碾轧践踏之势不可阻挡；成然双眼喷火，即使鱼死网破也义无反顾的维护之心也形于颜色。火星撞地球的宇宙大战，只等萧清入位，就一触即发。

听到那一声颐指气使、夹枪带棒的吆喝，萧清就知道攒了一晚上的勇气，终于要用上了，走向成然和绿卡时，她做好了沉默地承受一切羞辱的准备。

听到书澈说了一句："他们是要把这里也当成战场开撕吗？"缪盈正要走上前去制止绿卡，却被书澈一把拉住，她还来不及反应，他已经抢在她之前，大步拦截在萧清走向绿卡的半路上，缪盈一时弄不清楚书澈要干什么。

书澈抬手拦住萧清："对不起。"

萧清也弄不清楚他的用意："您有什么需要？"

"谢谢你，我马上让人给你结账，你的工作结束了。"

萧清对他的指令感到诧异："Party刚开始没多久，为什么不用我做了？"

"这里不需要专人招待，来的都是朋友，我们自己可以应付，你可以离开了。"书澈转身招呼，"安妮，让财务给她结账。"

缪盈松了口气，成然也暗中松了口气，他们都清楚：书澈此举是为了避免绿卡和萧清正面冲突,同时,也是替萧清解围。

但是,萧清心里五味杂陈,尽管今晚的每时每刻都让她如履薄冰,但书澈的这一举动,却打破了她努力维持的矜持,泄掉了她鼓足的勇气,让她进也不对、退也不对,屈也不是、伸也不是。

"是不是我在这里让你们觉得难堪了?"

书澈低声回答她:"我是怕你难堪……"

"这是工作,服务与被服务,不代表人格差异和身份高低,我为什么会难堪?"

"OK,我也不想我公司的开幕Party变成你们仨的第二战场。"

"我做了什么超出我工作范畴的事情吗?"

"你所到之处总是是非之地,我希望这里可以幸免。"

"你!为什么一直这样看我?"

"抱歉,今天我没时间讨论你的做人。安妮,带萧清小姐去找财务。"

萧清眼里瞬间就翻涌上了泪水,她并不畏惧书澈背后咄咄逼人的恶意,但他半路杀出的好意,为什么却让她如此脆弱?最让萧清如鲠在喉的是,就连书澈对她的保护,都出于他对她居高临下的偏见;为什么对骚扰、委屈和羞辱都能兵来将挡、水来土掩的她,唯独对书澈,做不到泰然处之?

"书澈!"缪盈走近他们,显然听到了两人的对话,用责怪的眼神制止男友,她对萧清十分抱歉,又不知道如何圆场,"不好意思,萧清,我陪你去结账。"

萧清拒绝了缪盈:"不用,我自己可以。"

安妮走来引导萧清:"萧小姐,请跟我来。"

"辛苦你了!"书澈对准备离场的萧清礼貌致谢。

萧清语带嘲讽地回呛了他一句:"感谢惠顾!"说完,扬长而去。

缪盈低声责怪书澈:"你这种态度会伤害萧清。"

"我只能这么处理。"

萧清背着工作箱走出Party会场后,眼泪终于夺眶而出。成然追赶出来,正好看见她泪流满面。这是他第三次看到这个强悍的女孩流泪;第一次,她为ICU里的母亲;第二次,是在刑法课上。

"对不起。"

萧清摇掉脸上的泪珠:"为什么对不起?这里没有人对不起我。"

"我为自己,向你说声对不起,因为我,你才无辜受到这份侮辱。"

"没人能侮辱到我,让我感觉受辱的人,其实,是我自己。为什么嘴上坚定、心里坚信:自食其力不丢人,值得自豪和骄傲,可在这个场合,却依然感觉自己低人一等?面对你们的优越,平时的自信瞬间土崩瓦解,我依然还是那么自卑;嘲笑世俗的眼光,可是自己还做不到不以为意;鄙视势利,但血液里仍然流淌着势利的因子——这就是我。今天我终于知道:我还远远不够强大,我做不到相信自己相信的事。只有有一天真的强大了,我才能坚信自己的信念,但现在,还差得远……"

说完,萧清绕过成然走了。成然从未见过这样一个消沉气馁的萧清,连她那样从不依附于人的人都惧怕自食其力被嘲笑,连她那样不亢不卑的人都因为阶级差距而自卑,她今晚的挫败颓丧,让他无能为力。

从目送萧清离开到返回Party现场的一路,成然感觉他的胸腔憋得要爆炸了!如果不把淤积于心口的东西倾泻出去,它们一定会转化成针对一切的破坏力……成然一步蹿上舞台,不由分说,从司仪手里抢过了话筒:"我从来不当众讲演,因为我这个人,拿我爸的话说,上不了台面。"

来宾一片哄笑,以为这位花花公子会像往常一样,要贡献一段插科打诨、泥沙俱下的脱口秀。

"但我今天忍不住，想说几句话。你们当中有些人注意到了，但更多人毫无察觉，刚才为你们提供服务的女招待离开了这个Party，她是我姐的闺密、这里好多斯坦福大牛的校友、法学院的在读JD。"

绿卡第一个意识到今天讲话的这个成然和以往任何时候都不一样，气得喷火："精神病啊？他要干吗？"

"她之所以离开，是因为她出现在这里，就缘于别人对她的侮辱。有人想让她在这个Party上以招待的身份，为她的闺密、她的朋友和同学提供服务，即使没有言语轻慢和恶语相向，对她，也足以构成下马威了。今天来参加Party的朋友，和我一样，大多数家境优越，都是天之骄子，没有人有过这样的体验：她要经过怎样的心理建设才能不亢不卑、面带微笑，站在我们面前？即使出于善意的保护，让她离开，我们的好意，反而成了伤她最深的那一下。因为她努力维持的坚强，就算能够抵挡恶意的轻视攻击，也承受不了善意的居高临下。"

书澈闻言一愣：善意的居高临下？成然说的，难道不就是自己？

绿卡气急败坏地冲台上的成然嚷嚷："走就走了，你还要给她致个悼词吗？"

"不是，我其实，想说一说我自己。我们，包括我自己，今晚都伤害了她，尽管方式不同，有人出于恶意，有人出于善意，因为我们——都势利。你们赞美独立自强，可在现实里，我们拼的都是爹的钱；你们歌颂自力更生，可是谁无所事事我们就羡慕谁；你们嘴上说打工骄傲，可在心里，谁都认定打工是贫穷的符号。我们个个口是心非，嘴上鼓吹着，其实却在贬低践踏；嘴里不屑的，实际上五体都在膜拜。"

缪盈开始用欣赏的眼光凝望她的胞弟，微笑着对书澈说："怪不得都说：爱上一个好女孩，相当于读了一所好大学，他这恋失的，太划算了!"

狐朋狗友们在台下冲成然起哄:"还说我们呢?你自己什么德行?"

"我呀?我比你们还不如。我就是大声宣布我有资本不劳而获、无所事事、挥金如土,被羡慕嫉妒恨的那种高富帅!我就是不努力、不奋斗、不上进,还过得比谁都好,女朋友比谁都多、都漂亮,谁不服都得忍着的嚣张存在!你们说我拼爹?没错,我就拼爹了!没有摊上我这样的爹,我对你们深表遗憾,下辈子托生请早。

"直到遇见这个女孩,我突然对自己的理直气壮、天经地义心虚了、脸红了……她真的让我开始相信:你们嘴上挂的三观,可能是对的,因为她不仅那样说,还一直那样做。你们之所以说的一套,做的却是另一套,是因为你们不相信,凭着自己,你们可以强大到嘲笑和藐视靠拼爹凌驾于你们之上的、庸俗的我,但是——她信!也是她,终于让我意识到,从小到大,我身上流着势利的血,把凡是比我穷的人一概当成loser,用我爸的钱吹自己的牛、刷自己的存在感——不是一件值得自豪的事儿,甚至……可耻!

"穷只是一个出身,阶级就是一个胎记,既不代表现在的你,更不代表未来的你,不是当下,更不是永远!这是她让我知道的事情。我第一次面对一个一无所有的女孩,自惭形秽……即便穷又怎样?每一份与生俱来的穷都不该是耻辱,但每一份改变现状、改变命运的努力,都值得膜拜!"

缪盈情不自禁,一个人给弟弟热烈鼓掌,来宾们纷纷应和,现场一片掌声。

"但今晚,她也没做到。离开前她对我说,她还远远不够强大,还没有做到相信自己的信念。我不知道怎么安慰她,她就走了……"

掌声停息,众人肃然,现场静默,成然的悲伤每个人都听得见。

"我现在想起一句话,但不知道怎么告诉她,可能没有告诉她的机会了……我想对她说:至少,你已经让我相信了——你的相信。"

一个人的掌声再次响起,这次是书澈,他也为今晚让他刮目相看的熊孩子鼓起了掌。

"对不起书澈,我说的这些,和你公司开业一点关系也没有,喧宾夺主了……"

书澈不以为意,向台上的成然竖起了大拇指。

绿卡突然感觉自己众叛亲离、孤立无援,走掉的萧清,留下一个光辉的存在;而她的精心算计,最后落了个灰头土脸、一败涂地,她要哭了。

第16章

田园科技开幕Party结束后，宾客散去，成然还滞留在现场不走，他怕一回成家别墅就掉进了绿卡的守株待兔。

送走最后一拨客人，书澈回身看见了百无聊赖的成然，今晚他有了一种感觉：能让成然说出那些振聋发聩的话，能让他发生令人刮目相看的变化，能引发他如此大彻大悟的萧清，和长久以来自己认为的那个萧清，会不会存在着巨大的认知差距？自己的认识是否客观公正？他是否被一叶障目，见到的并非真相？书澈第一次产生了了解萧清的愿望。

书澈主动走上前去问成然："你是不是知道萧清很多事儿？"

"算是吧。"

"关于她，我想了解一些。"

"你问，如果我知道的话。"

"法学院的安德森教授给过她一份校内工，我目睹过一个叫劳拉的美国女孩，指责萧清跑到教授办公室去哭，用不正当手段抢了属于她的职位，还当众泼了萧清一头一脸的果汁儿。"

"啊？这件事我没听说过，萧清从来报喜不报忧。"成然突然反应过来,"哦……怪不得后来她找安德森教授辞掉了那份校内工,跑去校外打黑工。"

成然说的情况让书澈非常诧异:"校内工是她主动辞掉的?"

"是呀,因为她说不愿意被特殊照顾。"

"她知道获得校内工是教授给她的'特殊照顾'?"

"她当然知道自己资历不够,校内工给她的确有失公平,可安德森教授是出于好心,一个妈妈遭遇车祸,躺在ICU五十多天,至少需要康复治疗一年,因此差点辍学的留学生,难道不该被照顾一下吗?"

车祸!ICU!康复一年!差点辍学!这四个关键词一从成然的嘴里冒出来,就震惊了书澈,还有刚返回现场的缪盈。闻所未闻!这是他们第一次得知萧清的家庭变故。

书澈追问成然:"你说谁?萧清吗?她家出了这么大事儿?这是什么时候的事儿?"

"两三个月前吧,难道只有我一个人知道吗?"见书澈和缪盈一齐摇头,成然耸耸肩,"看来她谁也没告诉。"

书澈追问下去:"所以她要挣自己的生活费?"

"是呀。她妈的治疗不在医保范围内,全部要自费,她家一下就陷入了经济危机。这个傻妞儿,自己这种情况,还抱着公平、公正不放,硬把教授的好心还回去了,只好自己去打黑工,还被大厨骚扰,最后被我弄丢了工作。"

书澈还想探究更多:"她在刑法课上睡觉是怎么回事儿?那天你在,下课还冲我嚷嚷,问我知不知道她每天比我辛苦努力十倍。"

"那天呀,之前她一宿没睡,通宵在医院,上课能不犯困吗?"

"她病了?"

"不是她,是她房东。一个没心没肺的Open girl,其实是个有大面积心理阴影的可怜妞儿,被生父抛弃、被继父骚扰,最后被亲妈发配到西部。前一天她妈突然出现,强迫她回纽约做肾脏配型,因为她同母异父的弟弟得了尿毒症,想要移植她一个肾。"

书澈惊讶得合不拢嘴:"居然还有这种事儿!"

"生活远比电视剧更狗血!然后Open girl就割腕自杀了,萧清跑遍旧金山的酒店才找到她,破门而入时,Open girl躺在一浴缸血水里。"

"那个女孩现在怎么样?"

"挺过来喽,好在有萧清。"成然冲书澈撇嘴、翻白眼,"人家一整夜忙着救死扶伤,而你却对她落井下石。"

书澈和缪盈的心里,都为这么长时间以来他们的无知无觉,丝毫没有伸出援手帮助萧清而深深内疚,书澈更因为他对萧清的雪上加霜而忐忑不安。

"还有什么要问?"成然自我感觉正良好,"我是萧清的官方发言人。"

书澈决定问出最后一个在他心头缠绕了许久的疑问:"你见过她平时开一辆日本车吗?是不是只有我和缪盈看不到的时候,她才会开那辆车?"他完全没有料到自己抛出这个疑问后,成然不遮不掩道出了那辆车的真相。

"日本车?你是说我爸贿赂她上法庭翻供的那辆车吗?"

这句话让缪盈目瞪口呆,这也是她闻所未闻的事情:成伟还给过萧清一辆车,为了让她上法庭翻供!

成然得意扬扬:"这个事儿我就更清楚了!"

"你怎么会知道?"书澈只是想通过成然了解车的下落,因为除了最初那次跟踪萧清,之后他再也没有见过她开那辆车,但关于那辆车,成然显然知道得更多。

"她为了还掉那辆车,把汪特助堵在卫生间里不敢露头,后来老汪逃窜回国,才总算躲掉了。"

第 16 章

书澈第三次惊诧:"萧清把车还了?"

"她找老汪就是为了还车,但怎么还都还不掉,最后没辙了,只好找到我,让我把车转交给我爸。"

"那是什么时候的事儿?在我开庭前,还是开庭后?"

"开庭前几天吧。"

书澈知道自己错了!原来萧清根本就没有接受那辆车,拒绝了成伟的贿赂。他看到的远非全部,却自以为那就是真相,从那个时刻起,他开始误解萧清,此后一错再错,一直错到了现在。

书澈自责至极:"我竟然不知道这些事儿……"

"我爸到现在还不知道呢。"

"你没告诉他?那你怎么替萧清还的车?"

"我没还。"

"你没还?那辆车到哪儿去了?"

"让我还哥们儿的赌球债了。"话音未落,成然头上就挨了一巴掌,"哎哟"一声回头,见缪盈抓起一条餐巾来抽他,"嗷"的一声惨叫,撒腿就跑。

缪盈追着成然,边抽边骂:"就你这德行!萧清就该替我抽你个满地找牙,她能看上你?那是鲜花插在牛粪上,做你的春秋大梦吧!"

成然一边躲避一边抗争:"我从小缺乏鼓励教育,所以成了今天这样,姐,你和成伟需要反思自己的教育方法!"

"今天我先清理门户!"

书澈一点也笑不出来,从认识萧清开始,他对她全是误解和偏见,由于这些误解和偏见,在她最需要关怀、帮助时,他给她的,反而是嘲讽奚落和冷眼旁观。书澈没有勇气回顾面对萧清的自己,哪怕只有一秒,那个倨傲刻薄的他让他不敢直视和无地自容。萧清像一面镜子,让书澈照见了自己身上依然流着成然说的那种"势利的血",

他一直对官员子弟身上的傲慢与偏见深恶痛绝，也自以为早已克服了那种与生俱来的积习。但他对萧清所展现的一切，不过就是打着正确旗号的傲慢与偏见，那些积习像坏血和毒瘤一样，在他的身上依然残留着，他并不比其他人高明多少，所以，成然今晚站在台上唾弃自己的那些话，也像针一样，深深刺痛了书澈。

开车回家的路上，缪盈小心翼翼地问出了心里的疑惑，刚才成然和盘托出汽车贿赂的原委已经让她惊诧不已，但更让她惊诧的是：本该对这些"幕后动作"一无所知的书澈，不但知情，貌似知道得比她还多一些。

"书澈，你怎么知道我爸送萧清车？今晚连我都是第一次听说。"

"开庭前几天，我碰巧见到了汪特助来斯坦福找萧清，给了她一把车钥匙。"

所以，成伟"在幕后"所做的一切，都被书澈知道了；所以，书澈预先知道，萧清出庭会推翻她此前的证词，说出有利于他的新证词；所以，他抢在萧清之前，主动坦白事实、主动认罪、接受惩罚——缪盈至此才了解了书澈的全部行为逻辑，了解了他在"有利于自己"和"对的事"的反复纠结后，为什么最终选择了做"对的事"。

"但你不知道后来萧清把车还了，所以一直对她有看法？"

"我一直误会她，甚至，一直针对她……"

"这不怪你。"

缪盈的话丝毫抚平不了书澈对自己的羞耻感，他知道，必须走到萧清面前，面对她承认自己的错误，或者做些什么，才能把自己从自我唾弃中打捞出来。

挨到三更半夜，算计着绿卡无论如何都熬不住，已经睡了，成然才开车回家，进入别墅区行车道，万籁俱寂，一片黑暗，街坊四邻的灯全灭了，突然，一个白衣女鬼出现在前风挡玻璃上！成然一声惊叫，脚下急踩刹车，宾利欧陆在女鬼前方几米远停住，车灯打在她身上一片刺眼的白，没有五官，没有肢体。

女鬼飞速向前漂移，成然见一片惨白向他袭来，一头埋进方向盘下面，摸到手机，手指在键盘上哆哆嗦嗦，按不准数字键。

女鬼的手出现在车窗上，咚咚咚，敲了三下。

成然筛糠似的按出三个数字：911，正要按下通话键。

女鬼的脸，一下子趴到了车窗上！

成然一声惨叫划破夜空，女鬼把手指压在嘴上，冲他比画"嘘"，这才看清五官眉眼，原来是绿卡，成然一身虚汗瘫软在座椅上，这么晚还躲不掉你？！

绿卡穿了一身白色曳地睡袍，趿拉一双白缎面拖鞋，从成然进了成家别墅，她就亦步亦趋地跟在他身后，深刻自我反省检讨。成然对她爱搭不理，她就追着他，从车库一路追进客厅。

"成然，我错了，请给我一个改正机会，不然我今天晚上就算过不去了……"

"你过不去就拦我车？万一我刹车不及撞了你，你是想让我今晚也过不去吗？"

"那咱俩就同归于尽，一起殉情！"

"殉什么情？谁和你有情？今晚你的所作所为，熄灭了我最后一丝温情，从此你我是路人，半年后等法院宣判离婚吧。"

"成然，我知错了，等你回来这两个小时，我真的深刻反省了自己，反省了度过的人生，知耻近乎勇，这一晚我受到的教育和成长，超过了整个前半生！"

"你自我批评，怎么还能批出夸自个儿的感觉呢？"

"有吗？我真心是批评啊！"

绿卡的态度完全出乎成然预料，让他一改此前被动挨打的颓势，陡然扬眉吐气，翻身做主人。成然从冰箱里拿出一瓶饮料，优哉游哉往沙发上一仰，舒展大长腿，要好好享受一下这个突如其来的逆袭战果。

绿卡跟到沙发前，刚想坐下，就被他一声断喝："谁让你坐了？这是反省的态度？"

绿卡弹跳起来，乖顺地站在成然面前，垂手而立。

"说吧，你哪儿错了？"

"我错在设局想让萧清自暴其短、自取其辱，还自以为弹指一挥间就能让情敌灰飞烟灭，但你的一段话……靠，你太尼玛帅了！要不是你针对的是我，我当场就给你怒赞力顶！我还错在……"

"停！回车，我怎么帅了？专注夸我两分钟。"

"你说的那些，完全不像是从你嘴里说出来的话，就像突然换了个人，不是往常的你……"

"你怎么能把夸我也说成损的节奏呢？"

"有吗？我真心是夸啊。"

"重来。"

"发人深省！振聋发聩！醍醐灌顶……没词儿了。"

"得了得了，接着自我批评。"

"你在Party上说的那些话，就像一面照妖镜，照得我看见了一个丑恶的自己。"

"你怎么丑恶了？"

"你照出了我金钱至上的恶俗价值观，照出了我势利的嘴脸、刻薄的人性、狭隘的情感。"

绿卡还能说出这种话？成然震惊了。

"我搬起石头砸了自己的脚，我想让萧清自卑，却给她戴上光环；我想秀优越，却把你推向了她那边。"说着说着，绿卡哭了，真心难受。

成然的豆腐心立刻软了，伸手拍拍沙发，赐她坐下。

"我要痛改前非！我真要改变自己了，因为我，第一次看见你在爱情里的样子，原来，你爱一个人，是那样的……"

"我爱一个人哪样呀？"

"之前谁也不能把你变好，但萧清她做到了。我不能再把她当成敌人，相反，我要把她当偶像……"

"啊？"绿卡身上这种能屈能伸的韧性，让成然惊讶不已。

"我要以她为楷模，向她学习，把我变成她的样子。"

"不可能！你怎么可能成为她？"

"我不是要成为她，而是要把自己变好，变成被你爱的样子，然后就能见到那个更好的、有爱的你了！"仿佛被更好的自己和被成然爱上的美好前景招引，绿卡振奋起立，握拳打气，"幸亏萧清不要你！我还有机会！还有时间！加油！你可以的，卡姐！舒坦了，今晚我能过去了。"

绿卡忘了她是来乞求原谅的，把成然的终极裁决抛之脑后，大步流星走出了成家别墅，心安理得地回家睡觉去了。原来，她过不去的，只是今晚前的她自己，而不是被她激怒的成然。这个一夜之间幡然醒悟、决意洗心革面的绿卡，是自打认识以来没有见过的一个她，这让成然很不适应，完全没法儿按照既定计划对她斩立决，恐怕……还得在婚姻存续期内，观一段后效。

书澈必须尽快结束内心的不安，第二天，他在法学院外等到了萧清的出现。

书澈专为自己而来的架势让萧清非常诧异："你找我有事儿？"

"有。"

"安妮昨晚已经把账给我结清了。"

"不是那个账，是我和你之间的账。"

"我和你？我们之间还有什么账？"

"我向你——道歉！对不起，萧清！"

"为……为……为什么？"

"为我对你只知其一、不知其二的片面认识，为我对你接二连三一系列的误会，为我自以为是评判你的人品，为我莫名的傲慢与偏见，为你需要援手时而我袖手旁观，向你道歉！"

萧清愣了有几秒钟，但在她的感觉里，从难以置信到终于确认，却有几分钟那么长，她突然感觉云开雾散，那些因他而起的委屈、压抑和悲伤瞬间化为乌有，发自内心地笑出来："没关系。"

萧清心无芥蒂的笑容也让书澈如释重负："还想请你考虑一个邀请，并不是为了补偿，而是我觉得你是最合适的人选。你愿不愿意加盟我的公司担任法律顾问？因为这个职务和你的专业相关，所以等研一读完，你就可以向学校申请CPT，这样就能获得校外打工的合法资格了。"

萧清没有立即给予答复，她的迟疑，让书澈对于自己发出的这个邀请，以及补救方式是否合适产生了怀疑："如果你不愿意，或者，面对我让你……不愉快，我不勉强。"

"我愿意！"萧清只说了三个字，斩钉截铁，干脆利落。

书澈也愣了几秒才又绽放笑容："OK，随时欢迎你入职，公司地址你都知道了，就是这个事儿……再见。"他正要离开，突然又转回身："还有一句话，可能说得有点晚：很高兴认识你！"

一句迟到了很久很久的话，让萧清在和书澈分开以后一直都在咧嘴大笑，这一天加州的阳光前所未有的灿烂亮丽，驱散了每一寸土地上的荫翳，让每一个角落都熠熠生辉。

手机响了，是父亲何晏打来的，萧清陡然紧张起来，父亲在这个时间段打来电话，会不会是家里又出了什么事儿？

"爸,你怎么在这个点儿打来了?北京都半夜了,有什么事?"

听筒里,何晏喜形于声:"忙活了一整天,这会儿刚消停,你妈也睡了,我给你打个电话报喜,你妈今天出院回家了。"

萧清的紧张化为开心:"爸,你吓死我了!报喜能挑个不这么惊悚的时间吗?我妈回家,你一个人应付得来吗?"

"雇了一个护工,白天到家上班,负责照顾你妈、陪她去医院做康复,晚上我一个人没问题,你妈她现在可以自己去上厕所了!"

"那你能恢复正常上班了吧?"

"是,生活一步一步恢复正常了。"

"太好了!"

"你怎么样?学业压力大吗?打工辛苦吗?"

"没问题,我都能应付!爸,我今天得到一个法律顾问的职位,在同学的科技公司里做法务,公司刚拿到300万美元的风投,很有发展前景。"

"你能在校外做法律顾问吗?"

"研一读完,我向学校申请CPT,就可以在校外合法打工了。"

"太好了!"

"爸,咱们的辛苦没有白费,一切都越来越好!"

"是,越来越好!"

"继续加油!"

"一起加油!"

挂断电话,萧清突然感觉自己脸上有泪,分辨不出这泪是感慨于此前的艰辛还是欣喜于今天的快乐,她知道最糟糕的时刻被自己扛过去、撑过去了,未来一天会比一天好。在别人眼里,她或许并没有发生翻天覆地的变化,但在自己的"打怪游戏"里,她KO掉了这一趴的对手,又一次通关升级。

萧清骑车回到合租别墅，刚把自行车停好，余光就瞥见一个人从路边的玛莎拉蒂上下来，向她冲刺过来，扭头一看，绿卡带着风、带着电，扑向自己。这让萧清方寸大乱，来不及逃之夭夭前，绿卡已经飞奔到眼前，把她逼进一个无处可逃的角落。

绿卡一张嘴就咄咄逼人："我在这儿等你两个小时了！"

"我保证过不见成然了，而且Party也是你逼着我去的。"

"我为那个倒霉Party道歉！"绿卡伸手一把钳住萧清的手腕，"从现在起，清空之前一切不愉快，让我们一键更新，重新开始！"

什么情况？绿卡明明说的是中文，为什么意思那么令人费解？萧清的思维绕不过来，又甩不掉绿卡铁钳一般的魔爪，只好问："开始什么？"

"开始我们伟大的友谊！"

"啊？咱俩有……友谊？"

"可以有！我认输，我投降，请你收了我！"

"我怎么收你？"

"收我为徒，请你教我！"

"教啥？"

"教我——怎么能让成然爱上。"

"这个我不会。"

"那他是怎么爱上你的？"

"我也不想呀。"

绿卡相信萧清的回答是诚挚坦白的，所以学习的愿望更加热切："萧清姐，我就要学你这个无欲则刚、让别人丧心病狂的造诣！"

不管萧清是否答应，绿卡单方面认定了自己就是她的徒弟，没心没肺地跟在师父屁股后面，进了合租别墅，因为她今天专程而来的目的，可不仅仅是拜师投门。一进门，萧清就看见莫妮卡冷若冰霜的目光,凯瑟琳和本杰明也并肩而立、冷眼旁观,别墅内气氛一片肃杀,萧清惊讶于室友们的态度:"怎么了你们?"

莫妮卡没回答萧清,目光射向她身后的绿卡,语气不善:"谁让你进来的?"

绿卡一指萧清:"我师父让的!"

萧清问双方:"你们见过了?"

莫妮卡这才对萧清说:"你知道她来干什么?"

绿卡一脸无辜地申辩:"我就提出了一个美好的愿景,想接师父到我家去住,既节省房租,又能对我时刻言传身教,碍着你们什么了?她的房子空出来,你们可以再找房客呀。"

萧清这才听明白,原来在她回来之前,双方已经正面交过一轮火了;原来,绿卡此番的目的不仅是化敌为师,还要与敌共眠。

莫妮卡质问绿卡:"你知道萧清对我意味着什么?绝不仅仅是房客那么简单!"

绿卡打击一个、拉拢一个:"那你别收她房租呀!反正师父要是到我家,我食宿全免。"

莫妮卡被她带歪楼了:"如果她肯,我一分钱房租也不收!"

"那我们呢?"凯瑟琳揪住这个话头追问,这种便宜她怎么可能忍住不蹭?

"哟!你和我拼优惠力度呀?我几百万美元的大豪宅,你这个雀巢多少钱?我玛莎拉蒂随便给她开,爹妈可以借她用。要不要咱俩拼拼豪门底蕴呀?"

听完绿卡的嘚瑟宣言,莫妮卡一言不发,噔噔噔上楼去了。绿卡以为自己大获全胜,冲萧清露出胜利者的微笑:"走不走师父?我帮你收拾行李去。"

萧清明确表态:"我住哪儿,自己做主,这是我家,我不会离开的。"

"师父,我本将心向明月呀!"

"心领了,谢谢,你回去吧。"

"你再慎重考虑考虑……"

头上传来一声怒喝:"要慎重的是你!"

所有人仰头望去,被看到的景象吓得集体石化,只见莫妮卡去而复返,端着一杆长枪站在楼梯上,枪口瞄准了绿卡!

"敢抢走萧清,我就一枪崩了你,还说你非法入室。凯瑟琳、本杰明,你们都能给我做证吧?"

"没问题。"本杰明和凯瑟琳一起摇旗呐喊。

绿卡不知道自己是怎么在几秒之内完成从客厅到门口的远程位移的,直到后背撞上了房门,只敢摆手,不敢说话。

"你赶紧走,她性子烈,我可没法儿保障你的安全,快走!"萧清拉开门,一把把绿卡推了出去,关上门就狂笑,"你子弹上膛了吗?"

"你以为我逗她玩吗?"莫妮卡余怒未消,扬起枪口冲天花板开了一枪,砰!真枪实弹!萧清、凯瑟琳和本杰明三人全都抱着脑袋蹲到了地上,只听别墅外玛莎拉蒂发出一阵绝尘而去的嘶吼。

书澈突然意外地接到了旧金山伟业弗兰克打来的电话,连缪盈也对这个来电感到诧异,因为弗兰克虽然认识书澈,但两人几乎没有交集。在电话里,弗兰克说有一桩业务,他想作为中间人,促成对方和田园科技的合作,希望书澈尽快安排三方见面。和弗兰克确定好时间,书澈挂断电话,转头问缪盈:"他会有什么业务介绍给我?你知道吗?"缪盈像预感到了什么,情绪瞬间低落,为了避免被书澈察觉,她从他的面前走开。

到了约定时间,书澈在缪盈陪伴下,来到旧金山伟业办公楼。在引见他们与客户见面前,弗兰克先介绍了一下对方的公司背景和业务情况:"这是一桩OA系统升级业务,我听说以后,就想介绍给书澈的公司。华隆集团的老板是我朋友,和伟业经常有业务往来,他们在北美的总部规模很大,员工有上千人,这次计算机系统升级是全方位的,投资不小。所以我想促成这项合作,肥水不流外人田,让书澈挣这个钱。"

书澈听完心有顾虑:"OA系统升级?可是我们田园科技并不是做这个的专业团队……"

"我知道,但也并非不可做嘛。华隆负责OA系统升级的副总裁Toni在会客室等着,你们双方当面聊聊,好不好?我带你们过去。"

盛情难却,书澈和缪盈与Toni见了面,弗兰克为双方介绍:"这是华隆集团北美总部副总裁Toni,这是田园科技公司创始人CEO书澈,还有这位,成总千金,我们伟业集团未来的继承人。"

Toni和书澈握手时彬彬有礼:"真是青年才俊!幸会!"等到和缪盈握手时,简直就是毕恭毕敬:"久仰!成小姐,很荣幸见到您!"

缪盈淡笑着纠正他:"我叫缪盈。"

"对不起,缪小姐,我失礼了。"

四人落座,听Toni讲完北美华隆对于OA系统升级的诉求,书澈更加确认:对方这桩业务的规模,对于田园科技来说,实在是可望不可即、力不能逮的超大馅饼。

"我的公司目前只有十几名员工,上千人的OA系统升级,需要一个大型的协同管理软件团队来做,他们会致力于以协同OA为核心,帮助企业构建全员统一的自动化办公平台,比如国内的泛微和致远。我们人少,部门不够完备,恐怕完成不了,胃口小,吃不下一锅饭。"

"你们能力、业务范围以外的部分,可以分拆、外包给别的公司做。华隆需要的是一个可以信任托付的项目承包方,他们对于计算机领域所知甚少,软件公司哪家好、哪家不好,Toni他们也不是很清楚,所以想找一个熟悉这个领域的专业团队替华隆把关,当然前提是,这个团队必须被华隆信任。所以书澈,你是不二的选择。"弗兰克想极力促成此事的迫切溢于言表。

Toni也随声附和:"弗兰克说的正是我的意思。我可以事先深入研究,选择信誉好、市场占有率高的软件公司,但因为OA系统升级业务繁复,需要不止一家公司协作完成每个部分的工作,华隆苦于找不到一位熟悉各部分业务的leader。很幸运,弗兰克向我介绍了你。不用担心你的团队规模,说白了,华隆找的不是完成装修的包工队,而是一个工程监理。当然,我们希望和你签订一对一合同,不想面对多家乙方,你给他们多少钱、盈利多少,我们不会过问,升级总费用也可以一次性地打给你,这样大家都省心。"

话说到这个份儿上,对方甚至摆明了"哪怕你把这个肥差全部外包给别人做,我也非你不可"的态度让书澈相信了:他们出于对这个领域的陌生,宁可交出掌控权,也要找个信任的人托付。所以,他最终表态:"我回去和团队商讨一下,做出一个可行性报告,才能答复你。"听到书澈松口,Toni露出微笑:"一客不烦二主,我静候佳音。"

告别了Toni,陪书澈和缪盈等待电梯时,弗兰克还在极力游说:"书澈,Toni诚意十足,华隆的信任来自对伟业的信任,别有那么多顾虑,拿过来做就是了,你就是全部外包都不是事儿。"

书澈问了弗兰克一个问题:"我想知道,成叔叔知道这件事吗?"

"啊,我跟他提过一嘴,他知道。"

缪盈突然插话进来,问:"我爸他怎么说?"

"他说是好事儿!如果田园科技与华隆达成合作,就当是伟业送给你们的一个开业贺礼了。"弗兰克说得自然而然,显然对这个问题早有准备。

第 16 章

没有人避讳这是未来岳父赠送的大礼,书澈内心非常清楚:无须操心自己的人力、物力能否吃下这张大饼,只要找到一家专门做OA系统升级的公司,全部外包出去,什么都不用他做,就是闭着眼睛赚中间差价、不劳而获的节奏。他唯一需要考虑的就是是否心安理得地笑纳。对大多数人来说,连这一点也无须考虑,为什么不笑纳?为什么要拒绝呢?

书澈很想知道缪盈对这件事的态度,就问她:"你说我接不接?"

"你公司的事儿,你自己拿主意。"缪盈的回答,把自己置身事外。

"你不给我一点建议?"

"我相信你的判断和决定。"

"但这件事不事关你爸吗?"

"所以我更不好参与意见,虽然我了解这并不是你渴盼的业务,但我爸,毕竟是好意。"

除了这些,缪盈还能说什么?之前的300万美元风投是装扮成投资的变相贿赂,这一次又是什么?在她已经看透北美华隆、OA系统升级统统都是成伟又一次的变相送钱后,她什么也不能说、什么也不能做。她记得父亲离开美国前对自己说过的话:"有些事正在发生,有些事早晚一定会发生,缪盈,你至少可以沉默。"一切,都在按照他的计划和预言发生着。

华隆的业务信息传回田园科技,所有人当然认为这是一个喜从天降的好消息。萧清恰好在此时来到田园科技入职,公司上下正为开业后接到的第一笔大单欢呼雀跃、喜气洋洋。书澈给萧清介绍了全体同事,每人都身兼多职,面试时见过的威廉负责人力资源,彭一主持技术研发,Robin主管市场营销,和萧清打过交道的安妮兼任财务出纳和书澈的私人助理,大家的主业当然都是"程序猿"。书澈也给众人介绍了新上任的法律顾问萧清。

带着萧清参观办公区时,书澈向她说明了法律顾问的工作要求和薪酬待遇:"目前你的工作不用坐班,主要是业务合同的拟定完善,还要跟我参加一些商务谈判。公司创业阶段,还没实现盈利,月薪先付两千美元,你能不能接受?我答应大家:第一笔业务盈利后,公司全员涨薪。"

萧清完全没有料到书澈给了她如此自由宽松的工时和如此优厚的薪水,喜不自禁:"我每个月的生活费够了耶!"

"那就别再去校外打黑工了。"

书澈突然说出一句超出他们关系的话,霸道里面藏着体恤,萧清愣住了。

书澈察觉到了她的惊愕:"我是不是不该这么说?"

"没有,谢谢你。"萧清小心藏好心里的感动。

书澈公司的工作不但减轻了萧清的经济压力,还让她的时间充裕起来,每天不用再像打仗一样,刻不容缓地从上一个战场奔赴下一个战场,她可以在图书馆里随意挥霍时光,有足够时间完成作业和预习功课,留学这才开始让萧清感觉享受,原来,学习的快乐也是建立在经济基础之上的一种奢侈,她因此更加感念父母对自己20年的供养,还有,这一次书澈的雪中送炭。

上回抢夺萧清未果,绿卡被莫妮卡吓得绝迹于合租别墅,但斯坦福图书馆没有莫妮卡和她的枪,拦不住绿卡追随师父的脚步。萧清正在图书馆埋头专注间,绿卡一屁股坐到对面,吓了她一跳:"绿卡,你怎么到这儿来了?"

"果然在这里,师父,你太好找了。学霸的课外时间,不是在图书馆就是走在去图书馆的路上吧?"

"还有不是在打工就是走在去打工的路上。你又找我干吗?谢谢啦，我真不能搬去和你住。"

"我放弃，我怕死，你那个房东太生猛！师父，我今天来，想求你为我指点迷津，确定人生方向。"

"我一穷人，给富人指方向，你不怕被我指到穷山沟儿去？"

"师父，你记仇！不说好一键更新吗？不要再嘲讽我羞耻的过去！那天的Party，我真被醍醐灌顶了，真心为自己无所事事、不劳而获、挥金如土的前半生感到羞耻，我回顾了从小到大20年的人生，还真是除了垃圾和粪便，没有创造过什么。"

萧清扑哧笑出声，觉得绿卡坦白起来还真有点黑幽的才华。

"你们的嘲笑，都会转化成我的动力。"

"不是嘲笑，我觉得你挺可爱的。"

"你真觉得我朽木可雕？为时不晚？"

"也许你是璞玉呢，啥时候开始雕都不晚。"

"你是我亲师父！我想结束那样的过去，但不知道开启一个什么样的未来。"

"你想干什么？"

"什么——也不想干。"

"那你会干什么？"

"我什么——也不会干。"

"那没法儿聊了。"

"等等，重聊。我就想——买买买，我只会——买买买。"

"还真有专职干这个的工作，叫买手。"

"我知道，连卡佛，我是贵宾！"

"对，连卡佛相当于把买手这个职业做成了店，还是做得最大的一家。"

绿卡躁动起来："这个我行！"

"但是,要成为一个买手,可不是光买买买就行了。因为当你成为一个职业买手或者开一家买手店,你就不再是为自己买买买,而是为有钱、有品位、追求个性的别人买买买,你的目的也不是花钱,而是要挣钱。"

"哦,对呀,目的和诉求不一样了。"

"你要学习时尚嗅觉、货品辨识、品牌知识一系列职业素养,还要熟悉入手采购、门店管理、数据处理分析、销售监管、库存物流监控等从前端到终端一整套流程,因此,之前要接受服装设计、市场营销、企业管理一系列专业培训。"

绿卡大张着嘴巴,刚才的兴奋变成了懵逼:"我咋学习、咋培训?"

"你要先考上一所专业院校。世界三大时尚买手教育机构:香港时尚买手学院、意大利马兰欧尼学院和伦敦时装学院。美国也有高端的:纽约时装设计学院、萨凡纳艺术学院,旧金山艺术学院也有相关专业和课程。"

一说到考试,绿卡就怵了:"我……咋上这些学校呢?"

"参加SAT(美国高考)。"

"我来美国,就是为了躲中国高考,还让我再受一茬美国高考的罪?不能够!"

"你没成绩,怎么申请上学呢?"

"我考也考不上,有没有不考试、花钱就能上的学?"

绿卡的坦白也属实情,萧清只能帮她另辟蹊径:"不考就能上的学?也有,短期培训班。"

绿卡一听又兴奋了:"我先来这个,等有了点水平,再往上挣巴。师父,你咋啥都知道呢?"

"我也得问师父。"

"你师父谁呀?"

"Google呀。"

"能把你师父借我用用吗?能让我在师父你身边学吗?以便随时讨教。"

萧清只好把自己的笔记本推给绿卡,绿卡沸腾地Google起来。虽然这种"拖油瓶式"的学习环境和这个撵都撵不走的"徒弟"让萧清无可奈何,但如此神奇地化干戈为玉帛倒也不失为一件好事。既然"情敌"都能转化为师徒,那么,和她绝交了的成然,现在怎么样了?

这天晚上,成然起身离开一群狐朋狗友,走出震天响的夜店,独自走到门口抽根烟,一抬头,看见了萧清,她走到他面前:"我问过你基友,他们告诉我,你在这儿。"

成然不知道说什么好,频频吞吐吸烟,一直把嘴占着。

"你姐跟我学了Party那天我走以后你当众说的话。"

"不过是些像烟一样随风而散的废话。"成然用手驱散自己吐出的烟雾,仿佛这样就可以挥散他的尴尬。

"但我会记得那些话……其实我一直想找你说……"

成然粗暴地打断她:"那天在bookstore外面,你说得够明白了,我秒懂。挺好,像我过去一样洒脱,甩甩衣袖,不带走一片泥水。"

"不好!我觉得一点也不好!那不是我想对你说的话,更不是我希望的方式,我一直在找时机,没想到,最后却是最糟糕的时间、最糟糕的样子。"

"就算烫了金、镶了花边儿,不也是要说你不爱我吗?"

萧清无言以对,是的,怎么说都是"我不爱你",都会伤害他。

"无所谓,时间地点、抱着说还是打着说都无所谓,我没那么玻璃心。"

"对不起……"

成然僵硬得如同铁板一块："收到！你还要说什么？"

"你和缪盈是我来美国后最好的朋友，你比她了解我还多，比所有人给我的帮助都大，我甚至习惯了你每晚出现……除了朋友，我还把你当成亲人。如果做不成恋人，连朋友亲人也做不成的话，未免太……可惜了！我这么想，是不是有点贪心？"

"是很贪心！做不成恋人还是朋友这种话，不过是女人什么都想占着的贪婪！男人和女人之间根本没有友谊，除了性就是爱，还有恨，要么全有，要么全无！"

"那就这样吧！"萧清没辙了，男女之间被他说得这么赤裸不堪，除了放弃，别无他法，她扭头就走。

成然奋力吸下最后一口烟，望向萧清，她的背影走得铿锵有力。

"哎！"身后一声呼唤，拽住了萧清的脚步。

"要不，咱俩……试试？"

"试什么？"

"试试……亲人？"

又回到了他和她的日常，萧清笑着转身走远，裹紧了外衣，却不是因为冷。经历过一场灾难，不但没有失去什么，反而因此收获更多。生活这位考官奖罚分明，在考验你之后，从来不会忘记给通过测试的你一个奖励。

宁鸣找到的第二份黑工，是在一家中餐馆，老板是位姓郝的华裔，他人很好，不但给了宁鸣工作，还容留他晚上在餐馆住宿，顺便看店。白天，宁鸣在餐桌之间来回穿梭，点菜上菜、端茶倒水、埋单结账，尤其接待蜂拥而来的中国内地旅行团时，所有人都忙成了团团转的陀螺，免不了顾此失彼。应付一桌子因为上菜延迟处于爆炸边缘的客人，宁鸣最有办法，他往桌前一站，先点头哈腰："抱歉，让大家久等了，需要我向大家介绍菜品、推荐本店招牌菜吗？"如果道歉泥牛入海，得不到任何回应，每张脸还是雀黑雀黑的，只消一句玩笑："还是你们想先打我一顿？"一桌游客就像被点中笑穴，一起咧开嘴笑，宁鸣掏出点菜器，一脸堆笑，继续追问："先打还是先吃？"满桌游客更是笑得忘了饥饿和烦躁。深夜，宁鸣围着皮围裙、脚穿塑胶防水靴，冲刷地面、清洗操作台、擦拭厨具，独自完成整个店面和后厨的清洁，确认门窗锁好，关掉一盏盏照明灯，才回到睡觉的斗室，脱掉穿了一整天的店员制服，把自己扔在床上。

告别了有生命之虞的日昌旅馆，宁鸣在美国的颠沛流离和生之多艰并没有因此而改变，美利坚合众国仍然以各种形式，通过各种渠道向一个以不正当方式停留的入境者发出警告。

这一天，一切如常，突然，餐馆外停车场驶入了一辆看上去平平常常的面包车，富有战斗经验的领位员风驰电掣冲进店里，向全体人员发出了警告："移民局来啦！"从来没有遭遇过移民局排查的宁鸣，当场傻在地当间，郝老板大手一挥："宁鸣，后门！"这时，四名移民官已经下车，直奔中餐馆而来。

宁鸣逃窜到餐馆后门，刚把门拉开一条缝儿，就瞥见后门外面已经站着一位移民官，显然他的工作是和前面的同事配合，将中餐馆进出入口封锁合围，就在他低头点根烟的工夫，错过了拉开马上又合上的那一道小门缝儿。

十面埋伏，跑不出去了，宁鸣只好折返回店，迎头撞上五名厨师正脚步匆匆冲出后厨，奔往前面店面，接受移民官检查。

折返的宁鸣把大厨吓了一跳，一把拽住他问："你怎么还不走？"

"走不了了，后门被堵上了。"

"不打自招，你先去把工服脱了！"

"然后呢？"

"随机应变，自求多福！"大厨也没辙，往更衣室方向推了一把宁鸣。

宁鸣跑进更衣室，脱掉店员制服，抓起一件外衣，出了更衣间，看见卫生间，一头钻了进去，反锁上门，这才有时间穿上外衣。十秒钟都不到，卫生间门就被砰砰拍响，门外传来粗暴的命令："里面有人吗？出来接受美国移民局的检查！"宁鸣打开水龙头，双手沾上水，这才开了门："请问检查什么？"

移民官一把扒拉开宁鸣，探头进卫生间，四周上下一顿扫视后，命令他："你跟我来。"

郝老板、厨师、店员站成一排，正在接受几位移民官逐一对照ID检查身份。宁鸣跟随抓到他的移民官一走回店面，郝老板就暗中倒吸冷气，今儿算摊上大事儿了，雇用黑工，难逃一劫。

移民官手指宁鸣问众人："他是餐馆员工吗？"

全体员工整齐划一，集体摇头否认。

郝老板还向移民官特别说明："这位是我们的客人。"

宁鸣顺着郝老板的脚本演下去："我刚吃完饭，上个厕所就要走了。"

四名移民官的眼神像四盏探照灯，在宁鸣和众人脸上来回扫射，一位移民官伸手索要："让我看一眼你的护照。"

宁鸣把手伸进外衣兜，还真掏出了他的护照，递上接受检查。

移民官低头翻看完护照，交还宁鸣，然而危险远没有结束，他突然提了一个问题："你坐几号台？"

"9号。"

移民官走到郝老板面前，伸手索要餐馆水单："把9号台的结账单给我。"

空气有几秒钟的凝滞，移民局不愧为移民局，他们不是吃素的。郝老板走到收银台边，从结完账的一沓水单里找出了9号台的账单，交到移民官手中。

移民官攥着这张水单，盘问宁鸣："刚才你吃过什么？"

所有人的心脏，都蹦到了嗓子眼儿。

"宫保鸡丁、水煮牛肉、橄榄菜肉末四季豆、开水白菜、葱香竹笋，还有一份眉州炒饭。"

移民官对照水单，居然，宁鸣一个菜名都没有说错！

"你一个人，能吃这么多？"

"吃得多违反美国法律吗？"

"祝你肠胃好，你可以走了。"

众目睽睽之下，宁鸣大摇大摆地走出了餐馆，他保住了自己留在美国的机会，避免了郝老板和中餐馆的重大破财，取得了对美国移民局的阶段性胜利。但同时，他又失业了，移民官还会再来，如果又碰到上一回检查时的客人来吃饭，这种巧合的概率，连傻子都不会相信了。

宁鸣在斯坦福晃荡了一整天，晚上才敢返回中餐馆，郝老板一见他回来了，就说："白天幸亏你有个电脑脑袋。"

"我没法儿再在这儿干下去了，回来收拾东西，跟您道个别，感谢您这些天对我的照顾。"

"你去哪儿？今晚住哪儿？"

"不知道。"

"肯定不能在店面做了，要不你去送外卖吧，我把车钥匙给你。"这是郝老板想到的既能留住宁鸣，让他不至于流离失所又能躲避移民局检查的两全之计。

"谢谢老板信任，我保证不带着外卖和你的车私奔。"

宁鸣又从餐馆跑堂变成了外卖小哥，每天驰骋的空间陡然扩大到整个中国城，甚至全旧金山。他不知道，就算躲掉了移民官，还是躲不开危险和磨难。

和北美华隆副总Toni约定的是：做出一个项目预算后，双方再联系。但是，预算尚未做出来，Toni先行致电书澈相约见面，而且关于这次见面，Toni在电话里暗示书澈，希望只有他们两人在场，单谈。他要谈什么内容必须回避别人呢？书澈满腹疑团。

第二天，和Toni在约谈地点一碰面，对方就把一份文件推到了书澈面前。书澈拿起文件翻看，这是一份委托方为华隆集团北美总部、受托方为田园科技公司的项目委托合同。合同？按照约定，也按照惯例，合同应该和预算一起，由田园科技提交。为什么华隆抢在他们之前，先拿出了一份合同？

Toni含笑解释："抱歉，我比你性急，等不及你们田园科技的预算和报告，干脆先拿出一份一揽子合同，华隆的诉求和计划都呈现在里面了。"

"我们的工作一直在进行，联系了一家软件管理公司Hot Spot，它的创始人是我斯坦福的学长，创立三年，在硅谷颇有名气，团队有上百人，有足够资质承接你们公司的OA系统升级业务。"

"你是要介绍这家Hot Spot给我吗？之前我表达清楚，我不想和任何一家软件公司直接接洽。"

"我可以把Hot Spot团队纳入田园科技牵头的整体合作计划当中，现阶段，我的团队正和他们的团队一起制订可行性计划，做整体投入预算。我们需要HS在这个领域的市场经验，他们比我们更专业。我也在等他们算出预算总额，因为我不能准确算出做一个大规模OA软件升级到底需要花多少钱。"

Toni凑近书澈，低声说道："今天给你交个实底儿，我们计划在这件事上的投入，大概是——300万美元！"

这也太高了！不是自己对这个领域的认知出了差错，就是对方是个冤大头，但书澈不动声色，并没有表现出内心的惊诧。

第 16 章

"我们尽快做出预算报告和可行性计划,提交给你们,然后再就具体金额和工作程序进行商讨。"

Toni拍拍合同:"如果田园科技的预算高于华隆心理价位,没关系,一并把超出数额列入预算以及合同,我们也不是不能追加。"

啊?300万美元还可以再追加?书澈再次惊诧:"我的意思,不是不够,是可能花不了那么多。"

"不用为我们省钱,所有环节、物料、人员、技术,华隆都要最好的!"

书澈收起了Toni拿来的合同。原来这场单独见面的意义,就在于Toni主动透露给他300万美元的底价,对方是真不差钱呀。

书澈把拿回来的项目委托合同原封不动交给了萧清,请她过目,看看有什么需要斟酌修改之处。萧清把有问题的条款标注出来,在下面画上横线,其中一段:"自合同签订七个工作日内,甲方向乙方支付合同约定总金额的80%;乙方完成甲方委托的OA系统升级全部工作后七个工作日内,甲方向乙方支付合同约定总金额的剩余20%。"在这几行英文旁边,她打上了一个大大的"?"。

第二天,和书澈沟通合同时,萧清提出了这条被她打上大问号的合同条款:"关于付款方式,合同规定只有两笔,签约即付80%,最后完成工作结清剩余20%尾款,这样的付款方式,对于甲方而言资金风险过大,我认为对方绝对不会接受。我建议:按工作进程细化付款次数,分多次付款。"

"这个付款方式,是他们提出来的。"

"啊?我还以为是咱们公司提出的霸王条款。"

书澈对她坦诚相见:"这份合同是委托方拟定的,我一个字都没有动过。"

"太惊讶了!我还没见过这么有利于乙方的甲方合同呢。那还有什么好掰扯的？就这样吧，我们公司可以全盘接受。"

萧清的专业判断印证了书澈的认识，这简直就是一份送钱上门的跪舔合同。

彭一走进办公室汇报说："可行性报告初稿出来了，书澈，我刚发到你邮箱，你看一下。关于预算，我和Hot Spot团队经过精确计算，决定提出150万美元预算总额，实际投入应该可控在110万之内，剩余40万是我们和HS两家的盈利，按照双方约定，一家获利20万。"

萧清一听，就毫无心机地咧嘴傻乐："我们公司赚钱了！我们要涨薪！"

书澈对萧清说："那就把150万预算总额写进合同，和报告一起提交Toni。"

就这样，在华隆合同的基础上，萧清加上150万美元预算，田园科技提交了完整的项目委托合同和预算报告。到了双方正式洽谈日，书澈带领萧清、彭一，还有外包公司Hot Spot的项目对接人Andi Kloss，前往华隆北美总部的会议室，与Toni正式会晤，落实合同细节。

Toni接过书澈递交的合同，直接翻到预算总额页，一眼看到田园科技在项目总额上填写的数字是150万美元，他不动声色，说要把合同拿给公司法务过目，随即叫来女秘书，对她耳语了几句，女秘书点头拿走了合同。然后，Toni看看表，邀请书澈一行起身移步，一起下楼吃个工作餐。

午餐结束，Toni带领书澈、萧清一行四人返回会议室，书澈面前的会议桌上已经摆好了一份新打印出来的合同。Toni对书澈说："公司法务看过了，我公司对于你方提交的工作报告和预算也毫无异议。书总，你再看一下合同，如果没什么问题，今天我们是不是就把合同签了？"

书澈拿起面前的合同，快速浏览，看到总额时，他几乎不敢相信自己的眼睛：合同总金额的数字被改动了，变成了——300万美元！就是和Toni单独见面时向他透露过的那个底价。书澈猛抬头，刚说了几个字："关于合同总额……"就被Toni果断打断，字字重音："书总，我们没有异议。"

"可是……"

Toni第二次打断他："就这么定了！"

书澈咽回了即将出口的疑问，紧挨着他坐的萧清，因为看不见书澈手里的合同改了什么，所以完全不明白发生了什么。直到离开华隆，两人单独坐进车里，书澈才把双方刚签订的合同递到了萧清手上。

"啥？300万！"

书澈早料到她会有这样的惊诧。

"你看见了吗，书澈？"

"我又不瞎，怎么会看不见？"

"什么情况这是？"

"Toni改的，就在我们吃午饭的时候。"

"他为什么把预算调高了整整一倍？"

"我也不知道……"

"那就意味着：我们和HS在这个项目的盈利会高达190万美元，哇！暴利呀！"

"刚才离开的时候，Toni把我拖到最后面，悄悄嘀咕了几句，他说这份合同不必给HS报备，就按咱们和HS原定的利润分成履行就可以了，关于这份合同，华隆不会透露任何细节给HS，他们承诺全程只在技术层面上接触HS，让我尽管放心。"

"他的意思是：190万美元利润，只给HS20万就好，剩下170万美元全归我们？"

"是这样。"

萧清沉默了,她陷入了长久的沉默。

书澈追问她:"你在想什么?"

"我能说实话吗?"

"我就想听实话。"

"这是华隆变相讨好缪盈爸爸,也是你准岳父送给你的开业大礼吧?明知咱们团队规模不够,明明对于更大、更有规模的软件公司而言,都是一块被抢的肥肉,偏偏给了你,就因为——这里面的人情吧?"

萧清一语中的。

第17章

华隆在签约前一刻单方面提高田园科技报价的内情,只有书澈和萧清两个人知道,一同前往签约的彭一都毫不知情,Hot Spot的Andi Kloss更是被蒙在鼓里。天上掉馅饼般的风投、送上门的业务和暴利,让书澈的公司开业仅一两个月就创造出辉煌盈利。

书澈内心升起一个疑问,在华隆出现以前,他丝毫没有怀疑过风投公司的背景和资金来源。毕竟硅谷是世界上最大的高新技术产业区,这里集中了全世界最尖端的计算机、互联网科技公司,大大小小有一两千家,吸引了全世界的投资,其风险投资总额占全美的三分之一。新创的科技公司如田园、新入的资本如给他投资的风投,每天都有新面孔在硅谷涌现,谁也不会觉得惊奇,没有谁去追查每一家风投的资金背景,只看得见这些钱去了哪里,却没有人知道它们从哪里来。但华隆的异常让书澈蓦然惊觉:风投会不会和华隆一样?在它看不见、摸不着的资金背景深处有没有成伟的身影?这些唾手可得的暴利是否都来自他?成伟又因为什么让他不费吹灰之力地赚钱?难道仅仅是未来岳父对女婿的照顾?

缪盈姐弟俩自然很快得知了此事,正好赶上一个周末,难得大家都凑齐了，书澈、缪盈和成然，萧清也被请了来，四人在成家别墅泳池边BBQ。当着全体亲人的面，成然毫不忌讳："再一次验过了，姐，咱俩就你一个是亲生的。哥，我爸对你比对我这个亲生儿子好一百倍！你开公司，他一百万一百万美元送大礼，给我每月一万生活费上限，我名下的一切还都被他代持了。我爸现在对书澈做的，就是我梦寐以求的事儿：乘着他的东风扶摇直上，不费吹灰之力，就把钱给挣了。我打一出生就渴望亲爹树下好乘凉，现在离我越来越远的奢望，却成了落到我姐夫头上的现实。到底谁是亲生的？"

书澈守着烤炉烤架一言不发，沉默地为大家烧烤，缪盈走过去，他也只是把新烤出来的食物递给她，没有眼神交流。和华隆签约后，他对她一直有种若即若离的疏远感。

就像书澈有些话会回避缪盈却可以对萧清说一样，萧清现在也成了缪盈唯一能倾诉内心的对象。

"萧清，你觉得拿到这个合同，书澈他高兴吗？"缪盈问出这话时，选了个远离书澈的地方，保证他听不见，同时压低了声音。

"我觉得……"萧清心领神会，也用低声回答，"你要听实话？我没看出他高兴，不过也没有什么不高兴。"

"那你怎么看？"

缪盈没有说，但萧清当然懂，缪盈问的是她怎么看华隆这桩业务。

"我？这个题型我们穷人没见过，能弃考吗？"

"不开玩笑，我说真的呢。萧清，以我对你的了解，你不可能对这件事没有看法。"

"我怎么看？这么说吧。小时候，我以为：这个世界只有黑和白两种颜色，不是黑，就是白；长大后我才知道，黑、白都不是主流。这个世界面积最多的颜色，是灰。这些灰，既不像黑那么邪恶，也没有白的高洁，充满了练达的人情、洞明的世故、变通的规则和皆大欢喜的结果，所以特别被喜闻乐见，它既不会像黑那样被批判否定，也不会像白那样受诽谤夭折，在黑和白难以存活的地方，灰通行无阻。我对它，既没有对黑的憎恨，也没有对白的喜爱。灰色，就是这样强大而合理地存在着。"

缪盈当然听懂了萧清的比喻："你说的'灰'，就比如我爸这样关照书澈吧？"

"人情也是生意和市场的一部分，不是吗？"

"但你心里并不认同。"

"我认不认同，它都存在；我肯定否定，它都不会消亡。"

"就算你不能改变它，但你至少坚持不让自己被它同化和改变。其实，书澈和你是一样的人。"

萧清用沉默代替确认，缪盈总结得没错：在萧清的准则里，就算周遭尽灰，她也不会与之为伍。书澈是不是和她一样的人？萧清不确定。

萧清安慰缪盈："我想他看上去没有那么高兴，只是因为这种轻而易举的成功来自别人的馈赠，不是他希望的以自己能力获得。但他心里，对你爸的好意，肯定还是感激的。"

"我爸，可不只是'好意'那么简单……"

缪盈是最早也是唯一知道这一切意味着什么、看透成伟的真实目的的人：华隆的三方交易中，没有任何一方和成伟有关，账目上查不到和伟业有丝毫关联，却是成伟塞进书澈口袋里的真金白银。表面上，最多被说成岳父对女婿的关照，但只有缪盈清楚：成伟在以这种方式变相行贿，把给父亲的钱给了儿子。原来的利益结盟正在变现成权钱交易，书澈浑然不知自己成了受贿终端。缪盈心里惊惧交加，父亲行贿手段高明，暗箱操作了两笔与己无关的"合法"买卖，就把钱装进了书家的腰包，可以预见，这只是开始，未来还会发生很多诸如此类的"合法交易"……

某个时刻，缪盈会产生想把一切告诉书澈的冲动，话到嘴边又遁于无形……她逃不开自己的家族，逃不开自己的血缘，只好一次一次按下冲动，继续在爱情和家族使命的两极之间左右摇摆。

本是同根生，精英陷于能力大责任也大的困境无法自拔，但熊孩子也有熊孩子的烦恼。如果缪盈能自主选择投胎的话，她宁愿成为弟弟，也不愿意成为自己；但成然的烦恼是具体而深重的，身为一个富二代，无法躺在家族财富上不劳而获，就连用老子的钱生儿子的钱这种家族便利也捞不着，如此恶劣的生存环境，到了必须抗争扭转的时刻。

成然左手端一个托盘，盘里是一磅蛋糕，右手攥一瓶红酒，按响了邻居绿卡的门铃。一开门，一张谄媚的笑脸戳到了眼前，这样一个成然实属罕见，让绿卡猝不及防；成然也愣住了，因为绿卡不施粉黛，一张素脸，蓬头垢面，头顶丸子头，名牌消失无踪，穿得邋里邋遢，全然不是以往的她。两个熟悉的陌生人面面相觑，都猜不透对方为什么突然改了套路。

"请问你是绿卡？蛋糕是我姐亲手烘焙的，送过来给你尝尝，我还拿了一瓶特棒的红酒，有没有兴致一起品品？"

"你这是哪一出？太阳打西边儿出来了？"

"除了对掐，咱俩就不能有点温馨时光？去，拿俩杯子来。"

绿卡一边从吧台上取下两个郁金香红酒杯，一边斜睨着成然，有种看黄鼠狼给鸡拜年的感觉。一进客厅，成然就被铺满茶几、一直延伸到沙发和地面的笔记本电脑、一摞一摞的书、摊开的各类时尚杂志惊呆了，无处下脚。

"嚯！干吗呢你这是？"

"做作业。"

"做——作——业？你，哪儿来的作业？"

"学校老师布置的呀。"

"学——校？哈哈哈哈，哪个不知死的学校收你入学了？是想挑战终生不毕业的吉尼斯世界纪录吗？"

绿卡感觉自己被侮辱了："我对萧清师父说过一句名言：所有的嘲笑，最后都会转化成我的动力！"

"萧清啥时候成你师父了？"对两个女人的关系如何发生了历史性的逆转，成然感到莫名其妙。

"对，我现在是她徒弟，你嘲笑我，就是嘲笑她。"

"嘿！女人变脸比书翻得都快，这就拉帮结派了？你上的什么学校？"

"时尚学校一年的培训班，从现在起，向我成为职业买手的理想——进发。第一堂课，我只能听懂老师说的十分之一，这才知道，我的英语水平仅仅够吃、够玩、够买买买，所以我还得上语言学校回炉再造，加强专业英语。我现在很忙，每天都有课要上，每晚都有作业要写。你有正经事儿吗？有事说事儿，没事儿滚蛋，别耽误我学习。"

成然刮目相看：这真是一个洗心革面的绿卡呀！

"你还真是要把自己变好的节奏。"

"当然！这是我长这么大第一次下狠心做一件事。"

"可你要把自己变好的初衷，是为了啥来着？"

"变成被你爱的样子，遇到更好的你呀。"绿卡倒也没忘初衷。

"我怎么感觉被忽视了呢？"

"因为一做我才知道，把自己变好这件事太难了！比任何事都难！我需要很努力、很投入、很专注，顾不上你爱不爱我了。哎，你到底有事儿没事儿？我可没时间和你闲磨牙！"

专注于上进的绿卡，瞬间扭转了她和成然的主动与被动关系，成然成了谄媚的一方。

"有事儿，真有事儿，正经事儿！"

"说！"

"书澈新公司一开业，我爸就送了一笔让他闭眼睛赚的大钱，一个case净利多少？你猜，一百多万美元！这是吹东风送他上天的节奏啊。"

"你爸给书澈钱，跟你有啥关系？"

成然捶胸顿足、痛心疾首："我的东风吹了别人，一丝儿力我也借不上啊。"

"你想怎样？"绿卡现在的话风变得简单扼要。

"风起了，没条件，创造条件，也得被吹上。咱俩凑份子入股书澈的公司，当上他的原始股东，等他做大、上市、融资，咱俩坐收渔利，套现走人。"

"咱俩？是你还是我？"

"何必分那么清楚！"

"你不是要和我离婚吗？"

成然把脸一觍："不还得半年才判决吗？婚姻存续期内，咱俩先把稳赚不赔的钱挣了呗。不能坐视百分之三四百的回报率打眼前走过、路过，咱们必须搭上机遇的顺风车呀。"

"你打算让我投多少？"

"要有前瞻、有气魄，能投多少投多少！"

"那你投多少？"

"你知道我……每月就一万。"

"就是说你没钱，那我投资，算我的还是算你的？"

"算咱俩的呀！"

"有你什么事儿？你出一分钱吗？"

"我提供人脉和内部信息呀，没有我，书澈要不要你的投资都两说，人家现在不差钱，我入股的是无形资产。"

"咱俩联名投资，对离婚结果有没有影响？"

"半年以后的事儿，还不一定怎么着呢，到时候再说。"

"万一离婚，投资和股份需要拆分，怎么办？"

"那就……先不离。"

虽然达到了让对方收回离婚诉求的目的，但绿卡掩不住对成然的鄙视："你的节操呢？"

"节操在金钱面前，都不叫事儿。"成然把开了瓶的红酒倒入两只郁金香杯，一只递给绿卡，自己举起另一只，"为咱们的合作干一杯？"婚没有离成，还死抱着老婆大腿，赖成了合作伙伴，成然的人生随时随地可以转向，机动灵活。

树欲静，而风不止，缪盈恐惧产生的那一刻，远比她的预想来得更早。

这天，缪盈和书澈一起逛街，在一家奢侈品店的女更衣间外，她和一个30岁上下、身材高挑、气质出众的华人年轻女性走了个顶头碰。看到对方的一瞬间，两人都有几秒的惊愕，缪盈率先移开视线，低头经过对方，没有回头都能感觉到那个女人一直凝视自己背影的眼神。

缪盈把衣服挂回陈列架，用这个动作做掩饰，偷偷回望她，对方闪身进了更衣间。这一眼观望，让缪盈几乎可以确认：虽然她们只在过去见过几面，虽然彼此已经有两年不见，但这个女人就是自己认识的那个人。对于她为什么突然会出现在美国并恰巧在这里和自己相遇，缪盈不明所以。

缪盈走向坐在沙发上翻阅杂志、等候她的书澈，突然听到自己的名字被呼唤："Hello，Miss Miao！"她扭头看见鲁尼·斯特朗正朝自己走来。这种意外邂逅，顿时让缪盈紧张起来。书澈也刚好起身走向她，于是，两个男人在缪盈面前会合。

鲁尼·斯特朗热情招呼缪盈："好巧，在这里碰到你。"

"你好，斯特朗先生。"

鲁尼注意到缪盈身边的书澈，礼貌询问："这位是？"

缪盈只好介绍："他是我的男朋友。"她刻意不说出书澈名字，避免鲁尼因为姓氏可能会联想到书澈的父亲，又向书澈介绍："这位是鲁尼·斯特朗先生。"

"你好。"鲁尼与书澈握手，看上去，他对书澈的身份一无所知，这说明成伟并没有向他透露女儿和书望之子的联姻关系。和书澈握完手，鲁尼转回缪盈说道："我最近计划去趟北京，专程和你父亲会晤……"

缪盈更加紧张，她唯恐书澈听出鲁尼和成伟的关系，只想立刻结束这个话题，拉书澈离开，所以嘴上敷衍："是吗？太好了。对不起，斯特朗先生，我们后面有一场电影，赶时间，先走了。"

"OK，不耽误你们。哦，你有什么要我转达给你父亲或者带东西给他吗？"

"没有，谢谢，再见。"

缪盈脚步匆匆，正要拉书澈走，一扭脸，刚才在更衣间门外邂逅的那张熟悉的面孔挡在他们面前。

对方热情招呼了一声："嘿。"

缪盈不知如何回应，只好也"嘿"了一声。

女人突然主动暴露了她认识缪盈："缪小姐是吗？"

缪盈只好干笑点头承认。

女人自我介绍："我是鲁尼的朋友。"

鲁尼·斯特朗走到她身边，周到地为缪盈和书澈介绍："这位是

第 17 章

刘彩琪小姐,她现在在我的部门任职……"

刘彩琪,果然是她!这个风姿绰约的女人,就是三年前曾短暂当过成伟特别助理的刘彩琪,但在特助的职位上没做多久,她就突然离职,消失不见了。

缪盈还清楚地记得她们第一次见面的时间、地点和情景,那是在清华大学校园,成伟坐着劳斯莱斯幻影来接她,汽车刚在缪盈面前停稳,副驾驶座位的车门就打开了,刘彩琪快步下车,满脸笑容,殷勤地为大小姐开车门。缪盈对她报以礼貌性的微笑,坐进车后座,成伟身边。刘彩琪为她关好车门,才坐回副驾驶座位。

成伟这时才向缪盈介绍:"这是我的特别助理,刘彩琪小姐。"

刘彩琪从前座转回身,正式向缪盈致意,满面春风,仪态优雅:"缪小姐好,叫我彩琪就好。"

"你好,我们以前没见过。"

成伟补充了一句:"她刚入职没多久。"

"能有机会在成总身边工作,是我以前做梦都不敢想的幸运。"

刘彩琪顺手拈来的马屁拍得成伟很是受用。缪盈一眼看出:父亲对这个刚入职的女特助的满意和喜爱,不同于常人……上路后,缪盈无意间一抬头,恰好看见后视镜里刘彩琪正专注地窥视她的双眼,两个相差不到10岁的年轻女性,目光在镜里相遇,刘彩琪率先移开视线。这一眼后视镜中的对视,在缪盈的记忆里,对刘彩琪留下了不可磨灭的最初印象,那是怎样一种具有穿透力的眼神,那双眼睛深处,会有怎样深邃的心机。

此刻重逢邂逅,缪盈心里冒出一百个问号,曾是成伟特助的刘彩琪,为什么再见她时,身份变成了鲁尼的下属?她这三年间的变迁,是否与成伟有关?缪盈一时摸不着头脑,但同样基于不想让书澈发现鲁尼和成伟正在合作这个原因,她选择不和刘彩琪相认。

"幸会刘小姐。"

"是我幸运,能见到缪小姐。"刘彩琪似乎点到为止,并没有提起两人以往渊源的意思,但她把目光转移,聚焦到了书澈身上,对缪盈说,"您还没有介绍这位帅哥……"

因为缪盈不向对方介绍自己,面对刘彩琪直视自己的目光,书澈只好报以礼貌性的微笑。

鲁尼又周到地向刘彩琪介绍书澈:"这位是缪小姐的男朋友。"

刘彩琪直接问到书澈脸上:"请问您贵姓?"

书澈只好自我介绍:"我叫书澈。"

"哦——"一听到书澈的名字,刘彩琪的反应果然非常夸张。

所有人都不明白她这一声拖长的"哦"是个什么劲儿,包含怎样一种意思。缪盈心里疑窦顿生:为什么她对书澈如此特别关注?

刘彩琪继续对书澈说道:"姓书?你的姓氏很特别,哦,对了,我还认识一个姓书的人……"

缪盈瞬间变色,心里莫名升起一种恐惧,虽然那只是一种直觉,她甚至还说不清这种恐惧的直觉因何而起,就已经粗暴地打断了刘彩琪,阻止她继续说下去:"不好意思,我们时间到了,必须马上走,再见!"缪盈不顾失礼,匆匆告别鲁尼和刘彩琪,强行拉走了书澈。走出大牌店,她还频频回头,像身后有一只老虎在追赶。她的脚步飞快,书澈不得不紧赶慢赶地撵她。

"你走这么快干吗?"

"不是说了我们赶时间吗?"

"其实时间很充裕,这才两点十分,离三点电影开场差不多还有一小时呢。"

"哦?我看错表了。"

两人这才放缓脚步,书澈从旁观察缪盈的神情,眼神里也有一种

第 17 章

探究。

"刚才那女的,你认识她吗?"

"不认识。"

"我看你见到她的反应有点不一样,还以为你认识她呢。从来没有听你提过这个鲁尼·斯特朗,你爸介绍你认识的?他们很熟吗?有生意往来?"

"我不是很清楚……"

"他是做什么的?哪家公司?"

"我也不是很清楚。"

缪盈的矢口否认,反而加重了书澈内心的疑问,刚才在大牌店,他从被她屡屡打断的鲁尼的只言片语当中,已经敏锐地捕捉到了成家和鲁尼似乎有商务往来的蛛丝马迹。

这晚独自坐在电脑前时,书澈又想起白天邂逅的鲁尼和那个怪异的女人,以及她对自己说的那句怪异的话:"你的姓氏很特别,哦,对了,我还认识一个姓书的人……"他朝厨房方向看了一眼,缪盈正在里面忙活,一时半会儿不在身边,书澈迅速在Google搜索框里打入了Rooney Strong的名字,点击搜索。关于Rooney Strong的个人信息和图片迅疾出现在电脑屏幕上,置顶一条是他的个人简历。书澈打开页面,只见英文简历写着:鲁尼·斯特朗,任职于美国CE公司,大中华区主席,CE是美国最大的轨道交通装备制造公司,掌握国际尖端的地铁车厢制造技术。

一条可怕的关联线在书澈的脑海里慢慢合拢:鲁尼·斯特朗卖地铁轨道车厢——成伟和鲁尼可能有合作——而书望正在负责地铁建设招标。

身后传来缪盈的脚步声,书澈立刻关闭鲁尼·斯特朗的Google搜索页,回到原来的Paper页上。缪盈在他手边放下一盘切好的橙子走开，书澈的思绪再也无法离开那一条关联线。一幕一幕过去的场景，按照他自己都捉摸不定的逻辑，在记忆里自动播放，那些记忆梳理着他脑海里纷乱的线索，带着喷涌的疑问，奔向一个逐渐清晰的答案。

在成府家宴上，成伟明确表态愿意做书澈的投资人："我当然可以作为个体投资人投资，另外伟业旗下就有产业附属投资机构，也在寻觅可持续发展的项目……"

成伟离开美国前，在私人飞机停机坪上，他还热切关注着域名解析服务器的研发进度，最后强调："记住了，书澈，任何时候，我都愿意把我经商20年的经验和资源分享给你。"

斯坦福校园咖啡馆，初次见面就敲定投资意向的风投顾问Hanks说："我现在就代表公司明确表达投资意向，做出向你们的项目和团队投资的承诺。"

伟业旧金山分公司，弗兰克介绍北美华隆的Toni，促成OA系统升级业务的双方合作，弗兰克甚至毫不讳言：这是伟业送给田园科技的一份开业贺礼。

随之而来的，就是华隆单方面提高报价带给田园科技的190万美元纯利润。

今天，在大牌店，邂逅向中国出售地铁设备的CE高管鲁尼·斯特朗，还有那个奇怪的女人。

不知道为什么，还有一幕与这些并无关联的场景，也切入了书澈的记忆，那是书望和他的一段父子视频对话。

"爸，有一天我会证明，不靠你，我一样能成功。"

"乐见其成，不过那时候你又怎么证明，你达到的高度，不是站在我肩膀上取得的呢？"

笼罩住他的迷雾渐渐散了，成伟为什么送钱给自己的答案隐约见形，这个拨云见日的发现让书澈无比担忧、心生恐惧……他迫切需要求证他的发现、确定他的怀疑,迫切需要将这一切都告诉父亲书望。就在这个时刻,他做出了立即回一趟北京的决定。

北美华隆严格履约,在委托合同签订后七个工作日内,就将业务总额的80%打进了田园科技的公司账户,240万美元的进账,终于让书澈团队的每个人都知道了这个大单最后以超出一倍的预算拿下!当然,大家都心照不宣,知道这轻而易举来的钱是源于CEO的背景,没有他的家世、没有他那样一个女朋友,纵有旷世的才华也轮不到这张大饼掉到自己头上。

大家聚在办公间开香槟庆祝,威廉喜形于色地宣布:"我代表书澈宣布公司决定:因为华隆集团OA系统升级业务总额的80%预付款240万美元已经到账,公司在这个业务上已经提前实现了盈利,书澈答应兑现给大家涨薪的承诺,即日起,每位员工在原薪金水平上上浮50%,等全部完成华隆OA系统升级业务,再涨50%,实现每人月薪翻倍!"

"我们赚钱了!我们涨薪了!"

有人高歌,有人起舞,萧清逃出纷飞四溅的香槟雨,发现不见书澈的踪影,只有他一人缺席了全公司的欢庆。萧清托着香槟酒杯,寻到CEO办公室外,敲敲门,听见里面回答"进来",推门走了进去。书澈正独自坐在办公桌后,安静地和外面的喧嚣隔绝开来。

"外面快把屋顶掀了,你怎么不出去和大家一起嗨?"

"没什么好嗨的。"

"是不是……我之前口无遮拦,让你不高兴了?"

书澈知道萧清说的是和华隆签约那天她不遮不掩地指出这是一桩人情买卖。

"我没有不高兴。"

"真的?我会虚与委蛇,我可以不说真话;但对你、对缪盈,我不想那样。"

"我喜欢你的不虚伪。"

萧清笑了,心里释然:那就好,你喜欢虚伪的话,我还真不会。转身要走,书澈在身后叫住她:"萧清……"

"嗯?"

"我……可能会回趟北京。"

"什么时候?"

"很快。"

"回去做什么?"

"还没想好……"

"啊?"

"但我……不想让太多人知道我回去。"

"哦,我保密。你要我做什么?"

"我不在期间,请你帮助彭一监管OA系统升级工作按计划进行。"

"没问题。"

"除了你,我不打算让公司其他人知道我回燕州。"

萧清点头领会:"你大概离开多久?"

"应该不会太久。另外还有……我还没有想好怎么和缪盈说这件事,你先不要告诉她。"

"OK。"

到了启程飞回北京这一天,谁也不知道书澈的动向,缪盈临出门前还问他:"晚上要不要一起看《达拉斯买家俱乐部》?"他回答她:"说不好,下午微信再定吧。"听见缪盈带上房门的声音,书澈走到窗前,目送她离开,然后开始收拾行李。出发前,走到门口,他犹豫了一下,还是折回头,留下了一张字条:"盈:我有事儿离开几天,不用担心,办完事我就回来。澈。"

第 17 章

按照两人事先约定，萧清骑自行车赶到书澈住处时，见他站在车前等着她来。

"我来了。"

"辛苦你了。"

"别客气。"萧清把自行车靠墙锁好，跟书澈上了车。

"萧清，你陪我到机场后再把车开回这里就OK。"

"怎么缪盈抽不出时间送你？"

"她……有点事儿。"

书澈的含糊并没有打消萧清的疑问，但她决定不追问，尽管从他交代她对谁也不要透露回京行程开始，她就感觉到了书澈和缪盈之间的……怪异。

前往机场的路上，书澈突然决定告诉萧清："我这次走，没告诉缪盈。"

"我能问问为什么吗？"

"因为没想好怎么和她说……"

"你们……又出问题了？如果嫌我多嘴，请你明示。"

书澈所答非所问："我回去，是要弄清楚一些事儿……"

"那，知道你回去的人……"

"只有你一个。"

"你失踪、失联，怎么向缪盈解释？让我怎么和她说？"

"你什么都不用说，就当不知道好了，等我回来再向她解释。"

只有萧清一个人掌握他的行踪，是书澈深思熟虑的结果，他不打算对任何人透露自己的秘密回国计划，尤其是缪盈。因为他对成伟的戒备，殃及了缪盈，在他心里，恋人逃婚等一系列的匪夷所思之举和她父亲的居心叵测已经联系到了一起。

中餐馆外卖小哥宁鸣，天天开着郝老板的车奔驰在旧金山的街道上。大部分唐人街范围内的送餐点，郝老板都不担忧，但中国城之外，尤其是黑人和拉丁裔聚集区，郝老板再三叮嘱宁鸣注意安全。但仍然防不胜防，他们不可能预知在电话另一端窝藏着怎样的居心叵测和歹意。送外卖是个辛苦工作，还是个高危工作，常在河边走，终究会湿鞋。

这天的送餐点，不但远离唐人街，还地处治安不好的老街区。像往常一样，宁鸣把车停在行车道，打开双闪，飞奔下车，从后备厢拎出外卖餐盒，冲进一栋老公寓，里面破旧脏乱，电梯吱吱嘎嘎、晃晃悠悠上行时，让人担心它随时可能掉下去。一走出电梯，宁鸣的余光就瞥见防火楼梯的门后面有两个黑人少年站在昏暗里抽烟，透过门上的玻璃窗，他感受到了他们投向自己那虎视眈眈的一瞥。越往前走，感觉越不祥，空气和风突然有了一丝微妙的变化，猛回头，两个黑人少年的身影正从身后向他扑来，一口黑色塑料袋遮天蔽日、从天而降，眼前顿时一片漆黑。

宁鸣被推倒在地，整个脑袋和上身都被笼罩在巨大的塑料袋里，什么也看不见，只感到拳打脚踢的疼痛。他满地翻滚，拼命挣脱胶带的捆绑束缚，袋子不时被他的挣扎扯开一角，能看见落下的拳和晃动的腿。趁着一波袭击节奏稍缓的空当，宁鸣一把掀掉了头上的塑料袋，重见天日，但是随即，一记重拳直奔面孔而来，砰！他仰面倒地，晕了过去。

宁鸣对于被两个黑人一人拽一条腿拖进防火楼梯毫无意识，四只手在他身上各处翻找，拿走了兜里全部现金、手机，最后还摸出一把车钥匙，他也毫无知觉。

宁鸣苏醒过来，先想不起身在何处，随即被浑身疼痛恢复了记忆，他不知道自己在肮脏的地上躺了多久，挣扎起身，摸遍全身衣兜，空无一物，现金、手机、车钥匙，就连扔在地上的外卖餐盒，都被洗劫一空！鼻青脸肿、一身灰尘、踉踉跄跄冲到公寓楼下，找遍附近几条街区，郝老板的车不见踪影，连报警也不敢自己报，宁鸣欲哭无泪。

郝老板再好、再宅心仁厚，宁鸣也因为自己是个丧门星无颜继续赖在中餐馆了，说明情况后，他坚决要求辞职离开，除了兜里留了10美元，把全部财产给了郝老板赔偿车损，这样他的愧疚才能减轻一点。

"我向您请罪，这是我身上全部的钱，4000美元，赔偿车损和被打劫的餐费，不够的部分，我打个欠条，剩余欠款，等我赚到钱，第一时间还给您。"

"宁鸣，我不急拿这个钱的。"

"您不拿，我心里有疙瘩。我要走了，向您辞职。"

"何必辞职呢？我又没让你走……"

"我是个扫帚星，您不说，我也有自知之明。我不能再拖累餐馆了，留下来，指不定还有什么雷要炸呢。"

郝老板被他说得留也不是，不留也不是："你走了去哪里？怎么生活呢？"

"天无绝人之路。"

"要是找不到地方住，你再回来。"

在这个异乡的寒冷冬夜，宁鸣手拖行李箱离开了中餐馆，结束了他的第二份黑工。

也是在这天晚上，找了一下午都找不到书澈的缪盈回到他的住处，发现了他留在桌上的那张字条。书澈没有说他去哪儿了、去干什么，但是，缪盈却隐约能猜到他去了哪儿、去干什么。这张字条，突然熄灭了她继续找他的冲动和勇气，因为她害怕确定了书澈的行踪后同时也确定了自己的猜测。

宁鸣又失业了，又流离失所了，他漫无目的地走在街上，不知何往,不知所栖。此刻他山穷水尽,身上只剩下10美元,吃和睡这两件事,今晚哪怕完成一件,都十分勉强。宁鸣发现,到了美国,自己人生思考的命题,从衣食无忧的"我到底要什么?""我存在的意义是什么?"急速坠落到"我今晚在哪儿睡?""下一顿饭在哪儿?"这一基本生存层面。翻开护照,半年时间已经过了一大半,因为一场连女主角都不知情的暗恋,他对自己不负责任、对父母不负责任、对任职公司不负责任,在美国"混"了几个月,是不是到了老天也终于看不下去,让他结束这个荒谬之旅的时刻?

缪盈走出家门,也漫无目的地来到街上,她向着辉煌的夜灯、向着拥挤的人流走去,书澈留下的空房间让她感觉闭塞、憋闷和惶恐,所以她需要走到光亮处、走到人潮里,驱散笼罩她的孤独感。

路边聚着几个Homeless,或蜷缩在破帐篷下,或委顿在地铺上,经过他们,宁鸣驻足思考:自己和这些风餐露宿的Homeless之间有什么差异?

其中一个Homeless向他伸手乞讨:"Money,Food。"

宁鸣对他抱歉摇头:"Nothing。"

Homeless挪出身边一点空儿,拍拍地面,热情邀请宁鸣加盟。

宁鸣笑了,即使山穷水尽,他也不是孤独的,自己和Homeless没有区别,就连自由自在的灵魂,他们也都一样,大不了今晚就回到这里。心里有了这个底,颓败的心情明亮了几分。他迈步朝前走去,因为前面有个加油站,他要试试看用10美元能不能填饱自己的肚子。

走进加油站小超市,满货架找着买得起的食物,一抬眼看到了刮刮乐的招贴画。这是个赌博,也是个机会,宁鸣还有10美元赌资,输了就去投靠Homeless,向乞丐乞讨求援;万一赢了,他许下心愿:一定和Homeless有福同享。掏出仅有的10美元现钞,拍在商店员工面前,用手一指刮刮乐。

开奖区的覆膜被刮掉,先露出$2,宁鸣心跳加速,双手合十,对天一阵祈祷,店员也抻长了脖子,和他一起翘首期待,余膜被刮掉,$200露了出来!宁鸣一跃而起,振臂欢呼,像赢了一场世纪决战:"打不死的小强,就是我啊!"店员把200美元现钞一张张地码在他面前,说了一句:"Lucky dog!"纵然只剩10美元,仍可迈步从头越!

就在宁鸣攥着200美元纵声长笑的同时,缪盈来到了他刚才走过的街角,看到了他遇到过的Homeless。

向宁鸣乞讨过的那个Homeless,同样也向缪盈伸出了手:"Money,Food。"

缪盈停下脚步,在他面前放下10美元。

Homeless对她露出一口白牙:"上帝保佑你走过前面的十字路口就能遇到爱情。"

是吗?会吗?

缪盈朝前走去,来到了十字街口,四下环顾,人来人往,熙熙攘攘,却没有一个熟悉的身影。

她的爱情在哪里?

缪盈离开十字路口,在她刚刚走过去之后,宁鸣又折返回来,经过路口。

她和他的背影,最近距离只有10米,两人谁也不知道,他们彼此错过。

宁鸣返回Homeless面前,地上的乞讨盒里有了一张10美元钞票,但他还是在那张钞票上放了10美元,履行他心里的承诺。

Homeless又露出白牙,还是那句:"上帝保佑你走过前面的十字路口就能遇到爱情。"这是他的职业贯口。

宁鸣笑着起身,返回十字路口,站在那里四下张望。

是这里吗?就是这里?那就在这儿等待他的爱情好了。

伸手进兜，摸到了一样东西，宁鸣掏出它，那是缪盈丢在音乐教室、被他捡起、私藏起来的陶笛。自从偷到这只陶笛，他的吹功一日千里，早已迈入业余陶笛演奏家的行列，它是除了生活必需品外，宁鸣带来美国的唯一"奢侈品"。此刻他站在"爱情"的十字路口，想象着他和她或远或近的距离，把陶笛递到嘴边，吹了起来。

那是缪盈经常吹起，曾经多少次让宁鸣灵魂出窍的一支曲子，根据叶芝著名诗篇改编作词的《当你老了》。

"当你老了，头发白了，睡意昏沉；当你老了，走不动了，炉火旁打盹，回忆青春。多少人曾爱你青春欢畅的时辰，爱慕你的美丽，假意或真心；只有一个人还爱你虔诚的灵魂，爱你苍老的脸上的皱纹。

"当你老了，眼眉低垂，灯火昏黄不定，风吹过来你的消息，这就是我心里的歌；当我老了，我真希望：这首歌是唱给你的。"

一曲终了，还闭着眼，宁鸣就被突然响起的掌声吓得一个激灵睁开眼，面前里三层外三层团团将他包围的美国过路群众正热烈鼓掌欢呼，然后纷纷解囊，把面值不等的美元放到了他脚边的行李箱上。然而我只是有感而发，然而我并不是卖艺挣钱。宁鸣望着手里的陶笛，吹这个也能被喜闻乐见？这样也能挣到钱？又吹了两首曲子，越来越多的围观群众和越来越多的施舍，让他确认了自己很受欢迎的事实。

赴美以来最惨的这个夜晚，宁鸣还是幸免了在街头露宿，在小旅馆房间里，他盘点了一下吹陶笛的收入，天！平均时薪居然比打过的任何一个黑工都要高。

宁鸣无意间撞开了一扇生财之门，此后每天，他都挑选在夜晚时分，来到这个人流稠密的十字路口，戳在街口吹陶笛，虽然也常有为了躲避警察撒丫子狂奔、一路兜里往外撒钢镚儿的狼狈时刻，但收入能保证日常吃住开销，妥妥富余。就这样，依靠缪盈留下的非物质文化遗产，宁鸣又在美国起死回生，存活下来。

第 17 章

书澈风尘仆仆地回到家,这一次,和他以往每次回家都不一样。对于儿子在一个非年非节的时候不打招呼地突然归来,书妈感到惊讶莫名,拐弯抹角探问他为什么回来、回来干什么,书澈只说想和父亲谈谈,至于谈什么则缄默不答。问不出个所以然,书妈只能等晚上书望回家,才能解开儿子的归来之谜了。书澈上楼睡觉倒时差去了,书妈突然接到了缪盈打来的电话。

"阿姨,是我,缪盈。"

"哦,缪盈,你在美国还是跟书澈一起回来了?"

缪盈证实了书澈返回北京家里的猜测,如实回答书妈:"我没回去……"

"哦,我还以为你俩一起回来了呢。"

"书澈在家吗?"

"在,一下飞机进门洗了个澡,对付一口吃的就补觉去了,要我叫醒他吗?"

"不要不要,让他睡吧,我没事儿,就是确定一下他到家没有。"

"他下了飞机没给你发微信报平安?"

"没有,可能太累了。"

"缪盈,你知道小澈这次回来,要和他爸谈什么吗?"

"我……不知道,他没和我说。阿姨,他说没说什么时候回来?"

"没有哇。这个他也没和你说吗?"

缪盈那边沉默着,让书妈也察觉到了儿子和准儿媳之间的异样。

"那我问问他,等他醒了,我让他给你回电话。"

"不用不用,阿姨,他决定了会告诉我。你也不用告诉他我来过电话。没事儿了,我挂了。"

结束缪盈的越洋电话,书澈回来到底要和父亲谈什么,书妈心里隐隐约约有了轮廓,这让她对今晚陡然升起了紧张和惶恐,该发生的终究还是会发生……

深夜,书望的黑色奥迪A8公务车回到书家别墅,这是他的日常下班时间。司机打开车门,保姆开门恭候,书望走进别墅,书妈帮丈夫脱去薄呢大衣,然后,儿子从楼上走下来,迎接父亲:"爸。"

"听你妈说你专程飞回来要和我谈谈?"

"是。"

"那就谈吧。"

书望径直走上二楼,书妈眼神里满是山雨欲来风满楼的忧心,书澈跟随父亲来到他的书房。父子之间所有的重要谈话都曾发生在这里,今晚,将是重中之重。只要往父亲面前一站,面对书望不怒自威的强大气场,书澈就本能地感到局促。书妈跟进书房,试图把气氛调整得轻松一些。

"我给你们爷儿俩泡壶茶、拿点茶点过来。"

"不用了,毓文,让我和书澈单独聊聊,放心。"

"和你爸好好说话。"书妈对书澈叮嘱了一句,才走出书房,小心把房门带上、关好。

书房里,只剩下父子单独相对。

"你打算一直站着跟我说话?"

书澈面对父亲坐下,还是局促紧张,即使一路飞行他都在思考如何开始这场对话。

书望脸上挂着一贯的胸有成竹的笃定:"你回来,有问题想问我?"

"你回家,从来不谈公务,更不会在我面前议论工作,我知道这是你的职务纪律。但这次我回国,却是要问一件和你公务相关的大事,因为我担心这件事涉及了我,进而可能会涉及你,所以我想梳理清楚,确定是不是我怀疑的那样,当然,我希望不是……"

"你要问什么?"

"你还负责地铁项目招标吗?"

"那是我今明两年工作重点之一。"

书澈单刀直入:"我想知道竞标单位当中,有伟业集团吗?就是缪盈爸爸成伟的伟业。"

"有,他们竞标地铁车厢的制造。"

"你知道美国CE公司吗?"

"知道。"

"伟业和CE是不是在地铁车厢业务上达成了合作,一起参与竞标?"

"距离竞标还有不到一年时间,各家竞标公司尚未提交正式竞标报告。据我所知,伟业参与投标无疑,由于这是伟业首次涉足地铁车厢制造领域,所以他选择一家掌握国际尖端技术的外资公司合作竞标,将是必然战略。但具体选择哪一家,只有等到伟业正式提交竞标报告,市政府和外界才能知道。"

"你和成叔叔有过交集吗?"

"当然有,就算我们不是未来的儿女亲家,只是工作关系,我和他见面,也是再正常不过的事情。"

"成叔叔有没有……凭借我和缪盈的关系,向你寻求一些便利或者照顾?"

"我们两家对私生活都十分低调,在市政府、在工商企业界,没有人知道你和缪盈的恋爱关系,所以,没有人认为我和成伟有任何特殊关系。"

"但实际上,有没有?"

"伟业只是众多投标公司之一,我的工作就是一视同仁,选出最有资质、最有实力承制地铁车厢的企业。"

面对父亲的滴水不漏,书澈唯有选择破釜沉舟:"爸,我直说吧,我怀疑,成叔叔正通过我,借我之手,向你行贿!"

抛出这句劲爆的试探，书澈凝视父亲，书望不动声色，完全没有表现出他预料的震惊："你为什么这么怀疑？"

"早在几个月前，他来美国，我们第一次正式见面，成叔叔就对我的创业表示了兴趣，明显流露了投资意向。我不要他的投资，但他还是表达了愿意把20年从商资源分享给我的意思。让我真正开始产生怀疑的，是公司开业不久，他介绍一笔生意给我，其实我的小公司不具备承接这个case的资质，但成叔叔介绍的这家公司，宁愿让我把全部业务外包给别人，也坚持和我一对一签合同，然后，他们在我150万美元的报价上，单方修改合同，上浮到300万美元！相当于送了我150万美元的纯利。成叔叔并不隐讳这是他送给我的开业大礼，所有人都把它读解为这是岳父对未来女婿的照顾。直到回来前一天，我和缪盈巧遇一个叫鲁尼·斯特朗的人，他是CE公司大中华区主席。在和缪盈的聊天中，他露出了CE正和伟业合作的蛛丝马迹，而缪盈，好像很怕我察觉到这件事……我怀疑成叔叔送钱给我，并不仅仅是照顾未来女婿，项庄舞剑，意在沛公，他的真实目的——是你！我甚至怀疑，我获得的那份风投，也和他有关，虽然我没有证据，也无法查清那家风投公司的资金背景和来源。"

在书澈长时间的讲述、推论过程中，书望始终是一副波澜不兴的淡定表情，听到这里，才终于说了一句话："你的结论是？"

"我认为，成叔叔的所有举动，都是以投资之名，借我之手向你行贿，最终目的，是拿到地铁车厢的承制权。"

这一句无异于扔下一颗炸弹，然而它并没有爆炸，书望还是一副泰山崩于前而色不变的从容。这份平静透着诡异，让书澈突然心生狐疑："爸，你不觉得惊讶吗？"

"你说完了吗？"

"说完了。"

第 17 章

书望熄灭了手中的雪茄,他的动作和随即出口的话,都清晰明了、言简意赅地传达着一个毋庸置疑的命令:"把你今晚说过的话,全部从记忆里清除,立刻回美国去,好好念你的书、拿你的学历、开你的公司,就当一切都没有发生过。"

一刹那,书澈恍然大悟:父亲的平静,才是振聋发聩的答案!

"爸,我说的这些,你是不是早就知道了?你和成叔叔,不是只有交集那么简单,对吗?如果他继续变相送钱给我,让我轻松获利,怎么办?"

"只要是中美法律政策允许的合法交易,只要公司合同、账目没有问题,为什么你要拒绝呢?"

电光石火,通透明白!书澈终于确定了一个事实:父亲和成伟早已捆绑结盟,所有的一切,都出于他们共同的设计和预谋。

"我懂了,我是最后一个明白的人。爸,这是行贿受贿!"

书望被这句指控瞬间燃爆,他一跃而起,冲儿子怒吼:"不用你告诉我这是什么!我比谁都清楚自己在做什么!"

"爸,你终于越过了那条线……"

书澈的眼泪不由自主地夺眶而出。儿子的眼泪似乎震撼了书望,他重新坐下,语气缓和下来:"每个假期回家,你都要挑起辩论大赛,宣扬你从美国学来的那一套:'不把权力放进禁锢它的笼子,全靠人性的自洁,抵御不住金钱的诱惑。''保持个人和政府的廉洁,不能依靠人性约束,而是靠权力制衡和制度监管。'现在,你是不是想说你对了、你赢了?"

书澈使劲摇头,泪珠随着他的晃动而坠落:"爸,我其实想告诉你,这些年,我心里一直很害怕……"

"你怕什么?"

"从出国留学前你让小陈叔叔替我顶罪,让我逃脱了交通肇事罪，我就一天比一天更害怕。我怕——向你伸手要惯了，习惯把你的权力当成我的保护伞、我的通行证，习惯把你的地位当成随时支取的存款，给自己变现，换取各种便利、各种好处；我怕——要成习惯、要成必然，一旦要不到，就从伸手要发展到下手抢；我怕——你一辈子都守住了，最后不是被自己而是被我推过了那条线！"

"我很欣慰——你没有成为那样的儿子。"

"但是你——怎么成了那样的爸爸？"

"书澈，如果我想越过那条线，根本无须你助推，每天都有成箱、成车的钱拉来，诱惑每天都在刺激我的神经、挑动我的欲望。我对天发誓：在随时会崩塌的节操和底线面前，我没有收过一分钱！我守住了一个政府官员的纪律和一个共产党员的原则！因为吃穿用度早已足够，还能吃什么山珍海味、穿什么绫罗绸缎、坐什么豪车、住什么豪宅？我的物欲，早已淡然。"

"那这一次，你是为了我？"

"是，但不是你推我，是我自己心甘情愿！"

"我不要！你能让我只凭自己吗？过什么样的人生，那是我自己的事儿！"

书澈一把拉开书房门，从站在门外一脸惊吓的书妈面前，风一般地刮过。

第18章

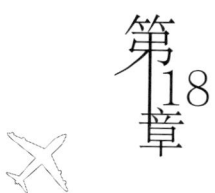

　　整晚，书澈都把自己关在卧室里闭门不出，任凭书妈如何叫门、劝慰都置之不理，他对父亲连带母亲一起关闭了交流通道。

　　书澈回想回家这一路上自己的所思所想，几乎都是怎么样和父亲交流，对于交流结果，他理所当然认为父亲有那样的智慧，会胸有成竹教自己如何巧妙处理，既能制止成伟的贿赂，又不伤两家和气，继续维持亲家的热络关系，甚至会大包大揽，不用自己插手此事，风轻云淡就化解了这场风波。然而，书澈万万没想到书望会对他说，只要这些"人情照顾"合法合规，外人查不到贿赂来源和踪迹，尽管不闻不问、心安理得地拿着。他"理所当然的认为"，其实是一厢情愿的回避，是他不敢深入另外一种可能、逃避另外一种真相的自我麻醉，是自欺欺人。现在，这个真相赤裸裸地暴露在眼前，让他无处可逃。

　　书澈突然失去了面对父亲的章法，家也仿佛没有了他自处的空间，回美国是唯一的可逃之处，至少在书望的高压之外，可以一个人安静地想一想：对于这一切，他要怎么办？书澈打开笔记本电脑，上网订了第二天返回旧金山的机票，然后打开一直关机的手机。果然如他所料，缪盈给他发过21条未读微信，久久凝视那一条一条右上角的红点，书澈还是没有收听缪盈的语音。

　　是恋人之间的心有灵犀，缪盈此刻也在凝视她发给书澈的21条语音微信，他没有任何回复。无奈地放下手机，突然想到通过航班信息可以获悉书澈的行踪，她打开电脑进入国航官网，输入书澈护照号，查询他的购票信息，果然有，最近一条订票信息显示：书澈买了第二天从北京飞往旧金山的机票，那么他将在后天回来。在手机备忘录上记下书澈的航班号和抵达时间，缪盈等待后天到来，去机场接他。

　　书家度过了压抑的一夜，第二天早晨，直到书望在餐桌边坐下，书澈都不见人影，书妈察言观色，弥漫的低气压连保姆都感觉到了，轻手轻脚、小心翼翼地布置早餐。

　　"书澈呢？"

　　"我叫他下来了。"

　　楼梯上传来脚步声，书澈终于现身。他走下楼梯，书妈赶紧起身迎接儿子，亦步亦趋，把他送到餐桌边，拉他在书望对面坐下。

　　书望抬眼看了一眼儿子，就像昨晚什么都没有发生过，对他说："赶紧趁热吃。"

　　书妈把筷子送到儿子手边，努力调节气氛："咱们一家三口有多久没在一起吃早饭了？"

　　书澈接过筷子，默默地吃起早餐。

　　书望又若无其事说了一句："今晚我早点儿回家，咱仨一起吃晚饭。"

　　"稀罕啊！书澈，这是你回家了，平时你爸一个月也不回家吃顿晚饭。"

　　"我订了……下午飞回美国的机票。"

　　书澈扔出这一句，让书望和书妈同时惊诧抬头。

　　"今天下午？"

书澈点头回答母亲。

书妈把碗筷往桌上一摔，终于爆发了："说回就回，说走就走，你问过我们一声没有？酒店还有入店离店时间呢！书澈，你这次回来，是成心让你爸和我不痛快是吧？"

书望开口问了一句，语气异常柔和："几点的飞机？"

"下午三点多。"

"我送你去机场。"

书望继续闷头吃饭。这回轮到书澈惊讶了，他以为必定爆发的第二场父子之战消失无踪。书妈一声叹息，把各种情绪忍回心里。

书澈无论如何想不到，书望会在开往机场的车上突如其来地张口说话，他以为即使父亲亲自送他去机场，父子两人也会沉默无语地告别，但就在意想不到的时刻，书望说了一段意想不到的话："每个经过奋斗、受过挫折、吃过苦、受过累的父亲，都天真地希望他的孩子能免于生活的磨难，无忧无虑度过一生，不为斗米折腰，不为金钱媚骨。我的奋斗，就是为了让你幸福；我的辛苦，就是为了让你轻松。父母是什么？明明孩子不吃不喝以瘦为美、冬天穿身单衣单裤追潮流，他却心疼孩子缺衣短穿、饥寒交迫；明明孩子拼命挣脱自己就是为了自由，他却觉得孩子无依无靠、流离失所。就是那种一厢情愿、自作多情的存在。有一种冷，叫爸妈觉得你冷；有一种需要，叫父母认为你要。"

说完，书望觉得自己很可笑，"呵呵"自嘲了一声，眼眶却莫名地红了。他没有看到儿子把脸扭向窗外，一行清泪顺着书澈的面颊流下。

司机把车停在T3航站楼国际出发厅外，书澈下车，又意想不到书望也跟着下了车。

"我走了。"

"我送你进去。"

"不用，爸……"

司机想提醒书望："市长，您一个人……"

书望不由分说命令他："你在停车场等我！"

谁也忤逆不了一个威严的父亲，父子两人并肩走进航站楼，一路无言而行。一名机场地勤远远认出了书望副市长，顿时紧张起来，立刻通过对讲机向上级报告。所以，就在父子两人快走到值机柜台前时，一位机场管理人员得到通报，紧赶慢赶、一路小跑地奔将过来，小心翼翼地接近他们，低声询问："书市长，您今天有出行计划吗？我们没有接到市政府的通知啊。"

"今天我就是一个平常的父亲，送儿子上飞机而已，不要惊动任何人，忙你的去吧。"

管理人员唯唯诺诺地离开。父子俩走到值机柜台前，书望跟随儿子停下脚步。

"我值机，别送了，回去吧。"

书望凝视儿子，不走，也不说话。

书澈刚要迈步，被书望叫住："书澈……"

站在人来人往的值机柜台前，书望对儿子说了最后一番话："成伟不是投机商，他是个胸有宏图伟志的企业家，为国家、为民族企业在制造领域占领国际尖端地位奋斗，就算我不认识他，也会把项目托付给这种有抱负、有担当的人，更何况他是你爱的女孩儿的父亲。书澈，我向你保证：就这一次，就这一个人！"

"我想知道，缪盈不和我结婚，也是因为她知道了这一切，是不是？"

"捆绑我们两家的，不是利益，而是惺惺相惜；一切对你的隐瞒，都不是为了欺骗，而是因为爱。书澈，我给你起这个名字，就是想让你心地清澈地生活。"

第 18 章

书望向四周一瞥,在他们四周,出现了几个西服革履的机场安保人员,形成一个圆形保卫圈,都佩戴着对讲耳机,故意和他们保持10米距离,时刻保持警戒,显然,这是机场采取的安全措施。这个场面提醒书澈:他有一个多么位高权重、举手投足非同小可的父亲。

"你看,连爷儿俩单独告别的机会也不给咱们。"

"爸,我走了。"

书望点头,书澈上前一把抱住父亲,父与子都看不见自己肩头上对方的表情,当他们松开彼此,脸上都回复了无波无痕,书澈大步流星,离开父亲。

坐在登机口等起飞通知时,书澈满脑子想的都是缪盈,这次回来,不但证实了父亲对成伟行贿知情,同时也证实了缪盈早就知道这一切,原来她从市政厅逃婚,就是因为做了成伟的棋子,甘心在父辈的利益捆绑中被随意摆弄。回去以后,他要如何面对一个对自己故意隐瞒、有所欺骗的爱人?书澈打开手机,给萧清发去他的航班信息,又写了一条微信给她:能麻烦你来机场接我吗?萧清很快回复:不麻烦,明天机场见。

距离书澈抵达旧金山还有半小时,缪盈走出家门,开上他的车,前往机场接机;几乎与此同时,萧清也拿上莫妮卡的车钥匙,准备开往机场。

缪盈把车停在一个十字路口,等红灯变绿灯时,突然感觉车尾被顶了一下,她随车身向前猛冲,胸口顶到方向盘上,生疼、熄火、打双闪,下车绕到车尾,发现被后面的越野车追了尾,后保险杠被撞出一个小凹陷。缪盈和司机交涉车祸责任,互留驾照和保险公司信息,因为这个意外的耽误,她比原计划赶到机场的时间晚了半个小时。

所以,萧清站在机场抵达出口时,没有遇到缪盈,但她等待眺望了半天,也不见书澈的身影出现。她给他发去微信:你出来了吗?在哪儿？书澈回复：在你刚来美国时我接你的那个地方。

萧清寻找记忆中的位置，终于找到了她和书澈初遇的"老地方"，远远看见他独自一人呆坐在那儿，双眼直勾勾地盯着眼前的地面，登机箱和背包都扔在地上，像个失魂落魄的孤儿。

这是萧清第一次见到如此迷茫无助的书澈，他像是从遥远的沙漠里跋涉回来，疲惫而颓废，又像是与整个世界隔绝，躲在热闹角落里想自己心事的孤独小孩。这时的萧清并不知道她走向的，是只能对她一个人敞开心门，就连缪盈都无法接近的最真实的一个书澈。

书澈沉浸在自己的情绪里，没有看见萧清走近："书澈，你怎么坐在这儿？"他抬头看见她，尽管只有几天不见，他俩却都感觉有点恍如隔世。"谢谢你来接我，走吧。"书澈起身，背包上肩，拖着登机箱，走向停车场，萧清跟上他。

缪盈开着后保险杠破损的车，在停车位上停稳，熄火拔出钥匙，正要下车，抬头所见的场景让她目瞪口呆：书澈和萧清正从前方十几米处，一起并肩走过！缪盈脑子里蹦出一连串问号：萧清怎么会出现在机场？刚下飞机的书澈为什么会和她在一起？难道萧清是来接书澈机的？她怎么会知道书澈今天回来？为什么他们看上去像是约好的样子？

尾随在书澈和萧清的车后面，缪盈跟着开上了高速路，两车首尾接近时，她能清楚地看到车里他们的身影，但两人却对她的尾随毫无察觉。高速路上车辆很多，车速很快，经过连续几次在几个车道之间来回并线，萧清的车尾号从视线里消失，缪盈跟丢了，她决定回书澈住处，等他回来。

除了机场碰头说过的那两句话，书澈一言不发，始终沉默。

"送你回家？"

"不。"

"缪盈这几天一直在担心你……"

"我不知道回去该怎么面对她……"

"那你要去哪儿?"

"你在前面路边停一下。"

萧清在路边停车,和书澈交换了座位,由他来开车。

"萧清,你有时间吗?能不能麻烦你陪我去一个地方?"

"有,行。"

离开市区,沿着海岸线开了很长一段路,书澈把车停在路边,望着下面的礁石滩对萧清说:"就是这里。"她随他下了车,走上那片礁石滩。

"这是……我向缪盈求婚的地方。"

"你不想回去面对她,却跑来向她求婚的地方,心情很纠结吧?"

"你知道我这次回北京去干什么吗?"

萧清摇头。

"我回去,是向我爸求证一个结果。"

"向你爸求证什么?"

"我问他:缪盈她爸为什么要变相送钱给我?"

"难道不是因为你是他未来女婿?"

"不仅如此。"

"那还因为……什么别的?"

"缪盈她爸正在拓展一项大事业,他要拿下一年后地铁项目的重中之重:地铁车厢制造权。"

"为什么要回去问你爸?这和他有什么关系?"

"我爸……是这次市政府地铁项目招标的总负责人。"

在萧清记忆里,书澈从未对任何人提起、介绍过他的父母和家庭,她过去只笼统地知道他家境不错,大概和缪盈的商贾巨富家庭门当户对,今天她是第一次听书澈主动说起他爸。

"你爸?他是干吗的?"

"副市长,主管城建。"

"市长?你爸是市长?哇!我从来都不知道,你没告诉过我,缪盈也没有说过。"

"没必要宣扬,我爸在这件事上一向谨慎,从他担任职务以来,一直要求我低调,我没告诉过任何人。"

"原来你是市长的儿子,我知道你的孤傲是从哪儿来的了。"

"我并不认为那种孤傲是我的优点,比如之前对你。市长的儿子,这个身份也不是我自己努力得来的,不值得骄傲和自豪。"

比官二代身份更让萧清惊讶和震撼的,是书澈对于自己官二代身份的态度。多少真真假假的官二代、富二代恨不得把这个金字标签贴遍全身招摇过市,多少人又仅仅因为这个身份标签就对他们趋之若鹜。萧清从来没有见过书澈这样,对官二代的身份保持一种嫌弃的距离,仿佛它是外人强加于他,不是自己身体里长出来的东西。说出"市长的儿子不是努力得来、不值得自豪"这样的话,就算是装×,这个×也值得给满分,但萧清知道:书澈不是装,他是这么想的,也是这么做的。

既然书澈向她亮开了最隐秘的一张底牌,一切谜面就迎刃而解,萧清瞬间洞悉了关于书、成两家的终极秘密:父辈之间的利益捆绑,儿女之间的爱情,两者之间的天然牵绊和矛盾对立……

"你是不是怀疑缪盈她爸和你爸……"

"从我被诉四项轻罪开始,她爸飞来美国,对我各种照顾,包括贿赂你上庭翻供,直到这次赠送华隆OA系统升级超级大礼包给我,我甚至怀疑:那家风投的资金背景也和他有关,他是在以投资之名,假我之手,在向我爸行贿。"

"你回去是向你爸求证这件事的?他怎么说?"

"回去前,我也希望我爸什么都不知道,但是,他什么都知道,我终于明白,我是最后一个知道这些的人。"

萧清报以缄默,她不敢轻易评论,因为她知道书澈今天在这片礁石滩上对自己说的这些事,关系重大,非同小可!

冬季的美国西部海岸线很冷,两人站在海风中冻透了,书澈依然不想回家,萧清领着他好不容易在海边找到一家清冷无人的咖啡馆,两人要了热咖啡,捧在手里,并肩而坐,面朝大海。

"你不想回去面对缪盈,就是因为你觉得她早就知道了她爸和你爸的关系却不告诉你?"

"至少从结婚注册处离开时,她就应该知道了。"

"她答应结婚却出尔反尔,就因为知道了这个?"

"现在回想,她爸和我妈先后来美国,原来都是为了阻止我们结婚,避免我们两家的关系暴露在公众面前。"

"这就说得通了,如果不是因为这个原因,他们怎么会反对你和缪盈结婚?"

"缪盈早就知道,但她从来没和我说过一个字,甚至到现在,她也没有给我一个明确的解释。她不告诉我,就是选择接受她爸的摆布,在他下的好大一盘棋中甘心当一枚棋子。飞回旧金山的飞机上,我一直在回忆:我和她在一所中学,从初中到高中,青梅竹马。她初一到学校报到第一天,初三的我就对她一见钟情。那时,我爸开始平步青云,是不是从那时起,她爸就开始运筹帷幄?是不是我爸当上市长那一天,她爸就有了今天的全盘计划?缪盈是什么时候知道她爸的目的和计划的?还是她一开始就知道,就在配合她爸所做的一切?"

"停!书澈,别再胡思乱想、妄加猜测下去了,你这样想对缪盈不公平!"

"难道不是吗?我不是说我和她的恋爱被她爸操控,但至少,他利用了我和缪盈的感情!他利用这层关系,步步为营接近我爸,处心积虑铺垫今天!缪盈知道这一切却一个字都不对我说,为了配合她爸明年拿下地铁车厢制造权不结婚,她也只字不提到底是为什么!我甚至能理解成伟的逻辑,那是一个商人为了寻租权力,寻找一切机会、一切可能,不择手段地把所有人当成为己所用的棋子的惯常之举;但我不能接受——我最爱的她被利用操控,既当了她爸公关的敲门砖,又做了遮掩的防护墙,我不能接受她参与其中,还把我蒙在鼓里!"

萧清必须挺身而出维护缪盈,因为她亲眼看到过缪盈的纠结和痛苦,现在她才终于明白缪盈为什么那么纠结和痛苦,她必须让书澈知道:缪盈绝非他误解的那样。

"我终于明白缪盈对我说过的那几次莫名其妙的话是什么意思了,书澈,除了你,她和我最亲,她会对我敞开心扉,我百分之一百地确定:她爸和你爸的事儿,她不会比你知道得更早!不能和你结婚又没法告诉你原因,她比任何人受的折磨都多。她才是那个——被两头撕扯、背负了一切指责和不理解又不能诉一句苦的人!你一直在以自我为中心地指责她怎样怎样瞒你,你有没有一分钟站到她的立场体会她的处境、替她想一想?夹在你和她爸中间,一边是自己最爱的人,一边是父亲运筹帷幄的大业,你让她怎么做、怎么选?在爱情和家族利益之间,谁不想两全?"

萧清吼得书澈振聋发聩,她说得没错,从他确认父辈的利益捆绑以及这就是缪盈的逃婚理由后,就一直沉溺于自己的愤怒之中,他的愤怒不由分说地把缪盈推向对立面,他忽略了她的委屈、她的无奈和她的纠结,忽略了缪盈内心这些痛苦开始得比他更早,折磨她的时间更久……如果缪盈选择在第一时间向他坦白一切,两人坚定结婚,甚至不惜与各自家庭决裂的话,发生的局面只会比现在更糟。想到这一点,书澈心里认同了萧清说的话:缪盈怎么选,都是错。他的愤怒在衰退，此消彼长的，是因为爱人的委屈而对她生出的怜惜。

书澈沉默了，一直到两人走出咖啡馆，来到车前，萧清还沉浸在替缪盈打抱不平的情绪里，对他没有好气。

"我和莫妮卡约好了一会儿给她送车去，你要去哪儿？我送你过去，然后就该走了。"

"谢谢你陪我这么长时间。"

"你就说去哪儿吧。"

"请你……送我回家，好吗？"

萧清一愣，然后笑了："这还差不多，上车。"

与此同时，在书澈家，缪盈缓缓起身，决定结束漫长的等待。从她回来进门，已经过了几个小时，回到旧金山的书澈始终没有回家。而缪盈知道：他和萧清在一起。

书澈回国做什么，缪盈可以确定。得知内情后，他本能地逃避她、逃避回来，缪盈也能猜到；但在他感觉最艰难的时刻，在回来的第一时间，他见的人竟然是萧清！这是缪盈万万没有想到的，让她如鲠在喉。

这几小时里，缪盈一会儿整理房间，一会儿洗刷杯盘，拼命不让自己安静下来，做着一切浑然不知在做什么但能让自己看上去还平静的事情，好不让情绪失控，她不习惯、不喜欢一个崩溃的自己。

但是，越等待越绝望，想到书澈为了逃避她竟然有家不回，缪盈觉得既扎心又荒谬，那就不要让他如此为难了吧。缪盈拎出行李箱，开始收拾行李，把她的东西几乎全部装箱打包拿走，这样回来的书澈就能知道她不是暂时离开，就可以踏实独处。到了这种时刻，缪盈还是习惯性地为他、为别人考虑，把自己放在最后。

就在缪盈拖着大行李箱走出书澈家门后没多久，萧清开车把书澈送回了家。

"谢谢你，萧清。"

"进去好好和缪盈谈，她真是最为难的那一个。"

书澈点头，萧清的话他都听进去了，正要离开，萧清突然又叫住他："书澈……"

"嗯？"

"谢谢你信任我，放心，我会替你保守秘密，你说的那些话，我都会放在心里。"

"不信任你，我就不会对你说了。"

"我还想说：你和其他官二代不一样。"

"其他官二代什么样？"

"不管是她爸和你爸的关系，还是她爸给你的'照顾'，他们会视这一切为理所当然，拿得心安理得。"

"理所当然？哪儿的理？谁的当然？"书澈不像在对萧清说，更像是自语。

这一刻，萧清看得清清楚楚，书澈的内心，就像他的名字一样：清澈如斯。

"再见。"

"再见。"

目送书澈下车进了家门，萧清才安心开车离开。可是，找遍客厅、厨房、卫生间，最后是卧室，都没有找到缪盈，书澈发现了房间里的异样，少了很多东西，径直走到衣柜前，拉开柜门，衣柜里空出了一半空间，只剩下他的衣物，缪盈带走了她的个人物品，第二次对书澈不辞而别。

一个无法留下，一个无法挽留。

缪盈拖着行李箱，游荡在夜晚的街上，她为爱情来到异乡，爱人还在，爱情却已迷失。

第 18 章

呆坐在空荡房间、清冷床边的书澈,接到了萧清的微信:你们还好吧?他回复她:我回来时,她走了,拿走了她的衣物。

萧清收到书澈的微信回复,她知道,选择之所以难,就因为怎么选都会错;痛苦之所以深重,就在于矛盾的无解,她对他们的处境爱莫能助,却感同身受。

走着走着,缪盈的耳际飘入一支熟悉的旋律,那是她吹过千百遍的曲子,是她再熟悉不过的陶笛之音。"当你老了,头发白了,睡意昏沉;当你老了,走不动了,炉火旁打盹,回忆青春。多少人曾爱你青春欢畅的时辰,爱慕你的美丽,假意或真心;只有一个人还爱你虔诚的灵魂,爱你苍老的脸上的皱纹。"

猝不及防,眼泪决堤而出,当街而立的缪盈感觉非常窘迫,赶紧擦干眼泪,把情绪调整回常态。然而,陶笛依然在吹着《当你老了》,缪盈情不自禁循声找去,她想看一看那个让自己在异乡听到心曲的人长什么样!

走到熟悉的十字街口,看见围成半圆的人群,他们都在围观陶笛吹奏,缪盈走进去,跻身到听众当中,然后就看见了——正在吹陶笛的宁鸣!

结束最后一小节,宁鸣抬头向驻足倾听自己的人微笑鞠躬,然后他就看见了——站在面前的缪盈!

宁鸣万万没有料到,和女神的邂逅就这样突然而至!在距离他们上次清华男生宿舍的告别,万里之外的旧金山街头,缪盈和宁鸣,你看着我,我看着你,两条平行线终于再次相交。

"宁鸣!真的是你?我还以为看错人了。"

"啊……是我。"

"你来美国了?"

"啊……来了。"

缪盈希望听到宁鸣的记叙文，但他只能回答说明文，因为他猝不及防，完全没有预习"和缪盈相见"这道考题。

"你怎么会在街上吹陶笛？"缪盈看见宁鸣脚边地上的帽兜里装满了零钱，"是在卖艺吗？"

"我本来没想卖，就是自娱自乐，结果都掏钱给我，不好拒绝。"

"你什么时候学会吹陶笛的？吹得不错啊！《当你老了》，我就是被它吸引过来的，这首曲子，我大学时经常吹，你记得吗？"

"啊……怎么能忘呢？第一次听陶笛，就是听你吹这首曲子。我是受你影响，才开始喜欢它、学着吹的。"

缪盈的目光落到了宁鸣手里的陶笛上："这陶笛好眼熟，我怎么觉得……像是我丢的那个？"

被人赃俱获的宁鸣妄图抵赖、负隅顽抗："是……是吗？它……它是……我捡的。"

"我记得问过你有没有捡到过我的陶笛，你说没有。"

"啊……"宁鸣张口结舌，无言以对。

"我能看看它吗？"

别无选择，宁鸣只好把陶笛递给她。缪盈接过去，瞬间找到了陶笛上花体的英文字母M，那是她的姓氏字头，可不就是自己的？她在心里识破了他的谎言，它被他捡了去，被他偷偷扣留不还，被他一直珍藏。

"就是我丢的，你看，上面刻着我的M。"

"我捡的是你的？那，还给你。"

宁鸣拿过陶笛，在衣服上擦掉自己残留的口水，又递还给缪盈："完璧归赵。"

"我后来买了新的，这个送你了。"

缪盈决定放弃索回，既然他对它比自己还珍惜，何必夺他所爱？

"那我就笑纳了,它还可以继续帮我赚钱。"宁鸣憨笑着收起陶笛,这才注意到缪盈脚边的行李箱,纳闷地问道,"怎么还拖着行李箱?你这是要出门还是要回家?"

他万万没有想到,自己这个问题,轻易敲碎了缪盈假装正常的那一层薄脆的伪装,引爆了她的悲伤,一秒钟,她就从若无其事到神情落寞,继而热泪盈眶。

宁鸣慌了:"怎么了你?"

再下一秒,缪盈失声痛哭,以手掩面。宁鸣束手无策,出于对缪盈了若指掌,他立刻猜到她担忧的"雷"终于爆炸、猜到她和书澈之间发生了什么,导致她走到了这里、走到自己面前。也因为了若指掌,知道任何片汤儿话都安慰不了此刻的她,所以,他宁可沉默不语。

就在缪盈精神崩溃、情绪失控、当街痛哭时,宁鸣站在她身边,做着一切力所能及的事情:

他翻遍衣兜找不到纸巾,最后把脖子上的围巾摘下来,递给她擦眼泪。她哭得涕泪交流,也不推辞,接过围巾,就捂在了脸上。

他用身体替她挡住各种八卦的窥视,用手驱赶停下脚步探头探脑的好事者。

他拉着她离开人来人往的街面,躲进一条安静的巷子里。

他脱下自己的外套,披在她的身上。

汹涌的悲伤得到了狠狠的释放,他们坐进一家甜品店时,缪盈止住了哭泣,见宁鸣打了个摆子,才意识到他的外衣还在自己身上,赶紧拽下来,还给他。

"你穿着,我不冷,你刚才流失了很多热量。"

"半年不见,一见面就让你看见我这样,抱歉。"

"被我看见,总比你一个人哭好。"

"是,为这个,谢谢你。你不问我为什么这样吗?"

"你想说就说,不想说就不说。你希望我在这儿,我就在这儿陪你;你不希望,我就走。"

"不,你在这儿挺好。"缪盈突然没头没脑地说了一句并不指望宁鸣能听懂的话,"有时候我会想,如果我不是我,他也不是他,我们会不会更幸福一些?"

"但只有是他,才会有被你爱的幸福。"

"或许……他开始怀疑被我爱是不是一种幸福。"

"如果他怀疑,他就不配你爱他。"

他罕见的激愤,让她感到意外。

这一晚,宁鸣执拗坚持送缪盈回家,她没有坚决拒绝,他帮她拖着行李箱,并肩一起走上回成家别墅的路。

"宁鸣,你有女朋友了吗?"

"……还没有。"

"记得毕业时我问你:'有没有遇到过一个让你喜欢的女孩子?'一直到现在都没有遇到?"

"遇到过……但她不是我的女朋友。"

"我特别想知道:那到底是一份什么样的爱?"

"一份无望的爱!这个答案你觉得够变态吗?"

"无望的爱,值得一直放在心里吗?你这么好,配得上一份圆满的爱,去爱一个能好好爱你的人吧。"

"我享受,就够了,有望、无望不重要,因为——一切深爱,其实都是自我完成。"

这句话,就像两年前悬吊在冰缝的她听见昏迷中的他说出的那句话,"就算为你死了,也是最好的归宿"一样,再次让缪盈怦然心动,泪水又模糊了她的视线,她不得不停下脚步,抬手拭泪。

"走太远,累哭了?"

缪盈破涕为笑:"不好意思,让你一直陪我走回家。"

"走更远都没问题,就是……我不会熬鸡汤、不会安慰你,又把你弄哭了。"

"我不要鸡汤,你一直安静地陪着我、听我说话,比任何安慰都好。我现在不那么难过了。"

"要是你需要,我可以经常这样陪你。"

"经常?你能在美国待多久?"

"我……待多久,自己可以灵活调整。"

"啊?你来美国到底干吗?总不会是来还我陶笛吧?"

宁鸣又进入了答非所问的模式:"啊……也可以是呀。"

"说正经的,你为什么来美国?"

宁鸣必须编造一个光明正大的谎言,藏起自己对缪盈不可告人(主要是丢人)的目的,于是,他吹了一个美丽的泡泡:"我……也是来留学的。"

"真的?哪所大学?"

宁鸣随口道来:"啊……旧金山大学。"

"你居然和我弟弟在一所学校!你不是说过家里没能力支持你出国留学吗?"

"啊……我拿了全奖!"宁鸣的泡泡越吹越大。

"那你的生活费从哪儿来?对不起,我不是想要打听你隐私。"

"我知道你关心我,生活费我自己挣,打工、卖艺,你刚才不是看见了吗?"这个倒不是泡泡。

缪盈信以为真,开心溢于言表:"太好了!宁鸣,以后真可以经常见到你吗?"

"随时,招之即来,挥之即去。"

"这真是今天最好的消息了。"

相对于宁鸣不得已的谎言，缪盈的喜悦丝毫不掺假，这消息在这个无比糟糕、一无是处的夜里，让她获得了唯一的安慰。不知道走了多久，不觉路长，也丝毫不觉辛苦，宁鸣把缪盈一直送回成家豪宅。

"到了，这就是我家。"

"哇！豪宅呀！"

"进来坐坐吧，我弟要是在家，正好介绍你们两个校友认识。"

"太晚了，你也累了，早点儿休息，我走了。"

"你平时住校吗？"

"在学校附近租房。"

"要不要我开车送你回去？"

"不用不用，我坐公交车回去，很方便。"宁鸣逼着自己倒退，向缪盈告别，"再见。"

"再见。"缪盈望着他向后退去，离开自己，"谢谢你宁鸣！因为你的出现，我的心情好多了。"

宁鸣鼓起勇气说出一句浪话："你需要的话，我天天出现。"说完，转身落荒而逃。

直到看不见宁鸣了，缪盈才开门进屋，一进门就撞上了成然惊讶的脸："姐？大半夜，你怎么突然回来了？"缪盈沉默不答，反身把行李箱拖进房门。成然看见行李箱，更加蒙圈了："什么节奏这是？"他当然猜得出这是老姐和姐夫吵架回娘家的节奏。

感觉来时短短的路，沿路走回去时才知道很漫长，但宁鸣依然不觉得疲惫，每一米、每一段的回头路，他都在回味她的每一句话、每一个表情和每一寸忧伤。与缪盈的巧遇重逢，让宁鸣整晚都感觉梦幻，现在还像是脚踏祥云、身处梦里。宁鸣过一天算一天的美国西部流亡生活，在今晚的街头重逢之后，翻开了崭新的一页，在女神面前，他终于从地下浮出了地面，从此不用再遮遮掩掩、躲躲藏藏，虽然女神的处境他无力改变，但至少，他可以让她快乐！从今晚开始，他的奋斗不再只为自己的生存，主要是为了创造更多和缪盈在一起的时间，为了给她更多欢乐！

不想把狂喜关在心里，宁鸣发足狂奔，一边奔跑一边高喊："我不走了！我要留下来！为你留下来！"午夜的旧金山街头，仅有的几个路人都被他的癫狂之奔吓得避之唯恐不及，像看恐怖分子一样远远望着他。人生难得几回嘚瑟，宁鸣冲他们嚣张叫嚷："看什么？还有比爱情更崇高的信仰吗？"他高举双臂，像赢了一场拳王争霸赛，向全世界宣布他的伟大结论："没有！"

对青春而言，还有比爱情更崇高的信仰吗？

姐姐深夜回家非同小可，经过上次逃婚事件，书澈和缪盈的感情起伏波折让周围人都成了惊弓之鸟，成然一直追问姐姐，追到了她房间，缪盈还是滴水不漏。

"姐，你和书澈到底怎么了？"

"没怎么。"

"不可能，没怎么你带行李跑回家？你俩藏猫猫呢？"

"我们俩怎么着，跟你没关系。"

"什么话？你是我姐，你的事儿必须跟我有关系。书澈欺负你了？"

"没有。"

"那就是你欺负他，畏罪潜逃？"

"别贫了，我没心情。"

"肯定出事儿了！"

"确实发生了很多事，我和他出了问题，很大的问题，我们需要一些时间来解决，也可能，解决不了……"

"这么严重？到底出了什么事儿？你俩有什么大问题？"

"别问了，我不想和任何人谈。"

"我是你亲弟,是你这头的!你跟我说说总比憋在心里好,说不定我还能帮你出出主意。"

"你知道也于事无补,只会乱上加乱。给我时间,也给我空间,让我和他两个人安安静静自己解决。这段时间我就要住在家里了。还有,禁止你去问书澈,也禁止你替我打抱不平,更禁止——你告诉咱爸。"

"就是说,让我当瞎子、聋子和哑巴呗?"

"领会得很好,执行去吧。"

什么也问不出来,成然十分憋闷,他对姐姐、姐夫感情动向的走心程度,不亚于他们本人,因为长期以来,缪盈和书澈对成然而言,才是最亲的亲人,一个像妈,一个如兄,他们动荡,他就跟着动荡。为了维护家庭稳定,第二天,成然亲自出马,帮她姐助攻,他想和姐夫谈一谈,需要他替姐姐打抱不平,他就挺身而出,需要他替姐姐忍辱负重,他就俯首甘为孺子牛。成然罔顾缪盈的"禁止",偷偷开车来到书澈家门外,因为路边没有停车位,只好把宾利欧陆停到稍远一点的街区,然后走着过来。

就在成然步行走到书澈家门外时,他突然看到了什么,一脸惊诧地止步。萧清正从书澈家里走出来,他下意识就躲避,不想让她发现自己。望着萧清骑上自行车离开,成然犹豫了,这会儿要不要去敲书澈的门?他不确定自己看到的是他们常态的来往,还是另有含义恰巧被他撞破?萧清带着一种熟稔的感觉出入书澈家,让成然意外,也让他心里泛起一种不爽,思绪和情感一团乱麻,成然果断放弃找书澈谈一谈的原计划,转身离开。

晚上回到成家别墅,心事重重的姐姐和也揣了一肚子心事的弟弟,不可避免地又提起了缪盈回家的缘由,成然的度量和胸怀,哪是能装得下、藏得住事儿的主儿?

"姐,你和书澈的问题是不是……因为萧清?"

"萧清？你为什么这么问？"

"今天白天，我还是没忍住，去找了书澈……"

缪盈瞬间翻脸，语气严厉："说了禁止你去问他。"

"你听我说完，我到他家门外，没进去，就走了，因为我看见……"

"看见什么？"

"看见……萧清从他家里出来。"

缪盈听了一愣，又是萧清！她努力维持平静、正常，但这很难。

"她是你和书澈之间的那个'问题'吗？"

"不是……"

姐姐的否认让成然如释重负："幸亏不是！唉，我的心塞了一整天！"

"但是萧清……我也解释不了她最近的一些行为。"

"是不是类此于她在书澈家？"

缪盈点头承认。

成然捂住自己心口："又塞住了！他俩什么时候开始走这么近的？"

"我不知道……"

"姐，咱俩不会双双悲剧吧？"

缪盈的沉默印证了成然的灾难幻想，失恋的惨痛重新涌上心头，他突然没了替姐姐出头的勇气，因为自己也有了沦为"杯具"的可能性。成然带回来的信息补充了缪盈离开后书澈的状况，至少，她知道了他和萧清接触频密。对于书澈和萧清的突然走近，缪盈一无所知，在开业Party前，书澈还对萧清抱有深深的成见，一个Party就改变了他们的距离、他们的关系，而自己原本还为此欢呼雀跃。

缪盈心里对萧清有了怨念，两个女孩子之间有了芥蒂，在斯坦福校园遇到时，萧清就发现缪盈不是对她言语冷淡就是故意躲避。这是为什么呢？在确定缪盈确实如此，并非自己错觉后，萧清觉得有必要和她谈一谈，就算不是为了自己，也是为了书澈。她和成然有一样的心情和目的，当然不愿意看到书澈和缪盈就这样冷战而僵持着。

站在成家别墅大门外，萧清按响了门铃，可视屏幕一亮，她刚对屏幕自我介绍了一句："嘿，我是萧清。"大门就开了，开门的是成然。

"你怎么来了？"

"你姐在家吗？"

"在。你找的是她？"

缪盈走下楼梯，就和萧清目光相遇了，她没想到萧清会主动上门。

"缪盈，有空吗？我想跟你聊聊。"

缪盈冷淡仍不失礼貌："进来吧。"

成然看看萧清，再看看他姐，察言观色："二位会谈需要茶水服务吗？"

缪盈和萧清十分默契地一起对成然说："能让我们单独聊聊吗？"说完，她们都被这个默契逗笑了，又强忍住不笑，气氛因此缓和下来。

成然今天也分外善解人意："二重唱呀！行，我上楼待着去，保证不掺和、不八卦、不妨碍你们。"

等成然离开，两个女孩单独相对，萧清主动开口："昨天在学校，你好像有点故意躲我……"

"你来想跟我聊什么？"

"缪盈，我想问问，你怎么搬回家来住了？"

"因为……书澈回来了。"

"哦？书澈回来了？"

萧清还在假装她对书澈和缪盈之间的事儿一无所知，这个欲盖弥彰的演技，落在缪盈眼里，只能是负分差评。

缪盈对她语出讥讽："他回没回来、什么时候回来，你难道不比我更清楚？"

萧清当然听出了反讽："我……"

"别演了你，本来也不是演技派。书澈的行踪，本来应该我最清楚，连我都只能偷偷摸摸上网查找购票信息才知道他什么时候回来，结果反而你一清二楚，还亲自接送、陪伴左右，辛苦你了！"

萧清狼狈不堪："你……你都看见了？"

"我不瞎也不傻。"

"你是不是对我有误会？"

"我不该对你误会吗？还是根本不是误会？"

"你该误会，但绝对是误会！你心里有什么疑问，现在尽管问我，请给我一个洗刷不白之冤的机会。"

"书澈回国，你是什么时候知道的？"

"在他回国前，我就知道了。"

"为什么到机场接机的是你？"

"因为送机的也是我，我就是一司机。书澈走之前告诉我，他要回国弄清楚一些事儿，不想让任何人知道，也没想好该怎么对你说，他要求我替他保密。"

"他只告诉你了？"

萧清点头承认。

"为什么他只对你一个人说？"

"我想……因为我是公司的法律顾问，了解所有合同条款和账务明细，更了解华隆OA系统升级业务和你爸的关系，他想弄清楚的事，应该和这些有关。"

"其实，我知道他回去问什么……"

"对不起，缪盈，我不是故意瞒你。我是希望书澈回来后，你们自己理顺、理清楚，在此之前，我怕自己多嘴给你们添乱，所以，即使看着你担忧,我也只能忍住不说。"

"看来书澈并不想理顺、理清楚,甚至连这样的努力都不想做,不然怎么会让你去接机?回家看见我搬走了,他都没有来找我,连个电话和微信也没有。"

"他回来后,情绪低落,那天在机场接到他,他突然对我说了很多,关于你们俩、你们两家、你爸和他爸……"

"他连最私密的这些都告诉你了?"

得到萧清点头确认,书澈对萧清的毫无保留更让缪盈感到意外和五味杂陈。过去,没有人比他俩更亲密;但是现在,她和书澈中间介入了太多事情和太多人:成伟、书望,又加上了萧清……

"书澈把你当成最信任的人了,之前,我还做了各种努力,想让你们像现在这样亲密……"

"缪盈,我觉得他只是需要一个出口,仅此而已。他不知道该怎么面对你,可一个人憋在心里,又太难受。"

"其实萧清,我怎么会真的误会你和书澈?"

"那我就踏实了。"

"现在你什么都知道了。我怕书澈知道真相的这一天,比我的预想,来得更早一些。"

"也许他知道了,你们一起去面对,并不比你独自一人承受所有委屈要差。"

"这个难题,怕不是我们一起面对就能解决的,我几乎能看到我和他的未来,在不远处,就有一个已经注定的结局。"

"但你和他还很相爱呀。"

"我怕……书澈已经不认为我们的感情像过去一样纯粹了。"

缪盈心里深刻的无力感,萧清感同身受。女孩间的芥蒂可以一次坦陈就化解,但恋人间的裂缝要用多少原谅和信任来填补?

第19章

  萧清前所未有地主动找成然结盟,因为帮书澈和缪盈和好是她和他共同的目标。两人紧急磋商"作战"计划,一致认为目前情况下正面劝说无效,只能做背后推手。具体执行方案第一步:创造机会,让两个互相躲避的人巧遇。成然开车送缪盈去斯坦福,车停在bookstore外的停车场,跟着下了车,眼睛四处观望,缪盈纳闷地看着他:"你跟着我下来干吗?不是跟小学同学约好见面吗?快去吧,别耽误了。"

  "不着急,我同学他妹是斯坦福的粉儿,托我帮他挑件纪念品,回去送给他妹当图腾挂着。离你上课还有一会儿,你帮我参考参考买什么合适。"

  成然眼角瞥见萧清和书澈也从不远处走过来,故意用身体挡住缪盈的视线,拉着她走向bookstore。萧清目光偷偷瞟向成然,两人迅疾以视线接头,一旁的书澈正跟萧清交代工作,对此毫无知觉。

  "下了课咱们都到公司,你把给Hot Spot的补充协议再看一遍,没有问题,就签字、盖章。"

  "OK,我进bookstore买杯咖啡,你早上吃东西了吗?"

  "没吃,我跟你进去,买个三明治。"

说话间,四个人齐齐来到bookstore门前,书澈和缪盈彼此目光相遇,立即心知肚明:这场邂逅全仗两个配角精心策划。配角卖力演出,互相热情招呼。

"嘿,这么巧。"

"是呀,真巧,真巧。"

萧清和成然互递眼色,各自找辙,火速退场。

"姐,我自己挑东西,你忙你的。"

"书澈,我帮你买咖啡三明治去了。"

两人脚下抹油,争先恐后地蹿进bookstore大门,立刻击掌相庆,齐齐隔着玻璃往外看,期待男女主角的剧情能奔着他们希望的方向发展。可是,书澈和缪盈一直沉默不语,成然忍不住念咒发功:"这一秒男默女泪,下一秒忘情舌吻。"然而并没有,男女主画面定格,仿佛电脑死机,无法操作,死机是因为程序运行太过复杂,处理器不知所措,于是,内心波澜起伏,外表却死水静默。

缪盈心里通透:书澈逃避的并不是她,而是她父亲和他的企业、他的黑金。正因如此,她进退失据,前进一步背叛家族,后退一步背叛爱情。自从得知成伟和书望利益捆绑的那一刻起,她便预见了自己和书澈的结局,只是不知道他们11年的感情,是否有力量改变这个结局。

书澈万般纠结:缪盈从家中离开,就是对他所有猜测的一种默认,他不满她的妥协和隐瞒,也能体谅她的纠结和无奈,所以,他既不知道该怎样延续这段被利益玷污了的感情,又做不到绝情地斩断放下。

"书澈,对我说点什么,哪怕追问我为什么搬走……"

"缪盈,向我解释一句,哪怕说所有事瞒着我都是因为无奈……"

然而,这些只是两人各自心里的默念。

"我有课,先走了。"

说出这句话,缪盈径自离开,书澈嘴唇动了动,终究一个字也没说出口。她经过他的瞬间，两人目光并无交会，仿佛两条平行线，离得再近，也不会相交。终于，他也举步离开，背道而驰的两个人渐行渐远，就连各自的驻足回首都恰巧错过。

这场景像一幅忧伤的动图，把bookstore里的复合计划二人组看得顿足捶胸、扼腕叹息。一场信心十足的邂逅安排，落了个出师未捷、白忙一场，萧清和成然面面相觑，万分沮丧，但他们没想到，这个失败的计划竟然自动衍生出了下一个行动契机。

此后几天，无论缪盈在做什么，都无法阻止脑海里重放她和书澈沉默相对、擦肩而过的一幕，终于在心神恍惚中发生了意外。这天，保姆马姐不在家，缪盈打开煤气灶烧水，却想着心事睡着了，水沸腾时迅速溢出浇灭了明火，煤气开始在室内弥漫，缪盈在睡梦中吸入煤气，等马姐买完菜回家，发现她已经陷入昏迷。

成然赶到医院，虽然缪盈已经脱离危险，但是他还是被吓了个半死，因为他清楚自己才是这起事故的罪魁祸首，如果不是因为他经常在家吞云吐雾、嫌烟雾报警装置太敏感关掉了警报器，姐姐就会被警报声惊醒，不至于发生煤气中毒。成然在后怕中致电同盟军汇报情况："萧清，我姐煤气中毒了！"

"啊？她现在怎么样？"

"没事儿没事儿，已经缓过来了，留院观察呢，问题不大，不过刚才差点儿把我吓死！"

"妈呀，你吓死我了！告诉书澈了吗？"

"还没呢。我问我姐要不要告诉书澈，她不理我，我也不知道该不该告诉，所以打给你商量商量。"

"必须告诉啊！"

萧清敏锐地捕捉到了把坏事变好事的可能性。

"那你跟他说一声吧，就说现在没事儿了，让他别太担心。"

"必须让他担心啊！成然，你是不是傻？咱俩要干吗来着？这可是事半功倍的机会，你脑子短路了？"

被萧清一点拨，成然一下子醒过味儿来："对呀！不但要告诉他，还必须吓他个半死。"

"这样，我来说，往大了说！往生死一线说！保证不用咱俩又拉又拽，他自己光速飞去。"

"就这么定了！咱俩配合双打，我守在病房门口，一见你们来，声泪俱下，揪住书澈领口：'你还我姐姐！都是你！害我姐寻了短见。'"

"你再掂量掂量戏感和分寸，太过了也不好，假。"

"放心，我先走几遍戏。"

萧清挂断电话，调整情绪，快速思考后，疾步走到茶水间，从冰箱里拿出珍贵的老干妈辣酱，挖了一勺，以英勇就义的表情放进嘴里，瞬间涕泪交流。保持着泪水在眼眶打转儿的状态，她举着手机冲进办公区，直奔正和彭一讨论工作的书澈，用预告世界末日的表情和语气向他报告："书澈，缪盈出事了！"

书澈被眼含泪水、声音哽咽的萧清吓到了，焦急地询问："出什么事了？"

"她煤气中毒，正在医院抢救……"

书澈脸色大变，起身拔腿就往外跑，萧清赶紧追上他。

"怎么会煤气中毒？现在她什么情况？"

"成然在电话里慌得乱七八糟，没说清楚事情是怎么发生的，就说有生命危险……"

"哪家医院？"

"成然发了医院定位，我跟你去。"

去医院的路上，书澈把车开得风驰电掣，萧清紧张地拉着车上的把手，生怕他再超速，他的声音紧张到嘶哑，握着方向盘的手不停颤抖:"她不会有事吧?萧清,缪盈不会真有事吧?"

"不会的,不会的。"

看到书澈这个样子,萧清有一点于心不忍,都怪自己戏太好。赶到医院前,她悄悄给成然发去一条微信,预告他们马上就到。所以,两人一冲出电梯,望风的绿卡就一路跑回缪盈病房门外给成然报信儿:"来了来了,他们来了!"

"按刚才排练好的,预备,开麦啦!"

成然和绿卡立刻进入各自角色和规定情境,书澈和萧清一前一后跑来,远远就见成然两手抓住绿卡肩膀剧烈摇晃,声色俱厉,痛心疾首:"我是怎么嘱咐你的?守好我姐,寸步不能离!你为什么非要那会儿出去不可?"

"我看姐睡着了,觉得不会有什么事儿才出去的。"

"她那是装睡!她现在处在精神崩溃的边缘,一个看不住,就容易想不开、寻短见,我见过好几回她盯着水果刀发呆,差点没把我吓死!你知道吗?知道吗?知道吗?"

"我错了还不行吗?"

书澈听得脸色煞白,冲到病房门外,想进去,却被成然和绿卡像堵墙一样堵住了门口,想绕又绕不过去,急得原地打转。他身后的萧清也抓耳挠腮,用眼色使劲对成然和绿卡喊cut,示意人家主角上场了,你俩配角就别抢戏了。

成然演得正来劲,无视萧清指挥,仍然对绿卡不依不饶:"我姐要有个三长两短,我跟你没完……"

病房门突然拉开,缪盈扶着输液架,好模好样地走出来:"谁想不开?谁要寻短见?谁在崩溃的边缘?成然,你瞎嚷嚷什么呢?"

事实与渲染明显相去甚远,见到缪盈完好无损,书澈一瞬安心,下一瞬尴尬。训斥完成然,缪盈一抬眼看见了他们身后的书澈。两人四目相对的时刻，萧清连推带拽，把两个抢戏的猪队友拉下舞台。助攻三人组退到一旁，紧张地观望男女主角的正戏。

"煤气中毒是怎么回事？"

"烧开水，不小心把火浇灭了，完全是意外，他们想多了。"

"你现在怎么样？"

"很好，留院观察一天，明天就能出院回家。"

缪盈的骄傲和矜持，像一面柔软的墙壁，让书澈的关切无处落脚。

"那你好好休息，我改天去看你。"

书澈转身走了。

"又——白——忙——了！"

成然捶胸顿足、仰天长啸。眼看又要功亏一篑，萧清一把推开碍事挡路的他，冲到缪盈面前："你俩要不要都这么傲娇？说句软话会死吗？他一路飞车过来差点出车祸，把着方向盘的手帕金森似的抖抖抖，抖了一路，我要说得再夸张一点，他就能原地爆炸！结果到这儿了，你摆着风轻云淡、若无其事的造型……再这么骄傲矜持下去，别以为你不会付出代价！趁他没走远，追呀！"

缪盈被萧清嚷嚷得醍醐灌顶，一下拔掉手上的吊针，去追赶书澈："书澈！"

书澈停下离开的脚步，转身面对她。

"对不起，我为我爸做的事儿，向你道歉；也为我自己，向你道歉。如果……你觉得……面对我，让你难受，如果这样……就能让你觉得……和我爸划清界限，我能接受……你和我分手！决定权在你。"

谁也没有想到，就连书澈也万万没有料到，最先提出分手的，居然是缪盈。说出"分手"，接受任由处置的命运，反而让缪盈有了一种置自己于死地的坦荡和不用再为此挣扎的踏实，同时，也为一旦有了分手想法的书澈做了铺垫，让他的开口既不会太艰难，也不显得像个恶人。

三名围观者原本期盼两人执手相看泪眼、冰雪消融、重归于好的大团圆,谁知道缪盈一开口说的竟然是分手,剧情急转直下,奔着魂断蓝桥的悲剧去了,萧清急得捶墙:"谁让你追上他说这个了?这还不如不说呢!"

"决定权在你。"

从离开医院,缪盈的这句话就一直在书澈耳边回响,如何处置他们的爱情?保全还是舍弃?到了该做一个决断的时候。她把生杀予夺大权交给他,就连分手的理由和说法,她都替他打好了底稿。书澈知道无论他做出什么决定,缪盈都会逆来顺受,不做反抗。她不是始作俑者,她和他一样,只是被动接受,只比他早一些知情,她不是罪人,现在却被当成了一个罪人,心甘情愿地接受惩罚。从发现爱情被父亲污染,到接受被污染的爱情被男友放弃,缪盈从不因为自己身处夹缝和被爱情、亲情两头撕扯而哭天抢地,她沉默、隐忍、平静,吸收了一切痛苦伤害,就连内心的崩溃,都被她掩藏得不见痕迹。缪盈天生的高贵,仿佛可以容下一切。这就是他当初一见钟情、深爱了11年的女孩。

书澈想起了萧清在海边对他怒吼的话,他试着把自己放进缪盈的处境,设身处地感受她的无奈、她的委屈,突然,他对她充满了爱怜。爱到深处,是体恤吧,是放下自我,成为对方;不是你认为她应该怎么做,而是你理解她为什么那样做;不是用你认为对的方式,而是用她需要的方式,善待她。缪盈对他做到了,他对她呢?书澈扪心自问的只剩下一个问题:对缪盈的爱,有没有大过一切?够不够压倒他对其他的厌恶?能不能高于他执拗的原则?

第二天,成然按计划到医院接姐姐出院回家,姐弟俩一走出医院大门,就见书澈等在门外。缪盈脚下迟疑,不敢确定他的来意。书澈大步走到她面前,一把牵住她的手,说了一句:"跟我回家。"

缪盈顿时泪盈于睫，乖乖地被书澈牵着上了他的车。和上次逃婚被接回家一样，这一次，除了爱的动作，他对她依然什么也不多说。重新被他温暖的臂膀包围，这种昔日比比皆是的幸福，此刻竟让她感觉无比珍惜，这种幸福类似失而复得，又像死而后生。因为从不怀疑书澈是对的，所以这次，缪盈做好了被父亲的错族诛连坐的准备，然而，得到了第二次赦免。她因此知道他有多么爱自己，多到他忍受了他们之间的不再纯粹，多到他的原则也为她做了妥协。

"书澈，之前一直瞒着你，是因为自始至终，我都希望你远离这些，永远不知道才好。可我也知道你早晚会知道。虽然我没有拒绝也没有反抗过我爸，但是我，一分钟也不认同他。"

"我知道，你不用解释，我相信你。"

"两次都是你来找回我，为什么？为什么来找我？"

"因为——可以相信的，越来越少；值得捍卫的，也越来越少。缪盈，我只剩下你了。"

这样的爱，让她感激涕零，她把自己放得更低，爱得更加卑微。

"缪盈，还有没有你知道但我不知道的事？你还有什么事儿没对我说吗？"

书澈问出这句话时，一张面孔从缪盈的脑海中一闪而过，那是刘彩琪的脸，这是唯一她没有向他交代说明的人，可说明什么？又交代什么？缪盈自己都说不清楚刘彩琪的来龙去脉，这个和成伟联系紧密，似乎和书望也有某种牵连的女人，身上有种不安的东西让人避之唯恐不及……但是这时候，要不要为了一个隐约的预感，动摇刚刚失而复得、本来已很脆弱的爱情？缪盈决定不提，果断否认："没有！书澈，我对你，没有丝毫隐瞒。"

"无论发生什么，希望你对我都不要再有一丝一毫隐瞒。因为过去拥有的，正在一件一件地失去纯粹，我唯一还想抓紧的，就是——

还纯粹的你和我。"

如果能预见到这个在脑海中一闪而过的刘彩琪最终会成为自己和书澈的劫难，此刻的缪盈会不会重新做出选择，说出内心因这个女人而生的不安？如果这一刻缪盈选择说出关于刘彩琪的疑虑，那么半年以后，在真相大白和世界崩塌之时，书澈会不会因为她这一刻的坦诚，给她和他们的爱情第三次赦免的机会？抑或，就算现在缪盈说了，他们依然躲不过这一劫，刘彩琪注定成为两人的终极劫难？一念之间，人生迥异。

莫妮卡出了一个大"状况"，这天早上，萧清像往常一样上楼叫她吃早餐，却见莫妮卡坐在卫生间的浴缸沿上发呆，手捏一支验孕棒。

"莫妮卡，你怎么了？"

"我中招儿了。"

莫妮卡把验孕棒亮给萧清，两条红线清晰可见。

"谁的？"

"不知道。"

"不至于吧？你算算日子，用排除法筛选，锁定目标。"

"是谁的根本不重要，反正我也不会把他生下来。"

"难道你要……堕胎？"

"不然呢？"

"可是……你不怕吗？"

"怕什么？没事儿，约医生，做手术，搞定。"

莫妮卡不愧为 Open girl，一副没心没肺的淡定，抓起手机，就在通信录里找私人医生的电话。倒是萧清心里翻江倒海、七上八下，莫妮卡的反应越是淡定，她越心疼。

"莫妮卡，虽然我连恋爱经验都没有，但我会自始至终一直陪着你，给你当护工，给你当保姆，在此期间，你有权随意驱使我。所以你不用害怕、不用担心,我的小肩膀尽管靠。"

"我不怕,周围女孩子有人做过这个,不是多大的事儿。"

"啊?你心也太大了吧?好歹是个手术呢!"

"不放心你就一直陪着我好吧,乖。"

"我在,我会一直在。"

萧清一脑袋扎进莫妮卡怀里,看上去,她才像是无助和需要依靠的弱小一方。莫妮卡被她紧箍着,僵硬别扭,忍不住抗议:"哎,咱俩谁靠谁呀?是我要手术,不是你。"

被萧清重新揽进怀里的莫妮卡,突然有了一种被呵护的感觉,她往暖怀更深处拱了拱,和萧清的身体依偎让她感觉沉溺,还有了一种前所未有的归属感,这是她在此前数不胜数的异性关系里从未得到过的一种感觉。也许就在这个时刻,莫妮卡意识到自己Open girl的那张表皮下面的瓤儿已经发生了一些微妙的变化,也包括,对待这个突如其来的baby的态度……

莫妮卡干脆利落,和医院约好了流产手术的时间。等待手术来临的时间里,她不再和任何人谈论这件事,仿佛肚里的孩子就是个等着开刀拿出去扔掉的包袱。只有萧清一个人能感觉到莫妮卡的异样,她能从她若无其事和风轻云淡里看出伪装表演的痕迹,她能从她面对窗外、面对书、面对任何东西的短暂发呆里捕捉到她从未停止的思绪。但莫妮卡到底在想什么,她自己避而不谈,萧清不能追问。

就在流产手术前一天,莫妮卡意外接到母亲从纽约打来的电话,莫妮卡妈妈因为激动,声音一直哽咽。

"莫妮卡,Adam有肾源了,明天医院就安排做配型。"

"是吗?太好了!"

"我们等得太久了……但愿这次能配型成功,我会整晚祈祷的。"

"我也会为Adam祈祷,这次一定会如愿的。"

第 19 章

当天晚上，萧清走上二楼，想和莫妮卡谈一谈明天的手术。透过虚掩的房门，只见她正双膝跪地，两手紧握，闭目祈祷。萧清把这一幕理解为莫妮卡对明天的手术感到不安，对失去的baby感到歉意，所以没有打扰她，静静地转身离开。

第二天，结束一门考试后，萧清按照事先约定赶到医院，在那里等莫妮卡来，陪她做流产手术。然而，等了一个多小时，过了手术约定时间，莫妮卡始终没有出现。打她的手机，关机，打家里座机，无人接听，似乎她临阵退缩，改了主意。萧清返回合租别墅，果然，莫妮卡哪儿都没去，就在家里，独自一人坐在客厅窗前。见萧清回来，莫妮卡一脸歉意，对她笑了一下。

萧清走到她的身边坐下："你关了手机，我就猜到你不会来医院了。"

"对不起，我脑子有点乱。"

"这几天你都在犹豫，是吗？在想要不要把baby生下来？"

"我确实一直在犹豫，可自己也想不清楚究竟在犹豫什么。昨天我妈来电话说Adam等到肾源了，今天要做配型，昨晚我一直在祈祷他能配型成功。"

"真的？昨晚我看见你在祈祷，还以为你是担心今天的手术，原来是为了Adam，那配型结果有消息了吗？"

"有了，就在刚才，我准备出门去医院的时候，接到了我妈的电话，她哭着告诉我：配型成功了。"

"太好了！这真是最好的消息！"

萧清由衷地为莫妮卡一家感到高兴，同时，她也捕捉到了一个信息：Adam配型成功的消息，似乎改变了莫妮卡放弃baby的决定。

"然后我妈跟我说：'谢谢你，莫妮卡，谢谢你之前回纽约为弟弟做的一切。'她还说，我是她最爱的女儿，永远都是……"

萧清深深懂得这一句出自妈妈之口的话对莫妮卡来说有多么重要,重要到足以改变她之前和之后的人生观。

莫妮卡泪流满面,却绽放出一脸笑容:"Adam换了肾,以后就能像正常人一样上学、泡妞儿、工作、结婚、生baby,过平庸无聊的人生了。"

"这个值得干一瓶。"

萧清起身打开冰箱,拎出两瓶啤酒,打开瓶盖,递给莫妮卡。

"为平庸无聊的人生,干!"

一个平庸无聊的人生,无论对莫妮卡还是对Adam而言,曾经都是如此稀缺。现在,同母异父的姐弟两人都有了一个开始这种人生的机会,Adam是因为有了一个健康的肾;而莫妮卡是因为……似乎有一个人,让她产生了想过这样的人生的期望。

"18岁前,我经常憎恨活着,经常有那种想要永远睡过去、把这恶心的世界关闭的冲动,好在那些时候,我用疯狂的Party、无数次烂醉、好多好多炮友,把这个念头压下去……我从来没有像现在这样,觉得平庸无聊的人生这么值得一过。所以我想把baby生下来!"

"你要把他生下来?他可不是一件玩具。"

尽管萧清通过各种蛛丝马迹已经猜到了这种可能性,但听到莫妮卡亲口说出这句话、宣布这个决定,她还是感到震惊,未婚生子、单亲妈妈不是一件小事。

"我知道,他是个麻烦,无穷无尽的麻烦,就像我对于我妈。"

"有了他,你的人生可能就没法平庸而无聊了。"

"会更加失败而潦倒的,对吗?"

莫妮卡充满自嘲地哈哈大笑。

"有了他,你就不能再疯狂Party、不能再烂醉,甚至不能再……"

"就不自由了,是吗?"

第 19 章

"为什么要做一个让自己从此不再轻松的选择?"

"因为……13岁以后,我就一直是自己一个人,没有人属于我,我也不属于谁;有了他,我就有了第一个完完全全属于我的人了,我们俩就能组成一个家了。"

"两个人的家,会不会人有点少?你要不要先确定baby爸爸是谁,和他商量一下呢?"

"不要,我确定不爱他,所以,不会给他权利来和我分享这个baby。未来孩子的爸爸,不需要血缘,只要是我爱的那个,就OK。"

"莫妮卡,这个决定,意味着至少在很长很长一段时间里,你要做个单身妈妈,从连对自己都懒得负责到承担你和他两个人的生活,不能逃避,不能关机重启,更不能退货!你想好了吗?这可不是一个轻易的决定。"

莫妮卡突然问了萧清一个问题:"萧清,这两年,一直到硕士毕业,你不会离开吧?"

"当然!离开这儿,我住哪儿?"

"毕业后呢?你会回国还是留下?"

"我……还没想过这个呢。"

"先不管以后,这两年,有你在就好。"

"我在,最多是充当临时保姆,就算再任劳任怨,也代替不了baby爸爸的职能啊。"

"你比他们好。我想清楚了,我要生下这个baby!"

莫妮卡坚定了自己的未来,但是隐瞒了是谁让她坚定了这种未来的秘密。

和缪盈的街头重逢开启了宁鸣的美漂新纪元,坚定了他为她继续留下的恒心,生计问题依然是第一要务,之前那些上天入地、出生入死的工作经历让宁鸣噤若寒蝉,他不想继续动荡、继续冒险,他决定改变，不再输出体力，改输出脑力。连续几天，他在互联网信息海洋中大海捞针，终于，北美华人资讯论坛里的一条招聘信息进入了视线："大学本科高等数学考试，诚聘枪手，要求大本及以上学历，报酬优厚，有意者邮件联系，请附简历，非诚勿扰。"

代考大本高数的难度系数，对于计算机本科毕业的宁鸣，简直是小菜一碟，他知道自己手到擒来，但也知道，这个工作相比打黑工，更加不合法，更加邪门歪道，但"报酬优厚"四个字，在此刻流离失所的美漂眼里，就是最美的中国汉字！宁鸣无法让视线从这四个字上转移，点击招聘信息里的邮箱链接，把他的简历发过去，手机很快就收到了一个陌生号码的message："这是一个勇敢者的游戏！事先不预付任何订金，酬金根据考试成绩浮动，成绩越好，报酬越优厚，重要的事情说三遍：非常优厚！非常优厚！非常优厚！反之，一旦挂科，代考者不但拿不到酬劳，还要赔付雇主损失。有自信者接受此规则，即可安排面试。期待你的挑战！"

宁鸣果断回复，接受了挑战。第二天，他来到对方指定的面试地点——一家高档中餐厅，在指定的v8包间见到了面试官，一个20岁的跩酷男生，他看不见的双眼藏在墨镜后面，上上下下对宁鸣一顿审视："给我看一下你的护照。"

宁鸣掏出护照，推到对方面前，感觉自己像被审查审讯，他甚至抬头找了找，看看包间里有没有监控摄像头对着自己。

"我还要看一下你的大学毕业证，最好是原件。"

"没有。"

"没有？你不是说本科毕业了吗？"

"不是没有，是我没带来，我拿的旅游签证，来美国既不留学也不求职，有什么必要揣着大学学历满世界走？"

"没有毕业证，那你怎么证明自己大学毕业了呢？"

"疑人不用,用人不疑。你是看水平,还是看文凭?"

"你有信心代考成功吗?"

"没有我接什么招儿呀?本科四年都一马平川地下来了,还应付不了你一个大二数学?"

"这样,你当场证明一下自己的水平吧。"

面试官甩过来两张纸,宁鸣一看,是英文的高等数学试卷:"现在?就在这儿做?"

"对呀,你把这儿当考场,我也好眼见为实。"

虽然像煞有介事,但这样的应聘方式倒也科学且富有成效,宁鸣点头表示接受,面试官随即提出进一步要求:"你的手机,暂时交给我保管。"

"为什么?"

"防止你作弊。"

"我还怕你携我手机潜逃呢。"

面试官发出一声轻蔑的哂笑,掏出一沓美元现钞,甩到宁鸣面前:"1000美元押金,够吗?"

够了,肯定够了,宁鸣一手交出手机一手收好现金。面试官按了呼叫器,服务生迅速端着托盘进来,摆上套餐、甜品和咖啡,一桌子琳琅满目,顿时分散了宁鸣的注意力。

"我答题,你吃饭,有点不合适吧?"

"这些都是给你准备的,你要是觉得分散注意力,我让他们撤了。"

"都是给我的?那不影响,那不影响。"

"答题限时两小时,5分钟后开始计时,我就在门外。"

面试官宣布完考试时间和纪律,起身走出包间,关上了门。宁鸣绷不住乐了,一个不正经的事儿,被整得还倍儿正经。他迅速浏览了一遍试卷,心里有了数,放下卷子,撸胳膊挽袖子,开始大吃大喝。

一个小时后，他拿着考卷走出包间，把坐在门外玩手机的面试官惊得一跃而起："答完了？"

"完了。"

"这才一个多小时！"

宁鸣耸耸肩，心说还有20分钟我在大吃大喝呢。面试官接过试卷仔细查看，确认试题全部做完，拿出手机，宁鸣掏出美元，双方完璧归赵，宁鸣领命回去等通知。不料，刚离开餐厅，没走出去多远，面试官的电话就追来了，要求他立刻返回刚才那个包间。宁鸣推门进去，吓了一跳，屋里除了刚才那位面试官，又多出两个男生，三人全部墨镜遮脸，像黑帮聚首。

宁鸣一脸蒙圈，问面试官："难道不止你一个人要代考？"

"只有一个，但不是我，是我们老大，他才是你真正的雇主。"

面试官指指坐在三人中间的男生，又为他介绍宁鸣："哥，他就是宁鸣。"

老大用下巴招呼宁鸣："坐。"

宁鸣在他对面坐下："老大，你怎么称呼？"

"叫我Rudy吧。"

"不是让我回去等通知吗？怎么这么快就把我叫回来了？"

Rudy举起宁鸣刚才完成的那张数学试卷："我对过标准答案了，你以前是不是做过这套考题？"

"没有啊，我上哪儿做美国卷子去？"

"牛呀！拢共就错了一道选择题，其他全对。"

"正常发挥吧。"

"咱俩聊聊，我了解一下你的情况。你是在这儿上学吗？"

"不是。"

面试官提示老大："哥，他是旅游签证。"

"哦，你来美国玩？"

"也不是玩。"

"那你来干吗？"

"没干吗，晃着。"

"晃着？"

"有什么问题吗？"

"没问题！晃着好，晃着特别适合我，不在册的流动闲散人员，安全！"

Rudy显然对宁鸣的内在到外在都颇为满意，进一步征求两个小弟的意见："身高、胖瘦都和我差不太多，你们觉不觉得他长得也和我有几分相似？"

"有一点儿像。"

"必须没你帅。"

"有点像就行，老外本来就对咱亚洲人脸盲。"

Rudy抬手一指宁鸣，带着赋予他拯救人类重任的那种庄严宣布："面试通过，就你了！"

"咱们酬金还没谈呢。"

"之前发给你的信息里不是已经说明白了吗？不预付订金，酬金随成绩浮动，成绩越好，酬金越优厚。如果挂科，还得赔钱。"

"怎么个浮动法？你有标准吗？"

"先跟你说说我的情况啊，这套卷子是我上学期的考题，我吃了个F，挂了，这学期重修，必须过！所以对你的要求是最起码拿C。考题肯定不是这样了，但难度不会差太多，你能保证替我考过吗？"

"差不多。"

"不能差不多，一点不能差，必须考过！要是拿了D或者F，你就得赔我钱。"

"还有赔钱的风险？那我得先知道，考得好，能优厚到啥程度？"

"如果你能拿A，酬金上浮到——5000。"

"5000美元？"宁鸣瞪着Rudy张开的5个手指，眼珠儿差一点冲出眼眶。

"嫌少？"

"不少不少。"

宁鸣按捺住心里的激动，表情尽可能地淡定，雇主所言不虚，这个工作确实"报酬优厚""非常优厚"！

"成交！预祝我们合作成功！"

Rudy起身与宁鸣热情握手，随即双手抱拳，郑重托付："拜托了，哥！"

几天后，雇主Rudy把一张名为Rudy Chen的ID拿给了宁鸣，上面的头像照不是Rudy也不是宁鸣，可是，既像Rudy也像宁鸣。宁鸣举着这张假ID端详半天，几乎找不出破绽，心里不得不叹服：这帮熊孩子，居然能把如此不正经的事儿干得如此专业。

"这是用咱俩的照片合成出来的吧？用的什么软件？不错呀！"

"相当不错！你不是学计算机的吗？以后多发明一点这类造福人类的软件，市场需求大、应用广，肯定赚钱。"

"放心，你这类用户的需求，总是会最先被满足。"

"上次你说来美国就是晃，你不想申请个学校留学吗？守着硅谷这个码农大本营，你的计算机专业有优势啊。"

"留学不是那么容易的事儿，不是人人都有那个条件。"

"我觉得你的水平没问题吧？"

"水平没问题，不代表别的方面也没问题。"

"别的方面？哦，那是钱有问题。"

"别聊我了，说说考试那天有什么注意事项，会不会碰上熟悉你的同学？"

"这个不用担心，除了非上不可的课，我平时不在学校泡着，基本不和同学交朋友，因为我档次太高，他们都够不上，这个你懂。"

"就是说不会有人注意你？"

"那也不对，我这么帅，不可能没人注意，保不齐有一些暗中关注我的仰慕者。反正你就是替我考一回试，做三个小时的我，不跟人接触、不聊天，保持和我一致的高冷范儿就行了。"

"明白，去了就考，考完就走，零交流。"

"到时候，我亲自开车送你去学校，等你考试结束，接你离开。在别人眼里，下车去考试的，就是我，不是你。"

Rudy又拿出一个运动包，扔在宁鸣面前，打开包，里面有一套炫酷的潮服，还有一双金扣闪亮的GZ高帮休闲鞋。

"这什么意思？"

"行头，全套。考试那天穿上，你就变成彻头彻尾的Rudy Chen了。"

到了高等数学考试日，Rudy开车拉着宁鸣来到旧金山大学，停好车，侧头打量身穿他全套行头、俨然一个纨绔子弟的宁鸣，满意地点头："OK，现在起，你就是我了。哥，弟的命运托付给你了，一定要保我过啊！不然又要被我爸追杀。"

"淡定，等着。"宁鸣胸有成竹地下车而去。

望着自己的化身大摇大摆走进教学楼，Rudy放倒座椅，打开音乐，静候佳音。不知道睡了多久，他被敲车窗声惊醒，见宁鸣考完归来，Rudy赶紧解锁开门，宁鸣坐进车里，紧皱的眉头几乎把他吓尿："怎么样？"

"不妥，有点不妥。"

"啊？你被当场抓获了？"

"那倒没有。"

"那怎么个不妥？"

"我在想，是不是应该故意答错两道题？不然分数太高，会不会有点假？"

"你吓死我了！"

没过多久，宁鸣接到雇主Rudy通知，说考试成绩公布了，约他见面发酬金，地点在一家很贵的日式铁板烧。宁鸣被身穿华丽和服的女服务员引到VIP包间外，拉开纸门，请他入内，瞥见包间里坐着一个脸生的帅哥，他道声抱歉，转身就走。

"对不起，走错房间了。"

"没错，就是这儿。哥，我是Rudy！"

帅哥露出一脸灿烂笑容，在宁鸣助他拿下满意成绩、顺利通过考试后，Rudy终于解除戒心，露出了他的真面目。

"原来你摘了墨镜长这样啊。"

"高等数学成绩出来了，A！"

"不辱使命。"

"太不辱啦！哥，你牛！弟先干为敬。"

Rudy掏出一摞美元现钞，啪的一声，拍在宁鸣面前："按照约定，最高酬劳，5000美元！我本来想微信转账给你，一想还是现金给力；本来想装一个信封，一想还是赤裸裸的让你有成就感。"

虽然早就笃定能拿到这笔钱，但此刻，5000美元的真金白银就摆在面前，宁鸣还是有点激动，这是他来美国后挣到的最大一笔巨款了！

"收好，哥，一会儿还有正事儿要谈。今晚，咱们继往开来，不醉不归！"

"还……还继往开来？"

Rudy不急于解释怎么个继往开来，举手击掌，米其林三星大厨应声出现，站到铁板后，毕恭毕敬地冲他们鞠躬，开始烹饪，一道接一道的美味送进盘子。酒过三巡,宁鸣突然盯住大厨,问Rudy:"他能听懂咱俩说话不?"

"不能!他只会英语和日语,这就是我定在这儿和你约会的目的。"

"那我就踏实说了。"

"哥,你说,我洗耳恭听。"

"Rudy,你这样——不好。"

"我什么不好?怎么不好了?"

"你雇我代考,这是地地道道的——学术欺诈!是犯罪!"

这话Rudy可不爱听,他把筷子一扔,一脸不爽:"哎,应聘时、考试前,你怎么不批评我?为什么不拒绝,还和我共同犯罪?"

"我也是生活所迫、唯利是图,为了钱,三观破碎,这次的代考经历,算是我人生一大污点。"

"什么意思?你和人生有污点的人坐在一起,吃着他请的顶级日料,骂他欺诈,你就高洁了?就不算同流合污了?"

"我不是针对你,主要是自责,我是……自甘堕落。"

"那我就是堕落本身,对吧?你每踩自己一脚,就是更深地践踏我一次。"

"那我不说了,你好自为之,人生不是所有事儿都能找到别人代劳。"

"哥,我承认这次我的手段是错误的,但目的是美好的!我只是不愿意让我爸一次又一次对我失望,哪怕吹的是一个美丽的泡泡。实际上,无论是考试成绩还是上大学,他都只关心它美不美,并不关心它是不是泡儿。假如有一天,我爸知道我把美元花在了他的身心健康而不是吃喝玩乐上,他也会扪心承认:这笔钱,是因为孝顺。"

Rudy一番肺腑之言,说得宁鸣张口结舌,明明是歪理,可歪得理直气壮。

"你还真是……有理有据。"

"哥，你帮了我大忙，说什么我都不生气，因为你说得对。但是，有些人的人生是注定的，比如我，不管我大学是怎么混下来的，毕业证和学位是怎么拿到的，都不耽误我未来一边当败家子一边做霸道总裁，美女环绕、子女绕膝这类事务也要我亲力亲为，别人想代劳也代劳不了。所以，不管怎么走，人生都是通往那里，就不要管它是正的还是邪的了。"

宁鸣仰天长叹："唉，真有不管努力不努力都会成功的人生啊！"

"哥，我今天要和你谈的，是一个更大的case，下学期有门令人闻风丧胆的课程，叫金融工程……"

"提前半年就约代考？你确定自己考不过？"

"这回不光代考，还有代课，全包。"

宁鸣懂了：这就是Rudy"继往开来"的内容。

"代课？怎么代？"

"就是从头到尾，你以我的身份，出现在每堂课和每次考试，大面积扮演我。"

"那怎么行？"

"必须行！金融工程是几个专业一起上的大课，百十来人在一个教室，教授连人头都分不清，同学更是没人认识我，也就没人知道你不是我。"

"可是……"

"10000美元！"

"不是钱的事儿……"

"怎么不是钱的事儿？15000！"

"哦……"

宁鸣舌头打了结，Rudy立刻抓住他心动的马脚，乘胜追击："哥，你不是说不是谁都有条件圆出国留学梦吗？你就当这次是圆梦，挣我的钱，过不敢奢望的留学人生，一箭双雕！何乐而不为呢？区别不

第 19 章

就是一张文凭纸吗？你在乎那张纸吗？要在乎，我买一赠一，送你一张美国大学文凭，包你回国拿出来，那些土鳖看不出是买的。"

"我不在乎文凭……"

"那就OK啦，15000美元，成交？"

"唉……"

宁鸣再次沦陷在金钱攻势下，手被Rudy紧紧握住，热烈庆祝他上岗再就业，预祝二人合作圆满成功！

为了让宁鸣更好地扮演自己，Rudy对他进行了一系列岗前培训：第一步是形象打造，从发型设计到服装鞋帽，宁鸣经过一番洗心革面式的重塑，变成了和Rudy如出一辙的纨绔子弟style；第二步，言谈举止的模仿，经过反复调教训练，宁鸣终于掌握了Rudy的眼神儿，注意力永远在漂移的个人神韵和"哥们儿我谁也不尿"的气质精髓。

Rudy对雇员的照顾无微不至，甚至关怀到了日常生活起居，他给宁鸣租了一个独门独户、面积不大的平房套间，麻雀虽小，但五脏齐全，拎包入住，距离旧金山大学只有十几分钟车程，Rudy提前预付了半年房租和水电费，正好覆盖了代课、代考一学期的工时，他给宁鸣唯一的嘱托就是："踏实住，什么都不用管，你只管好好当我。"

生活是舒适的，但是纪律是严明的，Rudy要求宁鸣时刻牢记"六不原则"：不和同学交际，不参与社团活动，不争不辩，不喜不悲，不招人喜欢，不讨人厌；要独来独往，少言寡语，低存在，甚至不存在！

Rudy给了宁鸣一个名不正言不顺，但收入优厚、衣食无忧地留在美国的理由，从此，宁鸣拿着旅游签证，开始了期满离境回国，然后再入境，频繁往来中美，时而是自己，时而是Rudy的双面人生。新学期开始，兜里揣着Rudy的假ID、顶着Rudy的发型、穿着Rudy的衣服踏进旧金山大学校门的一刻，宁鸣神清气爽、精神抖擞，开启了一段花着别人钱、圆了自己留学梦的奇幻之旅！

第20章

遵循Rudy Chen的"六不原则",宁鸣平稳度过了大半个学期。以清华本科毕业水平,应付旧金山大学大二金融工程课程,犹如杀鸡用牛刀,他轻而易举地在一个平行时空里把Rudy活成了另一种木秀于林的样子。人可以低存在,但学霸的光芒,即使打个对折去替别人代课代考,还是会偶露峥嵘,他把自己埋进土里,闪光的成绩依然会从土里往外蹦。

金融工程艾瑞克教授布置的一道作业,让一百多名学生几乎全军覆没,都吃了F,整个教室一片哀号。原因并非教授对所有学生作业的结果都不满意,而是他布置这道作业的目的根本就是项庄舞剑,意在沛公,考的不是结果,而是过程。

"我故意在代码中放了一个不起眼的程序草,以此来检测你们的细心和耐性,很遗憾,所有人都只关注能否run出结果。只有一个人例外,他发现了我故意埋下的这个bug,并用最简单的方法修正了bug。谁是Rudy Chen?"

整个阶梯教室的学生都在四下环顾,都在寻找这个"例外",但是没有人对Rudy Chen有印象,没有人认识他,包括教授自己。

要不要站起来？要不要出头儿？宁鸣拼命降低脑袋和身体的海拔，一个劲儿往下出溜、出溜，不能引人注目！不能引人注目！Rudy 的谆谆教诲在耳边回响。

艾瑞克教授等了半天不见有人站起，决定引蛇出洞："他今天逃课了？好吧，那我给他记上一笔：缺课一节。"

教室最后一排传来一声微弱的回答："我在。"

所有目光齐刷刷扭向最后一排，宁鸣缓缓起身，但是全身还在使劲往下缩，仿佛他脚下的地心引力比其他地方都强，站起来也比坐着高不到哪儿去。

艾瑞克教授把这个叫 Rudy Chen 的中国学生的样子记在了心里："哦！你就是拿了全班唯一 A 的 Rudy Chen！"

下课后，宁鸣诚惶诚恐地被叫到艾瑞克教授面前。

"Rudy，你有兴趣加入我的项目团队吗？"

"啊？您的团队不都是研究生以上学历的学长组成的吗？我不够格……"

"并非不能破一回例呀，我的项目团队和硅谷几大科技公司建立了研发合作关系……"

"我知道，如果毕业能得到您的推荐信，相当于拿到了 Facebook、Google 那种巨头公司的敲门砖。"

"我希望能挖掘和发现连你自己都未必意识到的天分。"

"但是我……"

宁鸣当然知道进入像艾瑞克教授这样名牌教授的团队，就相当于得到加持，毕业时手里能有一封他的推荐信，就能从一堆名校毕业生的求职简历中脱颖而出。艾瑞克教授主动屈尊邀请，对任何一个学生——何况只是一个大二生而言，简直是梦寐以求的天上掉下来的馅饼，谁也不会拒绝，除了……他。因为宁鸣说不出：自己只是一个冒牌货，再美好的未来也会随着他脱去Rudy Chen的外衣而成为镜花水月，不属于真名叫作宁鸣的自己。

"Rudy，看上去你还有些顾虑，不是那么自信，没关系，认真考虑一下，我的邀请一直有效。"

艾瑞克教授对宁鸣的反应感到匪夷所思，随即把他的怯懦理解为不自信，所以，教授决定给Rudy一段时间建立自信，继续保持对这个学生的测评和观察，如果最终验证他的确是个天才，教授一定不会让他泯然众人。

告别了艾瑞克教授，宁鸣知道：自己无意间破坏了Rudy的"六不原则"，违反了低存在、不存在的约定，他以为拒绝了教授的邀请就避免了未来的隐患，他无法预见未来Rudy的暴露就在这个时候种下祸根。

手机突然响了，一看是缪盈打来的，宁鸣赶紧接起："缪盈！"

"宁鸣，你在学校吗？"

"在……在呀。"

"我来了，咱们一起吃个饭好吗？"

"好……好，我请你。"

"为什么呀？"

"我不是地主吗？"

宁鸣暗自庆幸，女神莅临旧金山大学时，他刚好在替Rudy上金融工程课。一路小跑，跑到了和缪盈约好的学生餐厅外，远远看见了她的身影，他气喘吁吁跑到她身后："嘿。"

缪盈一扭头，被他浑身上下的blingbling闪瞎了眼，她从未见过如此时髦又如此和平时的他不搭的一个宁鸣。

"你怎么……成这样了？"

"哪样呀？"

缪盈无法组织语言，一脸不可描述，让本来就是狸猫换太子的宁鸣更加心虚："有那么糟吗？"

"你这一身不便宜吧？"

"都……都是假的。"

"你何必追这种潮范儿呢？特别不适合你，像穿着别人的衣服。"

"虚……虚荣呗。"

"我觉得你不需要，还是过去的样子好。"

"瓤儿，还是过去的瓤儿。"

宁鸣赶紧表忠心，缪盈瞪了他一眼，姑且忍受。两人在餐桌边坐定后，她提前向他预告了和她弟弟成然即将到来的会面："我还约了我弟，叫他过来认识一下你。"

"你弟？"

"我不是告诉过你，他也在旧金山大学上学吗？"

"啊，你说过……"

这隐约让宁鸣感到不安，和缪盈弟弟碰面，是以宁鸣的本我身份，会不会给他在这所校园里建立的Rudy人设增加很多不安全因素？缪盈丝毫没察觉到宁鸣的忐忑，因为她正在联系成然："成然，我们已经到了，你在哪儿？"

宁鸣听到缪盈手机话筒里传来一迭声欢快的"来啦来啦"，令人惊悚的是，这一迭声"来啦来啦"从手机里延伸到了现实。

缪盈循声望去："他来了。"

宁鸣顺着缪盈的目光，抬头望去，登时傻掉！Rudy蹦蹦跳跳朝他们奔将过来，等看清缪盈对面坐着的人——居然是宁鸣——他也傻掉了！两人穿着同一品牌同一系列的衣、裤、鞋，李逵和李鬼面面相觑，正品和赝品大眼瞪小眼。

太惊悚了！Rudy居然就是成然？居然就是缪盈的亲弟？宁鸣和成

然相互凝视过于长久、表情过于呆滞，缪盈当然看出了两人的异样："你俩认识？"

成然和宁鸣两个脑袋一齐摇得像拨浪鼓，异口同声否认："不认识不认识不认识！"

"那你们一见钟情似的互相看什么？"

成然抢先回答："我们一见如故！"

宁鸣立刻附和："如故，如故。"

缪盈拍拍她身边的座椅，示意成然挨着她坐下："介绍一下，我弟弟成然，他上大二，学金融；这是我清华同学宁鸣，学计算机，现在在这儿读研。"

成然刚坐下，马上又弹起身，隔桌伸手，点头哈腰："久仰久仰。"

宁鸣也跟着弹起回应："幸会幸会。"

两人热情握手，特别虚假，超级做作。

缪盈感觉他俩之间透着一种怪异："你俩怎么这么……"

两人一起扭头问她："什么？"

"虚伪呢！"

成然抢答："我们多真诚啊！"

"怎么穿得还像twins似的？"

宁鸣赶紧解释："他是真的，我是假的。"

此语一出，成然脸都吓白了，唯恐宁鸣穿帮："你说的是衣……服吧？"

宁鸣也意识到自己说漏了嘴，赶紧找补："是衣服！是衣服！"

缪盈抱膀看着他俩，感觉说不出地可笑。找了个一起上厕所的借口，成然一把把宁鸣扯进洗手间，两人再不调整一下步伐和队形，就是分分钟穿帮和露馅儿的节奏。

"你怎么会和我姐在一起？"

"她怎么会是你姐？"

"她22年前就是我姐！"

"她5年前就是我同学。"

"你是怎么跟她解释你在这儿读书的？"

"我说我考上了研究生，还拿了全奖。"

"绝对没有暴露我？"

"绝对没有！刚才我暴露没有？"

"我没暴露，你就应该没暴露。看到了吧？咱俩荣辱与共，一荣俱荣，一损俱损。记住了，当着我姐面儿，我是我，你是你！"

"必须的！"

"好基友！你和我姐，只是单纯的同学关系？"

"特别单纯。"

"不应该呀！"

"不……不该单纯吗？"

"当然不该！你不喜欢我姐？"

"没……没有哇。"

"那你不是性向有问题就是审美太差！"

"我性向正常，审美……也不差。"

"那你怎么可能没爱上她？"

李逵和李鬼各自定定心，回到桌边，正吃着，忽听一声召唤"Rudy"，成然、宁鸣两人一起本能抬头答应："Hi！"答完双双石化，缪盈举到嘴边的食物也定格住了。宁鸣先发制人，他认出叫Rudy的是自己这一方面的熟人，立刻起身扑将上去，把那位美国男同学拦在了10米开外，以避免一场穿帮之祸！成然长嘘了一口气，收回追踪宁鸣的视线，随即遇到姐姐审视的目光，对于英文名也能撞上的巧合，即使他给不出解释，至少也需要一个调侃来化解："姐，你亲同学连英文名都和我twins了，缘分啊。"

宁鸣救火归来，一头冷汗坐回桌边。

缪盈问他："我怎么不知道你英文名也叫Rudy？"

宁鸣唯有傻笑："很适合我对吧？"

成然扑哧一声笑喷。

好在这一场滑稽的碰面，并没有转化成缪盈的疑惑，当然要归功于成然一如既往的荒腔走板，让缪盈认为这次见面过程中宁鸣可笑的举止是被成然带了节奏，属于一时动作变形而已。

莫妮卡的孕期有6个月了，虽然她肚子里的baby没有爸爸，但爸爸的职责被萧清铁肩担道义承担了百分之七十，剩余百分之三十还有凯瑟琳和本杰明兜底，一个亲爸不见人，三个奶爸站起来，搞得萧清活活一个未婚未育、连恋爱都没有谈过的纯洁女青年，生生在这6个月里变成了一个育儿专家。

这天，萧清陪莫妮卡做完孕检回家，一进门，就见迎上来的凯瑟琳冲她们各种挤眉弄眼，手悄悄指向背后。她们顺着凯瑟琳指示的方向望向屋里，莫妮卡妈妈又一次不告而至，正从客厅沙发上站起，上下打量女儿走样的身形："都这么大了？"

莫妮卡沉默不答，萧清只好替她回答："阿姨好！我刚陪莫妮卡做完孕检，一切正常。"她的圆场一点没起到活跃气氛的效果。

莫妮卡不苟言笑地走向她妈，一张嘴就冒火花："一接到我的电话，你就十万火急地飞来了？"

萧清和凯瑟琳明白了，之前莫妮卡怀孕一直没有告诉她妈，这次她妈从纽约突然飞来旧金山，应该是莫妮卡打电话正式通知了她。

莫妮卡妈妈也不善，一张嘴就是兴师问罪的口气："你怀孕半年了才敢告诉我，是怕我飞来逼你堕胎吗？"

莫妮卡剑拔弩张，启动了防御系统，她以为她妈是来阻止她要这个孩子的。

"是,我决定把他生下来,不管你支持还是反对。现在如果你让我接受流产手术,那就是逼我违法。"

"baby的爸爸是谁?"

"他是谁不重要,我不用他负责,你更不必去找他算账。"

"我为什么要找他算账?我只是要确定他以后会不会来抢baby的抚养权!"

一言既出,在场三人莫妮卡、萧清和凯瑟琳全都愣住了。

"妈,你什么意思?你不是来让我流产的?"

"你要生就生,但我有义务来帮你厘清生他出来之后的规划,有了baby,你的生活怎么安排?人生要怎么过?"

"你居然能接受一个未婚先孕的私生外孙?这很不像你。"

"没办法,谁让我生了你这么一个女儿呢?"

大家都为避免了一场世界级大战松了一大口气。自从上次索肾割腕事件以后,莫妮卡和她妈妈各自的心软化了很多、很多,惯性对抗的,只剩下了两张谁也不让谁的刀子嘴。过了一天,萧清放学回家一进门,又听见莫妮卡母女的对呛之声,娘儿俩又斗起来了。

"生下baby后,你拿什么养孩子?"

"我可以像萧清一样,一边上学一边打工。"

"你一边上学一边打工,谁替你带孩子?难道你的baby生下来就能生活自理,自己逗自己玩?"

"我可以雇人帮我带,萧清她们也能帮我带。"

"萧清是来留学的,不是来给你的baby当奶妈的。"

萧清走进母女的战区,试图缓和气氛:"没关系,阿姨,我喜欢小孩儿,愿意帮忙……"

"萧清,你不要助纣为虐,她没有权利指望别人帮她带孩子!莫妮卡，你打工能挣多少？一个月两三千美元？就这点还能雇人？baby奶粉钱都不够！还不得我养着你们娘儿俩。"

"孩子是我决定生的，我会竭尽全力对他的成长负责。"

"你自己还没长成呢，有能力为他负责吗？这就是我要带你回纽约的原因！在我身边，如果不愿意，你可以不住在家里，我帮你在附近租个小公寓，全程照顾你生产，等baby生下来，我还可以帮你带，你和baby两个都是孩子，都需要我照顾。"

哦，萧清这才听明白：原来莫妮卡妈妈这次是来带怀孕的女儿回家的。她心里突然暖了一下，一直站队莫妮卡的立场悄悄松动，朝莫妮卡妈妈方向变节。

"莫妮卡，阿姨考虑周全，她是为你好。"

"我知道她是为我好、为baby好。"

女儿这句话让莫妮卡妈妈仰天长叹："总算说了一句人话。"

莫妮卡随即表示拒绝："但你的安排，不是我想要的生活。"

"你怎么这么不知道好歹呢？我没有时间对你苦口婆心，收拾行李，赶紧跟我走！"

"如果不呢？你是不是又要报警，把我从这座房子里撵出去？"

"你跟不跟我走？"

针尖对麦芒，母女又成水火之势，萧清暗中做好起跑预备，像上次一样，随时准备冲出门追赶离家出走的莫妮卡，但是万万没想到：这一回败下阵去的，不是莫妮卡……

"你不走是吧？我走！"莫妮卡妈妈拽起行李箱，拔腿就走。

莫妮卡也不挽留，面无表情地看着她妈扬长而去。萧清还是冲了出去，追赶的对象换成了莫妮卡的妈妈。莫妮卡从身后扔来车钥匙给她："帮我送她到机场。"萧清开车送莫妮卡的妈妈去机场的路上，又变成了莫妮卡妈妈的倾诉对象。

"我真的没有时间和精力留在这里和莫妮卡吵架，Adam接受换肾手术以后，一直有排异反应，需要我时刻陪护，这趟过来，我只能尽快飞来，再尽快飞回去，所以才想把莫妮卡带回纽约。他们两个，哪个我也放心不下，哪个都不能不管。为什么我和这个女儿每次都是反目成仇收场？即使现在，我那么想把她带回家、带回身边……冤家说的就是我和她吗？"

"虽然这次你们照例吵翻天，但我保证莫妮卡心里知道这次和以前不一样。"

"哪儿不一样？不是我气走她，就是她气走我，在一个屋檐下，我和她甚至无法和谐相处24小时。"

"以前你们吵，是因为莫妮卡觉得你把她推出来，她感觉被抛弃了；现在，她知道你要接纳她回家。一个往外推，一个往里拉，她心里感受完全不同，所以这回，她没有真的气你。"

"她知道不一样？那为什么连句人话都不肯说？"

"阿姨，我这么说您别介意，好像……您也不善于说人话。"

"你这孩子！"莫妮卡妈妈扑哧一声笑出来，"就是说不怪莫妮卡，怪我家教不好啦？"

萧清深深点头，表示赞同。

"我知道我是个特别糟糕的妈妈……"

"就像你曾经对我说过的：莫妮卡的坚强，一直都很让人意外，她学会了自己一个人独立处理生活中的一切问题，包括独自决定要不要生下这个baby，要不要养他。一个不管是主动还是被迫、已经学会了单飞的孩子，你现在要把她拉回窝里庇护，她是不会接受的。"

"可她还没有足够能力承担自己的决定，至少在经济上是这样。"

"在她需要时，你帮她就好了。她不需要，就让她飞，让她跌跌撞撞，让她栽跟头，再自己爬起来。"

"我是想弥补……"

"我知道，莫妮卡她也知道。"

萧清这句话，让莫妮卡妈妈突然就哭了。在旧金山机场分别时，莫妮卡妈妈对萧清说："剩下几个月，一有时间我就过来，等到了预产期，我也一定过来，陪她生。"

"阿姨，你放心，莫妮卡有我。虽然生孩子这件事呢，我是一点经验也没有。"

"萧清，你不知道我有多么感激你……"

"言重了，阿姨。"

莫妮卡妈妈幽了一默："我想让你知道阿姨也是会说人话的。"

进入考试季、毕业季，书妈毓文又来美国了。这一次，她计划小住一个月，参加完书澈的硕士毕业典礼再回国。书澈和缪盈开车到机场接她，书妈对儿子小心翼翼地察言观色，他的态度一如最近他和家里的联络，自从上次飞回北京求证返回美国后，书澈和父母，就变成了一种冷淡还不至于冷漠、疏远还不至于疏离的关系；倒是缪盈一如既往地熨帖温柔，让面对儿子不时感觉受挫郁闷的准婆婆时时得到抚慰。

"你俩现在还好吧？"

书澈不答，缪盈只好回答："挺好的。"

"那我就踏实了。书澈，最近半年，你往家里打电话或者微信语音、视频都很少啊，我和你爸经常一两个月没有你的消息。"

"一切正常，没什么好说的，我忙着写毕业论文，域名解析服务器的样品也做出来了，开始推广，事情太多。"

"这都不是你不给家里打电话的理由。"

母子之间的尴尬让缪盈也无力化解，只好低头沉默。书澈手机响了，他起身走到一边接电话，书妈只好继续通过准儿媳了解儿子的情绪和动态："缪盈，你俩现在真的还好吗？没有骗我们？"

第 20 章

"真的很好,总算恢复了过去的平静。"

"他经常和你谈论我和他爸吗?"

缪盈摇头。

"他也不怎么提起他爸吧?"

"从来不。"

"我们就像从他生活里消失了一样,我再不来美国,怕是快没有这个儿子了。"

缪盈把手放在书妈手上,安抚她:"阿姨,给他时间……"

书妈叹口气:"不管怎么说,你俩和好如初,还算有件好事。"

书妈这次来美国,还带着丈夫委托的一个任务:上次书澈回国和父亲谈话后,书望担心儿子在心理上更加抗拒他,所以派书妈过来慢慢疏导儿子的心理。修复被价值观撕裂的亲情任重而道远,然而,风波未平,浩劫将至。

这天,书澈带书妈前往华人聚居区的一家超市采购食品,他推着购物车,正和书妈并肩走在货架间,突然发现她戛然止步、目光聚焦、脸色骤变。他顺着母亲的视线望去,书妈的视线终点,是个挺着七八个月的大肚子、即将临盆的孕妇。收回视线,再看向书妈,书澈发现她的手和身体正在剧烈颤抖,她这个反应非同寻常。

"妈,你看见谁了?"

书妈喃喃自语:"她怎么会在这里?这是怎么回事?"

"谁?怎么了妈?"

这时,孕妇正好转身面对他们,见到书澈和书妈的一瞬间,她也惊愕定格。书澈还保留着对这张面孔的记忆,虽然半年以前她还不是一个孕妇,她就是曾经和鲁尼一起邂逅缪盈、与自己有过一面之缘的刘彩琪。为什么书妈见到这个女人反应如此异常?不等书澈思考反应,书妈突然启动,横冲直撞,笔直地奔向刘彩琪。刘彩琪恢复镇定的速度奇快，当书妈冲到面前时，她已经定下神来，从容以对。随即，两个女人之间的对话，听得尾随过来的书澈如堕雾里。

书妈连招呼都不打就质问刘彩琪："你怎么会在美国？"

刘彩琪不亢不卑地反问："我为什么不能在美国？"

"你肚里，是谁的孩子？"

"你觉得你从100米开外像坦克一样冲过来，连声'你好'都不说就问我肚里孩儿他爸是谁，这是一个市长夫人应该有的素质和仪态吗？尤其是当着令公子的面儿？"

仅仅两个回合的对话，书澈就听出了书妈和刘彩琪之间复杂纠葛的前史，她们到底是如何认识的？是什么样的前史，能让书妈如此唐突失礼，问出这样冒犯对方的问题？

刘彩琪转向书澈，像川剧变脸一样，笑意盈盈："你好，书澈。"

书妈被刘彩琪热情招呼书澈的举动刺激得更加愤怒，转身逼问儿子："你认识她？"

"我们……见过一面。"

"你怎么会见过她？什么时间、什么场合、谁介绍你和她认识的？"

"你这么紧张干吗？世界这么大，我和令公子见了一面，让你这么介意吗？"

书妈对她一声怒斥："你闭嘴！"

书澈回答书妈："她是缪盈一个朋友的同事。"

书妈再次震惊："缪盈也认识她？"

书澈摇头否认："她不认识。"

刘彩琪这时发出"呵呵"两声，让人不解其意。

书妈转回刘彩琪："再问你一遍：孩子是谁的？"

"你觉得我会告诉你吗？"

"我警告你：如果你敢打扰我们的生活，我绝对有能力让你消失！"

"哇！市长夫人霸气侧漏，我好怕怕！"

"永远别再让我见到你！"

"那可不一定，上次你也这么说，这不很快又见到了？"

说完，刘彩琪转身扬长而去。两个女人的狭路相逢，在气势上，无疑是书妈完败。

"妈，她是谁？"

书妈没有回答儿子，但这样牙关颤抖、拳头紧攥的母亲，书澈还没有见过，一个答案在他心里呼之欲出。放弃购物、返回酒店式公寓的一路上，书妈三缄其口，回到房间更是呆若木鸡。

书澈单膝跪到她面前，说出了心里的答案："妈，她是不是……我爸的……小三儿？"

"你怎么知道？"

"你和她的对话，还能说得更清楚一点吗？"

"我发过誓，烂在肚子里，谁也不说的，包括你，我的儿子。可刚才在超市，一看见她大腹便便，我就控制不了我自己……"

刘彩琪的肚子像一个开关，触发了书妈的癫狂，追问本人得不到答案，书妈被这个疑问折磨到要原地爆炸："那个孩子是谁的？那个孩子是谁的？"

"妈，冷静！上回你来美国，不是告诉我我爸和她已经断了吗？"

"你爸是这样向我保证的，我也是这样相信的。"

"她来美国是我爸安排的？"

"我不知道……"

"他们彻底断了吗？"

"我不知道……我要问你爸：她的孩子是谁的？是谁的？"

书妈不由分说抓起手机，拨通了北京家里的座机，因为她的急怒攻心和理智崩溃，让书澈旁听到了父母从来不对他敞开的秘密。

"哪位？"

"是我。"

"毓文？"

书妈握着手机，牙齿打架，嘴唇颤抖，开不了口。

"毓文，毓文，怎么不说话？毓文，是你自己在用手机吗？"

"书望……"

"怎么了，毓文？"

"我刚才，看到她了……"

"谁？"

"刘彩琪。"

书望那边一片静默。

"我问你：她为什么会在美国？会在旧金山？"

"我不清楚。"

"你怎么会不清楚？"

"我只是交代了，安排她离开北京、离开国内，其他一概没再过问。"

"你真不知道她去哪儿了？"

"不知道。"

"那她肚里怀着的孩子，你知道吗？"

"谁？谁的孩子？"

"就是她——刘彩琪！我看见她时，她挺着大肚子，至少有七个月的身孕了！"

"我不知道……"

"书望！如果孩子是你的，如果你还在欺骗我、对我隐瞒，我告诉你：这个孩子一旦生下来，你将会身败名裂！一个活生生的孩子，可不像一个情妇那么容易隐藏，他就是一颗随时会引爆的炸弹！"

"毓文！冷静！你给我冷静！你遇到她时，书澈在身边吗？"

"在。"

"现在书澈还在你身边？"

"在。"

书澈听出父亲在询问自己。

"那么，他也知道了？"

"我控制不了自己……"

"毓文，你太不理智了！一旦让书澈知道这件事，会造成无穷无尽的后果……"

"他是你亲儿子！再糟糕的后果，他都不会害你。你小心谨慎防着自己儿子，为什么不同样像防贼一样防着那个时刻威胁你仕途、威胁你声誉、破坏你家庭的贱人？"

书望无言以对，一声长叹："毓文，我用生命向你发誓：我和她已经断了，而且我向你保证过再也不会犯这类错误了。"

听到丈夫的承诺，书妈稍微平静下来。

"绝对不能再出一步差错。毓文，你现在离开书澈，走到里屋，确保不要让他听见我们的谈话。"

"嗯。"

在书澈疑惑的目光中，书妈走进里屋，回手关上了房门："我在里屋了，你必须向我解释清楚：孩子是怎么回事？"

"我一无所知……"

"是不是你的？"

"我不知道。"

"你不知道？"

"相信我，毓文。"

经过瞬间抉择，书妈选择信任自己的丈夫。

"那她会不会打算生下来,生米煮成熟饭,回头去胁迫你?如果是这样,怎么办?你倒是说话呀!"

书望知道不是没有这种可能性,甚至,这种可能性很大,他瞬间做出一个决定:"我立刻派他过去,搞定这件事,你放心。"

书妈当然知道这个"他"是谁。

"告诉他,不管用什么方法,绝对不能让她生下来,只要……孩子是你的。"

"我当然知道。在他到美国之前,你什么都不要做。"

"我知道。"

"还有,关于书澈,不能让他知道更多了,你必须控制他的情绪。毓文,很抱歉,我的一次不检点,让你一直担惊受怕……"

"书望,如果你不是现在的你,我至少不用忍到既不能对任何人倾诉委屈,也不能对小三儿穷追猛打,为了保守你的秘密、保全你的名誉,我什么都不能做,一切委屈,只能打落牙齿和血吞!"

"我向你保证:下不为例!毓文,我终于知道:被选择放到这个位置,人们就得用非一般的纪律和非一般的道德来要求我,我没有普通人的自由,更没有一秒钟犯'所有男人都会犯的错'的资格。我也因此知道:你和我永远捆绑在一体,谁也不能把我们拆分。"

小三儿外遇暴露以来,夫妻之间经过修正建立起来的攻守同盟再次得到巩固。小三儿身份被书澈知情、两人还同在一座城市的内忧尚且可以暂缓,但是,私生子即将出生的外患,必须快刀斩乱麻地解除。

书澈一直盯着书妈走进去后紧紧关闭的房门,顺着书妈在自己面前短暂失控泄露的线索,猜测被门关住的父母对话的内容。虽然母亲没有肯定他的任何一个猜测,但书澈确定刘彩琪就是父亲的出轨情人,而她此刻身怀的孩子,可能就是父亲的私生子。

门突然打开了,书妈一脸心平气和的表情,若无其事地从屋里走出来。对于母亲能在这么短的时间里恢复正常,书澈感到诧异和迷惑。书妈故作轻松地坐在沙发上,书澈关切地递上一杯水,她接过水杯时轻微颤抖的手,暴露了她内外不一的真相。

"我爸怎么说?"

"我误会他了,那个女人的孩子,和他丝毫关系也扯不上。你爸没有撒谎:他早就和她断了,现在这个女人的一切都和他无关。"

"真的吗?"

"真的!我神经过敏、庸人自扰,你不要受我影响。"

"妈,你为什么要自责?经历过我爸的出轨,你不该有点神经质吗?"

书妈被儿子的话触到软肋,眼圈一红,立刻努力绽放出一个笑容来遮掩:"好在一切糟糕和不堪都过去了。"

书澈不再相信的眼神仿佛洞穿了一切,在儿子的凝视下,书妈的假笑像泡沫一般消逝了。离开酒店式公寓,书澈行驶在夜路上,开着车,灵魂却已经出窍。父亲的出轨危机不但没有止息,小三儿的出现反而让形势更加不可控制。

这一天,注定要改变书澈的命运,终结他的爱情。

书澈一进门,缪盈就迎上他:"怎么这么晚才回来?一直在陪你妈?怎么了?有什么事儿吗?"

"没有。"

尽管书澈否认,缪盈还是一眼能看出他神色怪异,感觉他对自己有所隐瞒。

"书澈,我觉得你有事瞒着我。"

"没有。"

缪盈凑近他,逼视他的双眼:"我们答应过对方:任何事都不向对方隐瞒,所有一切都互相坦白、彼此分享,对吗?"

"是。"

"你有要和我分享的吗?"

"没有。"

缪盈放弃追问,坐到书澈腿上,抱紧他的脖子,依偎在他的颈间:"书澈……"

"嗯?"

"我真的禁不起……"

"什么?"

"再失去你。"

书澈拥紧缪盈,她挺直身体,热烈地亲吻他。他们谁也无法预料,这是他和她的最后一吻。

第二天早上一起吃早餐时,书澈还是决定和缪盈聊一聊刘彩琪:"缪盈,记得半年前我们遇见过的那个刘彩琪吗?你还记得她吗?"

缪盈举到嘴边的面包突然停住:"记得,怎么了?"

"我记得那个鲁尼·斯特朗说,她在他的部门任职。"

"是呀。你怎么突然问起她?"

"只是……想起来了。"

如果书澈和缪盈的谈话到此为止,或许,他们的惨烈分手不会在这一天发生,他们或许还会有一段美好的日子,或许,两人能熬过劫难、没有分离。但是,没有或许!这时,缪盈想起对书澈的承诺:一丝一毫不再对他隐瞒。于是,她决定说出最后一件他不曾知道的事情:"书澈,那次我们巧遇鲁尼和她,因为我害怕被你发现我爸和CE在谈合作,所以有件事,我一直没有告诉你……"

"什么事?"

"其实,我以前认识刘彩琪。"

"你怎么会认识她?"

"因为,她担任过我爸的特别助理……"

这句话还没说完,缪盈就看见书澈动作定格、面如死灰。

她对他反应如此剧烈不明所以:"这很让人惊讶吗?"

"那是什么时候的事儿?"

"三年前。"

书澈闭上双眼,世界陷入一片黑暗,一束强光射进来,一个女人的身影逆光走来,恍惚能辨认出她的脸,是刘彩琪,她的声音在耳边回响:"你的姓氏很特别,哦,对了,我还认识一个姓书的人……"刘彩琪、书望、成伟、书妈、鲁尼·斯特朗,几张面孔以令人眩晕的速度快速更迭,连成一线,互为因果。哗——世界突然通明瓦亮,强光刺激得书澈无法躲藏。

"书澈,书澈。"

书澈睁开眼,见缪盈正凝视自己,她伸过手来抓住自己的手。

"你别吓我!告诉我,怎么了?你一定有事瞒着我!"

"缪盈,你知道吗,昨天我们在超市,又碰到了那个刘彩琪……"

"碰到她怎么了?"

"然后我妈告诉我——她就是我爸的情人!"

振聋发聩!缪盈被这条信息震撼得大脑真空。

书澈逼问缪盈:"这个,你知道吗?"

"我不知道……"

"三年前,她是你爸的助理,然后成了我爸的情人,现在,她又来到了美国,在你爸商业合作伙伴的部门任职……"

刘彩琪是书望的情人——就像是最后一块拼图,当它落下,巨大拼图的全貌才一目了然。缪盈比书澈早一点点洞彻了事件的来龙去脉,更先于书澈看清了她爸在其中扮演的角色:两三年前,成伟把刘彩琪送到书望面前,随即,刘彩琪进入了书望的生活;半年前,成伟又把怀孕的刘彩琪送到了美国,由鲁尼·斯特朗代为照顾……

此刻,书澈的脑海尚未如缪盈一般洞明,还有一些或明或暗、不确定的部分,但他对缪盈的信任突然摇摇欲坠:"你到底还藏着多少我不知道的秘密?"

"我没有!书澈!"

书澈猛然起身,胡乱抓起外衣、手机,冲向门口。缪盈慌乱起身,在他身后跌跌撞撞地追赶。他被她一把抓住,此刻,她只想阻止他走出门,只想把他留在身边,只有留在身边,她才能挽留住他。

"松手!"

"书澈,告诉我,你想去干什么?"

"我想知道所有的事!"

"求你别走!我们好好谈谈行吗?"

书澈用上他不曾对缪盈用过的力量,奋力一甩,挣脱了她。她被甩了个跟头,踉跄站住。他头也不回,大步流星地出门,走向自己的汽车。缪盈已经看到书澈一旦离开,接下来即将发生的事情,她竭尽全力追到车前,最后一次阻止:"书澈!为什么非要知道不可呢?我们不能只过两个人的日子吗?"

"你想让我和你一样,当个瞎子、聋子和傻子,是吗?"

"当瞎子、聋子和傻子,至少我们还能在一起!"缪盈眼泪决堤,声泪俱下,"但是你去了,我们可能就没有以后了……"

"缪盈,即使为了爱情,我也不做一只把头埋在沙子里的鸵鸟!"

他和她,长久对视,一个在做最后的抉择,一个在等待对方判决。书澈听懂了缪盈的谶语,恍惚看见了她已经看到的未来,但他依然决定——走下去!拉开车门,坐进驾驶室,发动汽车。书澈离开的一刻,缪盈就知道,她永远地,失去了他!

刘彩琪对书澈说过的第一句话是:"你的姓氏很特别,哦,对

第 20 章

了,我还认识一个姓书的人……"这句话里,蕴含着按捺不住的彰显存在感,还有蠢蠢欲动的暗中挑衅,几乎就是"让我来告诉你""你知道我是谁吗"的直白心声。所以书澈知道:如果他去当面质问刘彩琪,一定能得到所有答案。

书澈前往CE总部大厦,在前台小姐的引领下,来到鲁尼·斯特朗办公室外,鲁尼的私人秘书起身迎接他:"请问您有预约吗?"

"没有,麻烦你通报一声,我叫书澈。"

"请稍等,他正在回一封重要邮件,可能需要等的时间长一些。"

"没关系。"

"我进去先打个招呼。"

秘书走进了鲁尼的办公室。还没有在沙发上落座,书澈的视线就落到秘书办公桌上,上面摆着一本部门主要员工通信录,Caiqi Liu的英文直译名后,赫然印着她的手机号码和现居住地址。他扭头观察了一眼办公室门,迅疾掏出手机,对准通信录拍照,随即离开,不费周折得到了刘彩琪的联系方式。

书澈站在刘彩琪居住公寓的房门外,一只手悬在门铃上很久,终于,按下。10秒后,刘彩琪打开房门,书澈这位熟悉的"陌生人"的来访,让她震惊而兴奋:"你怎么来了?这可真是万万没想到!大驾光临,蓬荜生辉,请进,随便坐,喝什么?"

"不用,我问几句话就走。"

"OK,随便你问。"

"你和我爸……第一次见到我,你就想告诉我这个吧?"

刘彩琪丝毫不否认自己的居心:"请原谅一个长期被刻意隐藏的女人,总是忍不住想证明她的存在。"

"所以我来找你,我知道我爸妈死活不告诉我的事儿,你会告诉我。"

"难道连你也是刚刚知道吗？他们隐藏得真好！当然，我能理解，你爸的身份、地位，小心才能驶得万年船。"

"那你为什么还要告诉我，显示自己的存在？"

"我只是想让人知道，有我这么个人、有这样一份情感，哪怕它并不道德。"

"你的孩子是……"

刘彩琪爽快回答："你爸的。"

书澈还是被这个意料中的答案惊到，并且难受。

"抱歉，我这么坦白，但我百分之百地确定他就是你同父异母的弟弟。"

"我爸他……知道吗？"

"不知道。"

这个答案，倒是出乎书澈的预料："他不知道？"

"一直到现在我都没告诉过他，要不是在超市巧遇你妈，被她发现，我会等到他出生，才让你爸知道。"

"为什么？"

"因为如果知道，他就不会让我把孩子生下来。"

"你们……断了吗？"

"你爸怎么说？他说断了？断得一干二净？我们从此是路人？当然，这是对他最有利的说法，也是最明智的选择。但是，我们还有这孩子的联系呀……关系说断就断，感情也说断就断吗？这你要问问他。"

"你想要什么？"

"我想要什么？他们知道呀！你替谁问的？"

"我自己。"

"我甚至可以安于现状，接受见不得人的地下身份，但我想要被承认，承认他对我有感情，承认我的存在，而不是被一笔勾销，就像

第 20 章

从不认识、从没发生过一样。"

"你觉得孩子会成为你们切不断的联系?"

"至少现在,是我和他之间唯一的纽带。"

"你来美国,是我爸安排的吗?"

"当然是!我和他的婚外情被你妈发现后,书望要求我暂时离开,因为他是高官,民众和舆论要求一个公权力的执行者具有极高的官员操守和私德水准,一旦我们的情人关系曝光,将是对他仕途的致命打击乃至摧毁。这个利害关系,我当然懂,所以我听从了他的安排,来了美国,并且保证暂时不回国。"

"为什么到CE公司,在鲁尼·斯特朗手下任职?是成伟的安排吗?"

"当然,难道要你爸亲自安置我吗?"

"你在美国的生活,也是成伟安排的?"

"当然,上上下下,全是成伟。"

"甚至包括——你认识我爸?"

"是呀,当初他和你爸建立联系后,总不能每次传输消息都要他俩亲力亲为吧。为了避嫌,我就做了他们之间的联络员。"

"最后一个问题:这一切,是不是都是成伟事先策划好的?"

"你指什么?他接近你爸,还是我接近你爸?"

"都有。"

"感情的事儿能事先策划吗?我不知道,就像你和缪盈,还有我和书望。反正我给成伟做特别助理,他让我出面公关,搞定你爸。他们现在的合作,最早是你和缪盈搭桥,以后是我铺路。你说这一切,成伟有没有事先计划?"

就在这一刻,书澈终于看清了自己父亲、缪盈父亲和他们所处的那个世界,他无法忍受自己有这样一个父亲,更无法忍受他爱的缪盈有那样一个父亲,他也终于明白了缪盈刚才说的那句话——他和她走到了尽头!他沉默转身,向门外走去。

刘彩琪在他身后问道:"我说了和你爸的风流韵事,你难道不愤怒吗?或者,不想挺身而出为你妈打抱不平,惩罚我这个妖艳贱货?"

"我的愤怒,有用吗?"

"谢谢你不打、不骂、不辱之恩,你和书望,真的很像。"

"我和他,一点也不像。"

"书澈,无论如何,我都要向你、向书太太说声抱歉,我对不起你们!"

这句话,对于书澈毫无意义,他走出了刘彩琪家。

山雨欲来风满楼。

第21章

失魂落魄、蜷缩在沙发里等了几小时的缪盈，终于等回了书澈：
"你去哪儿了？"

"找刘彩琪。"

"她说什么？"

"她承认了一切始于你爸、缘于你爸。"

"书澈，请你相信我，我丝毫不知道她和你爸的事儿，我从来没有故意对你隐瞒……"

书澈以这辈子他能达到的冷酷的极限，打断了缪盈的解释："你知不知道，是否向我隐瞒，对我已经毫无意义。"

"书澈，你什么意思？你心里还是怨我一直隐瞒你，是吗？虽然上次复合，你一个责怪我的字都没有说，但你还是对我心存不满、心有芥蒂了，是吗？"

"缪盈，我体谅你夹在我和你爸之间的身不由己，我理解你所有无奈、所有委屈，所以我不会责怪你。但对我隐瞒不是你的唯一选择，你还可以有另外一种选择，就是和我一起共同面对。如果你那样选了，至少让我知道我身边还有一个和我一起对抗的爱人，而不是你站在他们那一边，以沉默和顺从，配合他们的一切。在是与非之间，默许就是一种助纣为虐。"

"书澈，我不够勇敢，我既没有拒绝我爸的勇气，也没有和你一起反抗的勇气。"

"我没有资格，更没有立场要求你勇敢，但缪盈，你和我，终究不是一样的人，我的爱情有是有非。我做不到只要你我两个人相爱，就算深陷泥沼也不闻、不问、不管！你爸用钱色拉我爸下水，肮脏龌龊到超出了我的承受极限，你还认为我们的感情没被玷污、纯洁无瑕？还觉得我们能继续在一起吗？"

缪盈的眼泪夺眶而出："书澈，你这样对我公平吗？"

"即使你没做错任何事，就算你只是懦弱顺从，我也无法把你和你爸分离开，只要你我还在一起，你爸就无处不在，我就躲不开、甩不掉他！他就像长在我身上的毒瘤，唯一的办法，就是割掉它，包括，被它玷污的部分！从现在起，我不想再和你家有一丝一毫的联系，所以我和你，到此为止，彻底结束！"

听到他的终极判决，她一动不动，浑身颤抖，泣不成声。

书澈狠狠逼退了自己的不忍心："对不起，缪盈，我对他们的反抗，最后只能针对你，因为我的拒绝，对你爸和我爸，没有一丝一毫改变！如果——我不能改变他们、改变这个世界，至少，我可以不被他们、不被这个世界改变！"

她拼命想抓住他身上的任何一寸来留住他："书澈，请给我最后一个机会……我不认他是我爸了，可以吗？"

没有一句话，没有一个挽留的动作，没有任何转圜的希望和改变的可能。

真的结束了，11年美好的爱情，被人间的龌龊终结。

成然突然接到书澈的电话，他在电话里通知成然："我和缪盈正式分手了,现在她已经离开我家,如果一小时之内还没有回家,请你找到她。"

晴天霹雳,成然如同遭受一万点暴击:"什么!"还没来得及细问,那边书澈已经挂断电话,再拨过去,对方已关机。

给成然打完电话,确保有人照顾缪盈的安全,书澈关闭手机,拔掉座机线,切断了和这个世界的连线。

成然发动了所有能发动起来的狐朋狗友,满世界撒网寻找缪盈,宁鸣也接到了他的电话:"出事了,哥!我姐突然被书澈分手了。"

"被分手?她现在人在哪儿?"

"不知道,她离开书澈家两个多钟头了,现在还没到家,打手机死活不接。哥,我把基友们撒出去满世界找我姐,把想到的地儿地毯式搜索了一遍,还是不见人,没辙了,只好给你打电话……"

"为什么不早点儿打给我?"

"你就别忙着怪我了,想想她最有可能去哪儿,能不能给我点儿有价值的线索?"

比所有人都了解缪盈的宁鸣,比所有人都清楚去哪儿能找到她。

"我知道她可能会去哪儿,你马上来接我,咱们开过去看看。"

"哥,你还真有线索?我几分钟就到,赶紧走着!"

宁鸣指挥成然的宾利欧陆直接开到了礁石滩,两人下车,他一马当先,成然跟在身后,搞不清这是什么地方:"哥,这是哪儿呀?"

"书澈向你姐求婚的地方,以前这是他俩的圣地,以后估计就是伤心地了。"

"咦?你咋啥都知道呢?"

宁鸣在记忆中搜索跟踪当时逃婚的缪盈来过的地方,终于在绕过一片礁石后,他看到了——她坐在一块石头上,背靠礁石,灵魂出窍一般,眺望着大海。

成然见宁鸣驻足停步，奔跑过来，看见姐姐立刻扑上前，直眉瞪眼，张嘴就问："姐，你和书澈又闹分手了？这回真分了？彻底分了？到底为什么呀？"缪盈对成然视若无睹，对他的问话也毫无反应。成然用手在她眼前摇晃："姐，你倒是跟我说句话啊，看我一眼。你不会自闭了吧？"

宁鸣走过来，一把拽开成然，然后蹲下，面对缪盈，一时不知对她说什么好，因为他了解她的一切，甚至能猜到她和书澈分手的原因，所以他不想问任何问题，也知道任何安慰话都虚弱无力。

缪盈对宁鸣的出现有了反应，她收回投向远方的目光，望向他："宁鸣……"

成然被缪盈突然主动呼唤宁鸣惊到了："啊？凭啥你对他有反应？"

"跟我们回去。"宁鸣向缪盈伸出手，说了一句令她终生难忘的话，"缪盈，失去他，不意味着失去一切。"

宁鸣和成然把缪盈带回成家别墅，缪盈安静地坐在沙发一角，她的悲伤和知觉一齐复苏。

"姐，你和书澈确实没有挽回可能了，对吗？"

得到缪盈点头确认，成然噌地站起来："OK，那我可以去揍他了！"

成然拔腿就走，被宁鸣一把拽住。

缪盈淡然阻止她弟的冲动和愤怒："别跟着瞎掺和，你什么都不知道。"

"那你倒是让我知道呀！你俩到底发生什么事了要闹成这样？"

"成然，你不知道我有多羡慕你什么都不知道。我希望你能一直像现在这样随心所欲、没心没肺，别和我一样，身上永远烙着这个家的印记，永远背着伟业继承人的负担，不但连学什么专业、走什么样的人生道路都无法自主,就连爱什么人、能不能爱、能不能结婚,甚至能不能在一起都身不由己……"

"姐,你和书澈分手,还和咱家、和咱爸有关?"

缪盈不想回答:"我好累,就想睡过去,什么也不想。"

宁鸣四下巡视,寻找着什么,他的目光落在吧台上,直奔酒柜,抓起一瓶还有大半瓶的威士忌,走回沙发前,举到缪盈面前:"把它喝了。"

缪盈抬头看看酒瓶,再看看宁鸣。

成然伸手过来抢夺酒瓶子:"你疯了?我姐平时不喝酒。"

却被缪盈抢在前面,一把夺过酒瓶,打开瓶塞,仰脖就灌。烈酒带来强烈的睡意,缪盈终于困了,万马奔腾的思绪缓慢下来,撕心裂肺的痛楚退远了一些,宁鸣坐在床边,守着她:"什么也别想,好好睡一觉,睡着了,今天的事儿就过去了。"

"那明天呢?"

"明天再对付明天的。"

"我所有最糟糕的时刻,你都在我身边,陪我一起挨过来。"缪盈向宁鸣伸出手,他望着伸向自己的手,伸手与她相握,"别担心,这次我也能挺过去。"

宁鸣紧握缪盈的手,陪伴守护她沉入悠长深邃的睡眠。

萧清给缪盈打去电话时,对书澈和缪盈分手还一无所知,打给缪盈只是因为书澈和她、和公司团队失联了一整天,大家都找不着他,所以,她才想到找缪盈打听书澈下落。

"缪盈,你总算接电话了。"

"我成然。"

"成然?你姐呢?公司有事找书澈,一天了,谁都联系不上他,先是不接电话,后来就关机了。我给你姐打了好几个电话,她也一直不接,这两人怎么回事?书澈跟她在一起吗?"

"他俩没在一起,我刚从外面把我姐找回来。"

萧清觉得不对:"什么情况?"

"出大事了。"

"又出什么大事了?"

"我姐被书澈分手了,这回好像来真的。"

"分手?为什么呀?"

"不知道,书澈电话通知、照会我,说他们俩正式分了,让我出去找我姐,通知完我,他就关机了,家里电话也打不通,我完全搞不清楚状况,只能先去找我姐,这会儿刚把她接回来。"

"她现在怎么样?"

"问什么都不说,看样子还没缓过来呢。"

"我去看看她。"

"你先别过来了,她灌了半瓶威士忌,刚睡着。"

"那你好好看着你姐,随时跟我通着气儿啊。"

萧清挂断电话,不只对缪盈,更对书澈的处境产生了担忧,她再次拨打书澈的手机,还是关机,又拨通他家里的座机,依然无人接听。萧清离开公司,去书澈家找他。看见书澈的汽车停在门外,她就知道他把自己关在家里,哪儿都没去。

萧清停好自行车,去敲书澈的房门:"书澈!"

无人应声,再敲,还是没动静。

"书澈,我知道你在屋里,我听说你和缪盈的事儿了,虽然我不清楚状况,但我知道你其实很担心她。我来告诉你,成然把她接回家了,她身边一直有人陪着,你放心。但是,我们也不放心你,你想跟我聊聊吗?"

门里悄无声息,仍然没有回应。

第 21 章

"如果你觉得自己一个人待着,比跟我聊聊更好,那我就不打扰你了……"

萧清转身离开,刚走下台阶,就听见身后门响,回头一看,书澈打开了门,站在门里望着她,萧清返回门前,她和他,隔门对视。

"不是都过去了吗?这半年,你们俩不是好好的吗?怎么又……"

"在你浑然不觉,以为一切都挺好时,实际上,却越来越糟……"

突然有人进来,书澈和萧清同时望去,书澈一眼认出,来人竟然是宁鸣!

"宁鸣?"

萧清冷不丁一见宁鸣,感觉这人有些眼熟,听到书澈叫出"宁鸣"这个名字,恍然想起,他就是一年前在机场托她捎话给缪盈的那个怪咖,她对宁鸣因何出现在美国、现在又因何出现在书澈家里一头雾水;但书澈心知肚明,甚至不需要问宁鸣为什么会知道他家的地址,因为书澈知道,宁鸣跟踪缪盈去过她到过的一切地方,他家的地址,他更应该了如指掌。只有一点书澈不明白,宁鸣不是被他发现之后就去机场走了吗?为什么他还在美国?还在这里?

"你怎么会来这儿?你不是半年前就回国了吗?还是……根本就没走?"

"没错,我到了机场又折回来。幸亏当时没走,我要是走了,就不会知道现在缪盈有多可怜、你有多浑蛋!"

猝不及防,书澈被宁鸣一拳打在脸上,脚下踉跄,倒在沙发上。萧清冲上前挡在宁鸣面前,试图阻止他:"你怎么上来就动手?你知道什么呀?"

"给我一边去!我什么都知道。"

宁鸣推开萧清,向倒在沙发上的书澈连续出拳。书澈毫不抵抗,任由宁鸣暴击自己。

"我揍你,连一分信任都不给缪盈!我揍你,不体谅她两头为难、一肚子委屈,到头来给了她最大痛苦的,居然是你!别人都是坑爹,她是被自己亲爹坑了,这一点你比谁都清楚,凭什么还这么对她?你对谁不爽就跟谁死磕去,拣个最爱你、最好捏鼓的女朋友迁怒撒火,你他妈的也算个男人?"

"停!停!你打死他,缪盈一样过不去。"

萧清再次扯开宁鸣,但书澈脸上已经伤痕累累,鼻子、嘴都在流血,他终于开口说了一段话:"我们分开以后,她再也不用被胁迫着做自己不愿做的事,再也不用承受被我和她爸两头撕扯的痛苦,再也不用忍受怎么做都是错的委屈了。如果——爱我就是没完没了的委屈和担忧,甚至恐惧,那我宁愿——让她长痛不如短痛。"

萧清和宁鸣都在心里认同书澈说的这段话,是的,父辈的利益捆绑不结束,书澈和缪盈的感情就将永远被撕扯、被踩躏,勉强着不分手,也丝毫解不了两人的困局,消不了他们的痛苦。

宁鸣掉头离开,萧清冲进卫生间,用热水湿了一条毛巾,返回书澈身边,给他擦拭脸上的血迹:"真无法挽回了吗?"

"萧清,你知道吗,就连我爸出轨的情妇,都是她爸送上门的,我和她还能在一起吗?"

肮脏至此,谁也无法承受。

听到书澈这一句反问,萧清的眼泪冒出来,她知道:书澈和缪盈彻底结束了,再也无法挽回,即使他们依然相爱。萧清的眼泪,既为缪盈的委屈而流,也为书澈的惨痛而流。爱情里不问是非,很多人这样认为也是这样做的,但书澈不是。我呢?萧清扪心自问:换作是我,会不会问是与非呢?

一得到消息,书妈就急急忙忙赶到书澈的住处,她也是因为联系不上儿子,就给缪盈打电话,然后才惊讶得知:他俩分手了。书澈不开门,书妈知道他在屋里,坚持不休地敲门:"书澈,我是妈妈,开门!开门!"

门终于开了,书妈看到儿子一脸瘀青,又惊诧又心疼:"谁打你了?你和谁打架了?"

"这个不重要。"

书澈闪身躲开母亲的手,表情冷漠。

"你为什么和所有人都失联了?为什么突然和缪盈分手?"

"因为——我去见了刘彩琪。"

"什么?她来找你了?"

"是我找她,因为我想知道真相,而你们所有人都瞒着我。妈,我不知道你是和我爸一起隐瞒我,还是连你也被隐瞒了,刘彩琪的孩子,就是我爸的!"

"这女人到底想干什么?她是不是不甘心无声无息地消失?她的目的,就是想以这个孩子胁迫你爸、胁迫我,逼我们接受她长期存在于我们的生活里,贪得无厌、无休无止地向我们索取利益!"

"我还知道了,刘彩琪之所以认识我爸,是听从成伟的授意和安排,替成伟公关。权、钱、色,他们的惺惺相惜里,集齐了官商勾结的所有套路!"

"书澈,你怎么这么说你爸?"

"那要我怎么说?"

"他收成伟送的钱,不是为自己,他是为了你。"

"那他笑纳成伟送的女人,是为了谁呢?"

啪的一声!书澈挨了恼羞成怒的书妈一记耳光:"书澈,我不许你这么侮辱你爸爸!"

"妈,他欺骗你、背叛你,你为什么还这么宽容?如果——钱可以亲情之名高尚化,如果——色可以以人性之名合理化,那么,任何行贿受贿的腐败之举，还有什么不能洗白？我可以把我爸和成伟的合作修饰得特别美好，说他们是惺惺相惜，他们是为国、为家；甚至你，也可以视我爸的出轨为情之所至、因为爱情，但世人会怎么说？我可以因为自己得到了既得利益原谅我爸，你可以因为夫妻不可拆分睁一眼闭一眼宽容我爸，但是别人，为什么要原谅他呢？"

儿子嘴里说出来的这番话，让书妈无可辩驳、无言以对。

"你们的麻烦远没有结束，刘彩琪和她即将出生的孩子，够让你们忙乱一阵了，我爸怎么面对？你怎么处理？很抱歉，我无能为力，你都阻止不了他们发生，我更加无力让他们结束。最后一个要求：别管我，让我安静地念自己的书，过自己的生活，不要再以我的名义，安排我接受不了的价值观和人生。"

说完，书澈走到门口，打开房门，沉默着向母亲下了逐客令。书妈无法继续和这样一个浑身铜墙铁壁的儿子对话，只好离开。回到酒店式公寓，书妈立刻拨通了书望的电话："书望，我和书澈谈过了，果然因为刘彩琪，她把一切都告诉儿子了，她到底想干什么？"

"书澈是什么反应？"

"他和缪盈分手了。"

"他这是什么意思？"

"他的意思是：宁愿舍弃和缪盈的感情，也要和成伟划清界限。"

"也是要和我划清界限的意思吧？"

"连我都被他划到你们这边，刚才，我是被他轰出门的。"

"这个儿子，越来越麻烦了……"

"书望，你的麻烦、我们的麻烦，不在于儿子，他心里再不接受已经发生的这些事，再不认同你的价值观，他也不会伤害你；但刘彩琪，她才是我们的麻烦，早晚是个祸患……"

"我知道，成伟马上就到美国，交给他，让他解决一切，包括后患。"

"你放心让他处理?"

"现在他和我们已经是利益共同体了,一荣俱荣、一损俱损,安抚不好刘彩琪,也是他的麻烦。"

"如果……他也解决不了呢?"

"放心交给他!他比我们更清楚应该怎么做。"

成伟的湾流G550紧急飞抵旧金山,开启了第二次临危受命的救火之旅,这次的火,远比第一次更大,一旦失控,将引火烧身。一下飞机,成伟先直奔书妈下榻的公寓,一照面,她就没好脸色给他。不过来之前,成伟对此已经做足准备,打骂由着市长夫人。

"成伟,情况你都清楚了?"

"我怎么也没想到,书澈会主动去找刘彩琪。"

"以这个女人的嚣张气焰,就算这次书澈不去问她,她早晚也会跳到书澈的面前。"

"她为什么要这么做?为什么要告诉书澈?"

"难道你看不出来她贼心不死?你以为把她送出国就完事了,她可是一分钟也没想过要放弃这段关系!她为什么悄悄怀孕、坚持要生下这个孩子?就是要逼迫书望,甚至想逼迫我不得不承认她,不得不接受她阴魂不散的存在,哪怕是做个地下情人、国外二奶,她也要死咬住书望不撒嘴。说不定她还觉得自己委曲求全呢。"

"之前我真没看出她有这么大野心。"

"你安排她出国,让鲁尼接管她时,真不知道她怀孕?"

"我难道不知道她存这个念头和野心的可怕?预见不到如果这样,她和孩子就是顶在我们双方头上的一个雷?"

"我看她的肚子已经有七八个月大了,鲁尼不可能不知道,他为什么不告诉你?"

"我不知道,见到鲁尼,我要和他谈谈,好好问问他。"

"蠢到要问到鲁尼脸上吗?这不明摆着的吗?你不了解刘彩琪的手段?你不正是因为了解她的手段,才派她去接触书望的吗?"

"我绝没有授意她对书望……"

"别跟我装无辜!我还不了解你们男人那点事儿?有些事还用说吗?刘彩琪搞定了你、搞定了书望后,又搞定了鲁尼。成伟,你脑子进水了,把刘彩琪弄到旧金山,你就不怕她与书澈和缪盈同在一个城市早晚会遇到?你就不怕她主动接触他们?"

"这个是我疏忽了,当时我首要考虑的是安置刘彩琪在美国的生活,又要随时监控她的动向,禁止她贸然回国,这个人必须是我信任的、利益相关的人,所以我锁定了鲁尼。出于谨慎,对于我和书望,包括书澈和缪盈的恋爱关系,到现在,我都一个字也没有向鲁尼透露过,他仅仅知道刘彩琪这个女人非同小可,此外对她的背景、做过什么一无所知。旧金山这么大,我怎么也想不到刘彩琪会与书澈和缪盈遇上,更不会想到这是刘彩琪的处心积虑。"

"书望应该对你说过了,但我还是要再对你说一遍:不管你用什么方法,绝对不能让这个孩子生下来!"

"我保证!"

"书澈和缪盈,这两个孩子,怎么办?"

"高攀不上书澈,是缪盈的损失……但现在他们分开了,对我们,不是更安全吗?"

原来,在成伟的大盘里,女儿的爱情是一枚可以输掉的弃子。书妈望着成伟,脸上掠过一丝惊诧:"你还真是……能成大事的人。"

"成大业者,不拘小节,不乱于心,不困于情,不畏将来,不念过往。"

回到成家别墅,成伟第一个见到的是儿子,缪盈不见踪影。

第 21 章

"爸,你这趟来得这么突然,是来力挽狂澜,挽救我姐和书澈的感情吧?"

成伟没一句废话:"你姐呢?"

"楼上卧室。她这两天大门不出、二门不迈,我天天在家守着她,一点不敢大意。"

"算你还有点用。"

成伟迈步上楼,来到女儿卧室门外,轻敲几下,没有回应。缪盈的卧室门没有上锁,想了想,他还是推门走进去。缪盈看到父亲,没有表情,没有语言,甚至,没有反应。

"你脸色这么差,这两天没睡好吧?"

"你十万火急飞来美国,不会只是因为担心我吧?"

"听说你和书澈分手了,我不该担心你吗?"

缪盈毫不掩饰对父亲的讥讽:"我们分手,你不该更放心才对吗?"

"缪盈,我可能是个自私的爸爸,但我并不希望看到你和书澈分手。"

"那么你来,是想帮我挽回,还是劝我释然?"

"虽然面对你和书澈11年的爱情,我说什么都显得轻飘,但是缪盈,爸爸还是想劝你:不如先放下这段感情,如果你们真心相爱,暂时放下,也不会失去。时间是冲淡一切、包容一切的利器,等过一段时间,我们再……"

"过一段时间,等你拿到地铁车厢承建权时,再回头来挽救我的爱情吗?当我们的爱情可以成为攀附权力的通道时,你就需要它、利用它;一旦成为利益捆绑的阻碍,你就毁灭它、舍弃它。"

"缪盈,我不是为了利益罔顾女儿幸福的父亲……"

"哦?你心里难道没有这么想:我的爱情、我的幸福,相比于你的事业和成家的利益，又是多么微不足道的一件小事儿。你敢说你不是这么想的吗？"

知父莫若女，只有缪盈知道：在父亲的牌局上，她是可以被随意挪动的棋子。面对女儿咄咄逼人的质问，成伟哑口无言。

"你尽管放心，我和书澈再也不是你们的阻碍了，你再也不必担心我。"

会见刘彩琪之前，于公于私，成伟都必须先和鲁尼·斯特朗碰个头，他要对刘彩琪来美国这半年多的动态掌握得更详尽一些。成伟知道：见她不啻为一场战斗，欲决胜千里，必知己知彼。

弗兰克引领鲁尼走进豪华公寓会客室时，成伟已在那里坐等，他开门见山："鲁尼，谈公事前，我有个问题要问你：刘彩琪怀孕，你不会不知道吧？"

"我知道。"

"这么大的事情，你为什么不告诉我？是她让你替她隐瞒和保守秘密的吧？"

"她不让我告诉任何人。"

"于是你就连我也不告诉？"

"这是她的私人生活，我应该尊重。"

成伟突然拔高声音、怒火喷发："可她肚里的孩子不仅仅是她一个人的，还关系到别人的命运！"

鲁尼小心试探："冒昧问一句，孩子是你的？"

鲁尼的疑问把成伟问得一愣，继而判断出一个事实：刘彩琪再处心积虑让书澈知道她的存在，试图以孩子要挟书望无法与其分手，但是对外人，譬如对鲁尼，她始终还是守口如瓶，所以，鲁尼猜测她是自己的情人、私生子是自己的孩子也属顺理成章。确定这一点，成伟心里镇定了一些，至少，无须防范鲁尼。

第 21 章

"抱歉成总,如果你不方便回答,我收回这个问题。"

"鲁尼,你只要清楚一点:不管这个孩子是谁的,都不仅仅是一个私生子的问题,他甚至会影响我们的合作,威胁到是否能拿到地铁项目竞标。"

"这么严重?"

"非同小可!所以我要和她谈谈。现在,我们谈公事吧。对于和伟业提出的'一揽子合作计划',CE董事会的最终决策是什么?"

"几个把持董事会的保守派老古董出于对自身核心技术的保护,以及美国国家安全利益的考虑,在很多场合否决了你的'以市场换技术'的合作计划,态度强硬坚决,拒绝向中方出卖技术,只接受买方和卖方关系。"

这就是成伟付出半年时间等待的结果,鲁尼带来的不利消息让他极度失望,他强硬表态:"虽然我们是买方、CE是卖方,但中国巨大的市场让我们拥有了选择卖方的底气,请美方认清:这桩生意,是买方市场,如果美方故步自封,捍卫技术垄断地位,中方还有很多其他选择。"

"请多给我一些时间,让我游说他们……"

"鲁尼,我给你的时间够多了,今天我也打开天窗说亮话:就在CE犹豫不决的这段时间里,伟业没有一味苦等,我们和德国、日本多家国际企业进行了洽谈,他们中已经有人全盘接受伟业的'一揽子合作计划',因为他们比CE更能认清现在的市场形势,知道得到中国市场,对他们意味着百年的兴盛。如果不是因为我对你的信任和友谊,CE已经在伟业的选择名单上出局了。"

自己和CE不再是伟业的第一选择,德国和日本的同业竞争对手都在对他的首选位置虎视眈眈、伺机取代,这个可怕的前景让鲁尼恐惧万分。

"如果CE出局,那我此前的一切努力,还有我们共同做出的努力,就白费了。"

"那就请你敦促CE董事会在最短时间内做出终极决策:做,还是不做?"

"我怕中方强硬催逼会引发保守派的对立情绪,反而令董事会做出不利于我们的决定。"

"那我也不想再等了,快刀斩乱麻,给我一个干脆利索的答案。"

面对成伟压倒一切的强悍气势,鲁尼的额头渗出汗来,自己绝不能出局,CE绝不能被德国和日本的同业取代,否则,他两年的努力和心血,将功败垂成、烟消云散。

到了此次美国之行的重头戏——会见刘彩琪,成伟热情洋溢地给她打去电话,相约见面。两个对彼此了如指掌的老相识,在约会地点上达成共识,相约到一个人烟稀少的户外,他们谁也不会前往对方指定的地点,以此避免对方的陷阱。

刘彩琪开着她的汽车,来到约好的花园,见成伟的奔驰商务车停在一片无人的绿茵上,她在他车前停下,挺着大肚子缓步下车,成伟站在草坪上笑迎她。

"我变化这么大,有没有吓着你?"

"我没有那么胆小,上车吧。"

成伟绅士地伸手搀扶刘彩琪迈上奔驰商务车,司机识趣地离开回避,车门关闭,车里只有他们两人,正戏开场。

"这个孩子,多大了?"

"差13天满9个月。"

"还有一个多月就要生了,这么大的事,你瞒得严严实实,这是闷声不响憋个大新闻上头条的节奏?"

"这得感谢你把我扔到美国后就不闻不问了。"

第 21 章

"这么长时间你都瞒了,为什么偏偏选择在这时候跳到他家人面前去显示存在感?为什么还偏偏要告诉书澈?难道你不知道这犯了大忌?"

"出现在他老婆、儿子面前的时机不是我选的,是碰巧撞上的;肚子大了藏也藏不住,我一个字没说,他太太自己先发疯了,这也赖不着我;至于告诉谁、说什么也都不由我,书公子自己找上门,把话问到我脸上,我只是没必要对他撒谎而已。"

"彩琪,你是个聪明女人,当初我送你到美国,安排好一切,也给了你足够的钱,只是希望你暂时销声匿迹,在美国安生待几年……"

"然后呢?过几年他就会来找我,让我回到他身边吗?"

"几年时间,任何事情都有可能发生……你年轻漂亮,或许一转身就撞桃花运,谁知道你会不会开始一段新感情呢?"

"如果那样的话,你和他,是不是就能松口气了?以前我是你公关的一枚棋子,是他一时的感情抚慰。现在失去利用价值,你们都想弃子了,是不是?可惜,我没按你们的剧本发展剧情,擅自增加了新人物。"刘彩琪视若至宝一样抚摸着自己的肚子,"有了他,你们就再也不能无视我的存在。"

"你到底想干什么?说吧,你想用这个筹码换什么?"

"我的孩子,不是为了交易的筹码,我想要的,不过是一个正常女人的基本需求。"

"不为交易,难道还是为感情?你别告诉我你幼稚地想要凭借这个孩子在他生活中占个位置。"

"我想留住一段哪怕只是被私下承认的感情,就这么可笑吗?"

"刘彩琪,你是商场里打滚的女人,任何感情的背后都是利益在支撑,这道理你难道不明白吗?你是在美国闲得发慌才会冒出这么荒谬的念头来吗?"

"恰恰是因为脱离你们那个只有利益的世界,我才更知道我想要什么。"

"不管你出于什么原因做这种不切实际的梦,我劝你尽快清醒过来。我告诉你,这个孩子就是一颗定时炸弹,他不能出生!但是,你可以用他交换更多实际利益。"

"你想让我引产?先不说我会不会同意,难道你不知道这么大的孩子做引产非常危险吗?还是我有没有危险根本就不在你的考虑之内?"

"我会帮你安排技术最好的医生,绝对保证你的安全,之后你的账户会收到200万美元。"

"你这是在给我孩子的命开价吗?那我明确告诉你,我不接受!"

"你现在不够冷静。这样吧,你先回去,静下来好好考虑清楚再答复我,我希望你不要感情用事。"

"我已经考虑清楚了,孩子是我和他之间最后的纽带,只要有这条纽带连着,我和书望就永远都不会结束。这个孩子我要定了!这个答复不会改变!"

亮明立场,宣布完决定,刘彩琪伸手拉开车门,迈下商务车,开上车走了。成伟目送她离开,沟通已经毫无意义,既然说不通,下一步,就是做。刘彩琪对成伟太了解了,见完他后,她就被一股巨大的恐慌笼罩,总是疑神疑鬼,独自在家还好,一出门,就感觉身后有人尾随,无数次回头寻找,每次都证明自己是错觉,但依然无法打消内心的疑虑。过了几天,风平浪静,就在她认为恐慌不过是自己吓唬自己,绷紧的神经放松之际,预想不到的事情发生了。

这一天,刘彩琪逛完超市,开车回家,在一个十字路口停车,等待红灯变绿灯。身后一辆汽车突然以不可思议的速度向她冲来,车尾被猛烈撞击,不由自主地向前猛冲,刘彩琪在巨大的惯性推力下,身体狠狠撞到方向盘上，隆起的腹部被挤压变形，疼得她立刻晕厥。刘彩琪的汽车在前冲当中消耗掉惯性冲力后，才在路口当中停下来，距离停车线后的等灯位置，被顶出十几米之远，可见撞击力之大。

刘彩琪被肇事车主拍打车窗的呼叫唤醒，慢慢睁眼，从短暂昏厥中清醒过来，她在安全气囊和座椅中间的狭窄空间里直起上身，茫然四顾，确定自己还活着，扭头见窗外站着西服革履、气质不俗的肇事车主，他正一脸焦急关切，还有自责不安，用手拍打车窗，询问刘彩琪的状况。

"实在是太抱歉了！我不知道是为什么，我的刹车系统好像突然失灵了！你受伤了吗？需要我打911请求救援吗？"

刘彩琪虚弱点头，肇事男车主立刻掏出手机，拨打911："我在××路口和一辆汽车发生追尾事故，被撞车主可能受伤，请求立即救援……"

刘彩琪突然感觉身体内部发生了一种异样，她低下头，一股殷红的鲜血正从身体下慢慢渗出，裙子和米色真皮座椅上，触目惊心的血色正在漫延扩大，她立刻明白发生了什么事，号啕惊呼："啊——"

"你怎么了？"

肇事男车主重新扑到车窗上，看到了刘彩琪满脸的泪水和杀人一般的目光，他被吓傻了。

"你杀了我的baby！"

"我的天！我应该做什么？"

"我和你没完，现在，给我滚开！"

刘彩琪颤颤巍巍地摸到自己的手机，拨通了鲁尼·斯特朗的号码，那是她想到的唯一的救援者："鲁尼，我需要你帮忙，我出事了！"

第22章

刘彩琪被911送到医院抢救,医生经过检查发现:9个月大的胎儿受到外力剧烈撞击,已经胎死腹中,必须进行引产手术,将死婴取出。

就在刘彩琪接受引产手术的时候,成伟接到一个电话,一言不发地听完,挂断手机,如释重负地长舒了一口气。

5分钟后,书妈接到电话,听完之后突然有了心情,拾掇别人送来的鲜花、剪枝、插瓶。

10分钟后,坐在北京家里餐桌边的书望听完电话,脸上波澜不惊,低头继续吃他的早餐。

即将出生的私生子对书望的名誉、官职和家庭,对成伟的制造大业、对地铁项目投标的现实威胁,统统消除了。

在病房里醒来时,刘彩琪发现鲁尼一直守在床边,她抚摸腹部,那里很平坦,能够证明那段感情存在过的唯一纽带也断了,这让她潸然泪下。

"医生说引产手术很成功,你没有生命危险,身体很快能恢复健康,这次意外伤害也丝毫不会影响你未来正常怀孕和生育,对于怀孕

9个月流产的孕妇而言,你还算幸运。"

"幸运?那我的孩子呢?"

"我很遗憾。对于这起交通意外……"

"意外?真的是意外?"

鲁尼没有领会刘彩琪喃喃自语的含意:"保险公司承诺赔偿一切经济损失。肇事车主一直守在手术室外,直到你脱离危险,他才离开。我能看出他非常不安,再三表达了自责和歉意,对于不幸损失了baby,他愿意个人赔偿20万美元给你;如果你不接受,他本人和代理律师也愿意听取你关于赔偿金额的任何报价。"

"不,不是意外,不是他……"

鲁尼更加不明所以:"彩琪,你说什么?"

"他撞我,不是意外!让我流产的,也不是他!"

"那是什么?你在说什么?"

"最后一根线也被他们扯断了,我的孩子,被杀掉了……"

刘彩琪含糊其词,失声痛哭。因为忌惮着鲁尼和成伟的利益共同体关系,忌惮着成伟给鲁尼的监护责任,她什么也不能对他说。这样一个脆弱无助的女人,让鲁尼心生怜惜,他把她揽在怀里:"我知道失去孩子对母亲的刺激有多大,彩琪,我会一直守在你身边。"

书澈走出商学院教学楼,一眼看见成伟站在奔驰商务车前,冲他点头微笑,显然在这里等候多时。书澈内心犹豫要不要面对这个自己再也不想面对的人,成伟已经向他走来:"书澈,我们能谈一谈吗?"

在远离市区、寂静无人的一座海滩栈桥上,书澈和成伟进行了单独对话,成伟的保镖站在几十米开外,负责警戒和保护。

"书澈,我来找你,是要对你说,既不要责怪你爸,也不要迁怒缪盈,把一切归咎于我,因为,我是所有事情的发起者。"

"我想知道除了给我的这些'照顾',你还给过我爸其他酬谢吗?"

"没有了,就是这些。"

成伟在这个问题上撒了谎,给书望的酬谢并不只是假书澈之手、被书澈知道的这些,但他绝对不能承认还有其他。

"我问这个,不是想知道你给了我们家多少好处,而是想心里有数,万一有那么一天……我爸会受到多大制裁。"

"我们之所以大费周章,就是要在合同和账面上查不出任何问题,你丝毫不用担心,一切都在两国法律法规的框架内操作,万无一失!我不仅要百分之百确保自己的安全,更要百分之二百确保你父亲的安全。"

"我担心的,不是你们的手段;让我不安的,一直是自己的心。"

"书澈,要不是亲眼看到、亲身接触,我绝对难以置信:竟然会有你这样的官二代!在我们的规则里,官商天然捆绑在一起,一个商人生意的大小,和他所能依附的权力大小成正比,商人欲求先予,谁不是这样?不这样,谁又能在这个规则里生存下来呢?我和你爸,不过是谙熟这个道理又服从于这些规则的人。我感激他拒绝了无数比我给的更大的诱惑,把这份信任托付给我,但是我用什么表达我的感激、回报他的信任呢?我不过想让他的儿子、我的未来女婿和我的女儿,将来生活得好一些。所有这个链条上、这个规则里的人,不管是给的还是拿的,都能心安理得、理所当然,为什么只有你是一个例外?"

"因为我知道——害怕!因为我也知道——再通行的潜规则,也只能潜伏于地下,无法光明正大,更不意味着正确;再多的人深谙服从,它也未必就是真理。何况还有法律,那是我为自己选择的终身职业。我知道,法制不是摆设,更不是附属于权力、为权力服务的私法。"

第 22 章

"我其实非常欣赏你,书澈,你比我们这些脏了的成年人干净。但你确实也给我和你爸造成很大麻烦,可我因为这些麻烦,反而更喜欢你。"

"请帮我处理几件事。"

"你说。"

"给我投资的那家风投公司,那位叫Hanks的风投顾问,和我失联很久了。我想你肯定了解他的下落,你一定能找到他。请帮我转话给他,让他联系我,给我个账号,配合我公司签署几份文件,共同完成风投资金全额退还手续。"

被书澈当面戳穿他就是风投公司的资金背景,让成伟很尴尬,但书澈居然提出全款退还风投资金,这是成伟从来没有预想过的一种可能性,他以为把生米煮成熟饭,最后就只能是熟饭。

"还有一件事也要告诉你,我公司承接华隆集团北美总部的OA系统升级业务,由于涉及第三方美国Hot Spot的合作协议,扣除HS完成该业务所得利润的75万美元,再扣除我公司在完成该业务过程中产生的人员成本和办公皮费合计55万美元,我会将合同金额剩余的170万全部退还华隆。我和华隆副总裁Toni也联系过了,表达了我的诉求,但需要麻烦你跟Toni打个招呼,他才不会继续和我推诿。"

如此干脆利落,如此决绝,也只有书澈做得到。成伟苦笑,自己白忙活一场。

"你是要把我的'照顾'分文不取、完璧归赵吗?"

"我不想我爸因为我湿了脚,您能帮我办好这些吗?"

"你坚持的话,我可以。"

"麻烦您了。"

成伟自嘲:"分明是我麻烦你了。"

"想和您说的就是这些,我走了。"

"不坐我的车一起回去吗？"

"不了，我想一个人走走，再见，成叔叔。"

书澈离开成伟，走向栈桥伸向陆地的一端。成伟接受自己和书澈再无瓜葛的结局，但他还要为女儿最后请一次命："书澈，还有一件事。我们了结了这些'麻烦'以后，你是否可以重新考虑和缪盈在一起？就当是一个父亲替女儿的跪求吧，我不想做一个毁掉女儿幸福的爸爸。"

就算一切都结束，自己和缪盈，也无法重新开始了。书澈没有回答，继续朝前走去，走着走着，一个人突然出现在他眼前。刘彩琪正从栈桥通往沙滩的楼梯上走上来，她像从平地里冒出来一样，一下子就来到了他们面前，她脸色惨白，毫无血色，全身裹在一件长风衣里，两臂紧抱胸前，手藏在袖管里看不见。最令书澈惊骇的是，她隆起的腹部似乎消失了，她不可能这么快就把孩子生出来了呀？刘彩琪从天而降，止住了书澈离开的脚步。

刘彩琪径直走过书澈，显然她的目标并不是他。她一出现，成伟就看到了她，望着步步逼近的刘彩琪，他身体姿态悄然改变，从放松变为戒备，当她来到面前，他已做好准备。

"我想知道，是你干的，还是他让你干的？"

听到刘彩琪这句愤怒的质问，书澈恍然大悟，知道她腹部为什么突然平坦了，他被自己提前的领悟吓到，惊骇万分。

成伟不动声色："你在说什么？我怎么听不懂？"

"车祸、流产，是你指使人，还是他指使你干的？"

"谁流产了？你吗？怎么搞的？我的天！"

成伟好像这才注意到刘彩琪平坦的肚子，他的反应让刘彩琪冷笑出声："这演技，能入围奥斯卡影帝了！你们希望我打掉这个孩子，没过几天，我就遭遇车祸、胎死腹中，还有比这更巧的事儿吗？"

第 22 章

"我很遗憾发生这种不幸，也能理解你的情绪处于一个非正常状态。彩琪，你现在需要冷静和休养，来，我送你回家。"

成伟带着一脸关切走向刘彩琪，就在他伸出手臂想要搀扶她时，她突然松开抱在胸前的两臂，攥在右手里的一把开刃军刀亮了出来，一刀刺向他！眼睁睁见刀锋刺向自己，说时迟、那时快，成伟赤手空拳，一把握住刀柄，阻止了军刀的前进，瞬间，殷红的鲜血从拳缝中漫出，点点滴落。保镖飞身扑过来，用双臂紧紧锁住刘彩琪，让她动弹不得，防止成伟被连续袭击。成伟松开攥住刀柄的手，鲜血淋漓的军刀掉落在栈桥上，他用另一只手从兜里掏出手帕，缠住受伤的手。

保镖对书澈说："打911！"

"不许报警！"成伟一声断喝，禁止事态扩大，命令保镖，"开车送刘小姐回家，请我的私人医生过去，诊断一下刘小姐的精神状态，给她开一些安定类药物；然后你留在那儿，确保刘小姐的安全；还有，赶紧把刀收起来。书澈，麻烦你送我去最近的医院。"

保镖强制刘彩琪离开前，成伟走到她面前，说了最后一段话："警察一旦介入，你正办的移民这辈子也别想办成了。"

"孩子没了，移民还有什么意义？"

"你的人生还有三分之二，孩子没了已经是个不幸，不要再继续制造不幸！"

刘彩琪听得懂，书澈也听得懂，成伟这句话，貌似劝解，实则还是威胁。

缪盈接到保镖打给她的电话，汇报父亲被袭受伤的消息，急忙赶到医院，还没有见到成伟，先在急诊室外遇到了书澈。

"书澈，我爸呢？"

"在里面，手受了刀伤，医生正给他缝合伤口。你来了，我就可以走了。"

"发生了什么？当时你在场？刘彩琪为什么袭击我爸？"

"缪盈，他们的肮脏，超出了我们的想象；我们的世界，远比我们以为的更加丑恶！"

"书澈，请你告诉我：我爸他做了什么？我不想被他们蒙在鼓里，连你对我也遮遮掩掩。"

"刘彩琪遇到一起车祸，导致她流产。"

"她怀孕了？什么时候的事儿？"

"我们第一次遇见她和鲁尼，她就已经怀上了，如果没有这起车祸，一个多月后就要生了。"

缪盈深吸一口气，不敢继续追问下去，他猜到了她要问什么。

"你不敢问孩子是谁的，对吧？是我爸的。除了刘彩琪，所有人都是不久前才知道的。"

所有信息劈头盖脸而来，在缪盈的脑子里混乱交织，她和书澈一样提前领悟了什么，也一样被这个领悟惊骇，随即，书澈证实了她的所思所想："知道你爸这次来美国干什么吗？他们当然不能让这个小孩出生……"

"那起车祸？"

"虽然只是刘彩琪的猜测，但是我还有你，我们都心知肚明：真相最有可能是什么。我们周围，还有一寸干净的地方吗？"

书澈扬长而去，还有比这更沉重的暴击吗？亲人狰狞到如此地步，也超出了缪盈的承受力。她走到急诊室外，隔着玻璃窗，看到正缝合伤口的父亲，那个器宇轩昂的盛年男人，虽然正经历身体的痛楚，但是依然从容淡定，扭头望见窗外的女儿，他展颜一笑，用笑容安慰她：别担心。没有走进急诊室，缪盈转身离去。

一回成家别墅，缪盈就动手收拾行李，把她的所有衣物统统装进行李箱。

成然不明所以,急得围着他姐团团乱转:"姐,干吗又收拾行李?你又要去哪儿?"

"为什么我总是在收拾行李、总要离开?"

缪盈苦笑自嘲,这一次她不仅仅是离开,而且要——决裂。

"要是搬回书澈那儿、你俩复合的节奏,我立刻敲锣打鼓帮你收拾。"

"不可能了。"

"那你要去哪儿?"

"我在外面租了一套酒店式公寓。"

"为什么要离开?这是你家,还有比这儿更好的地方吗?"

"我不觉得这是我家,现在,哪儿都比这儿好。"

"姐,你是因为咱爸吧?能跟我说说到底发生了什么事吗?你和书澈那么相爱,究竟为什么分手?现在你又为什么要离家出走?你和咱爸有什么矛盾?你们都把我当傻子蒙,就我一个人什么也不知道。"

"成然,我也希望自己是个傻子,什么都不知道才好。但可惜,我都知道了……你要是还想快乐的话,就什么也别问。搬出去以后,我的家也是你的家,随时欢迎你来。成然,不管我和咱爸如何,咱俩永远是好姐弟。"

"姐,你真要走啊?"

姐姐张开双臂拥抱一无所知的弟弟,这个家唯一令她不舍的,就只有这个熊孩子。成然感觉锥心的难过,但他知道:就算了解爸爸和姐姐的纠葛,自己也无能为力。

缪盈想赶在父亲回家前离开,避免父女照面,却未能如愿。成然拎着行李箱正要送姐姐出门,迎头就撞上成伟推门走进别墅,三人面面相觑，父亲看到女儿两个行李箱的规模，几乎带走了她的一切："你这是要去哪儿？"

那就打开天窗说亮话吧："我决定搬出去住了。"

"搬去哪儿？"

"我租好了一套公寓。"

"你要走？就这么迫不及待？"

"这并不是一个仓促的决定，我想了很久。爸，从现在起，我不接受你的任何帮助，无论是经济还是工作和生活，我不要你的一分钱，拒绝你帮我做任何事；拒绝你插手干预我的一切，我的任何决定也和你无关；你可以像对待成然一样，剥夺我的一切权利，拿走我名下的一切，没关系；但同时，请你不要再以继承人的责任、义务要求我做任何事，我再也不想被伟业继承人这条绳子捆着、绑着、胁迫着了！"

"这是你和我断绝父女关系的声明吗？"

"有时候，我居然希望不是你的女儿。"

"缪盈，爸爸非常内疚，我还是……毁掉了你的幸福。"

"我走了。"

"但是血缘，说断就能断吗？"

缪盈头也不回地走了，没有对这栋房子、这个家表现出一丝一毫留恋。成然护送姐姐出门，扔下成伟独自一人站在偌大的别墅里，从未感觉这个空间是如此空旷。

成然一直把缪盈送到她租好的公寓，帮着姐姐把行李箱推进房间，心里还是挂念被独自扔下的父亲，何况他手上还刚受了刀伤：

"姐，你先收拾收拾，我回去了，我……也不放心咱爸的伤。"

"OK。"

"姐，虽然我不知道你为什么这么坚决，但我觉得——你太牛掰了!"

"不明觉厉是吗?"

"我希望我将来也能有你这么牛,谁也不靠。"成然把手里的保时捷车钥匙递给缪盈,"搬出来住,你需要一辆车。"

"我自己买。"

"不会只要是咱爸买的你都拒绝吧?停在车库也是浪费,你先开着。"

缪盈接过车钥匙,成然还没走,宁鸣就进了门,他的到来让她很诧异:"宁鸣,你怎么知道我在这儿?是成然打电话让你来的吧?"

"我来,是想恭喜你乔迁新居,晚上请你去我家,给你燎个锅底儿。"

缪盈乐了:"去你家,给我燎锅底儿?"

"因地制宜嘛。"

"那我可要吃现成的。"

宁鸣骑着自行车,载着缪盈去他家。她坐在他后车座上,因为要躲闪地上的坑坑洼洼,车把晃动了一下,她赶紧把两手扶在他腰上保持身体平衡。宁鸣感觉以她的手为中心点,向四肢和全身发射性过电,身板顿时僵硬。他身体的微妙变化传导给她,缪盈缩回两手,所有电流都消失了,宁鸣无限失落。

你的手,能不能不要拿开?

于是,车把开始频繁晃动,自行车走得七扭八歪、摇摇晃晃。缪盈不得不再扶住宁鸣的腰,他腾出一只手,按住她在他腰上的两手不让放,还此地无银地解释:"这个搓衣板路,还挺长。"她笑着看透了这个心机boy。

宁鸣不能告诉缪盈他内心里阴暗的小秘密:在她度日如年的失恋离家时刻,他却迎来了阳光灿烂的日子。

来到宁鸣家,他在厨房里煎炒烹炸,使尽全身厨艺,给缪盈做了一桌子菜。尽管相比于国内的同龄人,每一个海外留学生都是生活自理小能手,但像他这样张罗出一桌餐馆水平的饭菜,足够让她惊为天人了:"没想到你是这样一个贤内助!"

"我是被生活逼的。"

"太好吃了!你的手艺比我家马姐还好。要不,我搬过来得了。"

喜悦来得太猛烈,宁鸣死机了:"啊?你搬……搬到我这儿来?"

"不是搬到你家,是附近街区,这样我就能天天到你这儿来蹭饭了。"

"你住我这儿,蹭饭更近。"

举起酒杯,宁鸣想祝缪盈开始新生活,结果一张嘴就是把天聊死的节奏:"没想到你是个敢离家出走、敢和你爸断绝关系的缪盈。祝你——今天山重水复疑无路,明天就和书澈柳暗花明又一村。"

听到书澈的名字,缪盈一下子就泪奔了:"不可能了,一点可能都没有了。"

"为什么不可能?你都不认你爸了,他还要你怎样?还不能面对你吗?他这么矫情、这么自私?"

"不怪他,真的不怪他!你和成然,并不清楚书澈究竟为什么要和我分手,因为……我爸和他爸……肮脏到了我们承受不了的地步,他和我,再也没办法保持我们之间的纯粹。就像……一杯纯净水,掉进了鸟粪,你没法儿将干净和肮脏分开,它们混杂在一起,你只好一起倒掉——这就是书澈现在对我做的。所以,无论我怎么样,他都不会要我了,我都没办法挽回他了。不认我爸,我不是为他,是为我自己!"

缪盈一饮而尽杯中酒,抓过酒瓶就往杯子里倒:"自从被分手那天你让我灌了半瓶,我就发现酒是个好东西。每天有了它,我总算能

第 22 章

睡着觉了。"

"你现在每天酗酒?"

"总比伸手向成然要大麻强吧?"

宁鸣一把抢过被缪盈紧紧攥着的酒瓶,阻止她继续以酒麻痹自己。"让我喝大、把脑子喝木、什么也不想、长睡不醒,还是让我清醒、一刻不停地想、撕心裂肺地疼?你希望我哪样?给我点什么,帮我熬过去,给我!"

无论做什么,都不如手上这瓶酒能短暂止住缪盈此刻的痛,宁鸣也撕心裂肺地疼着,把酒瓶放回她面前。缪盈含泪而笑,抓起酒瓶,对着瓶嘴直接吹,离开书澈的每个夜晚,她几乎都是这样熬过的。

宁鸣把醉得不省人事的缪盈抱到床上,用热毛巾给她擦脸,给她盖好被子,在床前铺好地铺,距离她近在咫尺的位置躺下,凝视着她,守护着她。缪盈从来没有要求过宁鸣为自己做什么,但是他,必须做些什么,才能缓解对她的痛感同身受却无能为力的自己的痛。

被成伟的保镖押送回家后,刘彩琪就发现她失去了随意行动的自由,送她回家的那辆车始终停在公寓楼下,不再离开,傍晚又来了一辆车,送来换岗的,他们站在车前交头接耳、仰头向楼上窥视时,毫不介意被她发现。

门铃被按响,刘彩琪透过门镜窥视,见来人是鲁尼·斯特朗,她才放松戒备,打开门,让他进屋。虽然知道鲁尼一定是成伟派来的灭火队员,但刘彩琪只有对他一人可以不设防。

"彩琪,你还好吗?"

"是成伟让你来的吧?"

"他给我打了电话,说了你对他的误会和你们之间的冲突,他很担心你的精神状况。"

"他让你来监视我吧?就和现在守在我楼下的人一样。"

"楼下？什么人？"

鲁尼对刘彩琪的真实处境和成伟的其他动作显然毫不知情，她走到落地窗前，拉开窗帘，示意他过来看。鲁尼走到窗前，顺着彩琪的指示，向公寓楼下俯瞰，看见路边停着一辆汽车，车里坐着两个人。

"他的人送我回来后就没走，中间还换了一拨儿岗，我被他时刻监视，被软禁了。"

"我想他只是担心你。"

"担心？他一定告诉你：我因为孩子没了，得了被害妄想症。你心里也这样认为，对不对？鲁尼，虽然我来美国这半年全靠你照顾，以前没有人像你对我这么好……但是，我什么也不能对你说。你不知道我为什么来美国、处于你的监护下，你甚至不知道我是谁，仅仅知道我是一个怀了父亲身份不明的私生子的神秘女人。你不知道我和成伟是什么关系，心里一定无数次揣测过：我是不是他的情人？孩子会不会是他的？你更不知道除了成伟，我还有什么不可告人的背景，和成伟背靠的那棵'大树'又是什么关系。我什么也不能说，在这个世界上，没有一个人知道我的真相。"

"彩琪，我可能对你所知甚少，但没有人比我更想保护你，我不会让你受到任何伤害。无论你有什么样的理由和事实支持自己的判断，都不要再发生今天的举动，那种行为只能伤害你自己。"

鲁尼握住刘彩琪的手，他的劝告让她冷静下来，也让她感觉到：他对自己的关爱，不完全出于成伟的授命；他们之间，在监护和被监护的关系上，又产生了一些其他东西。对于刚遭受丧子之痛、备感孤立无援的刘彩琪而言，鲁尼是此刻唯一向她伸过来的一条救命绳。

CE董事会对于是否接受中国伟业集团提出的"一揽子合作计划"进行了最后一轮投票的终极表决。在进行表决的会议室外，鲁尼·斯特朗犹如一只热锅上的蚂蚁，惴惴不安地等待着结果，等待一个关乎他两年努力是开花结果还是付之东流的决定,等待自己能否将台面上的工作业绩和桌子下面的个人利益一举两得的一锤定音。

最终,鲁尼得到了伟业的合作计划被董事会以多数票否决的噩耗,他和成伟关于地铁车厢制造的利益结盟化为泡影。

在成伟的豪华公寓里,鲁尼满地乱走,头发乱了,衬衫解了,领带歪了,失意和愤怒令他面目全非,风度荡然无存:"这帮老不死的!用他们的冷战思维决定今天的全球市场化,他们会为他们的保守付出代价,惨重的代价!拿不下伟业这个大单,CE不进则退,会在未来几年急速衰退,输给德国人,输给日本人,彻底退出国际一线制造企业的行列。"

倒是成伟心平气和,对鲁尼气急败坏的泄愤之词淡然一笑:"他们一定会告诉你:钱不是一切。"

"我拒绝接受这个结果,我不能坐视我们为之奋斗两年的商业战略被这伙保守势力一笔勾销!"

"事已至此,你想怎么样?"

"我会竭尽所能,尽一切力量挽回!请不要放弃与CE合作,还有我们伟大的盟友关系。"

"你能怎么样?"

"再给我一点时间,让我考虑考虑……找一条变通之路。"

"哦?你们老美也学会变通了?"

"成伟,我保证:让你和伟业拿到CE的核心技术!"

谈判破裂还能获得对方核心技术输送的承诺,在成伟听来,简直就是天方夜谭。他对鲁尼、对CE彻底失去了耐心,他们也并非他的唯一选择,觊觎中国市场的卖家大有人在,成伟早有备手,现在,可以为这一段关系画上句号了:"弗兰克,鲁尼先生这些天过于操劳焦虑,他需要休息,你送他回家。"

"不用了，谢谢，我自己开车回去没问题。"

"这趟事情都办完了，这几天我就离开旧金山，回北京去，我们就此别过。"

"成伟，再给我一次机会，只要一个月。"

成伟回答了一句不算批准、不算拒绝，但情真意切的话："鲁尼，我们永远是朋友。"

这句模棱两可的话让鲁尼得到了安慰，保持平静、恢复风度地离开了公寓。

他前脚一走，弗兰克就问成伟："成总，你还要再等他吗？"

"死不撒手，不过是他对台面上的商业企图和桌子下的个人利益的一种执念，我为什么要被一个偏执狂牵着鼻子走？鲁尼是弃子了。"

"关于刘彩琪，要我们做什么？"

"什么都不用做，好好'照顾'她。一个女人，归根结底，只是想要安生过日子。"

成伟走到窗前，俯瞰着旧金山的阑珊灯火，明天一早就结束这次美国之行，从此这里不再是他的工作重心，在美国夭折的几根车轴，阻挡不了他的商业帝国前进的车轮。

离开成伟，鲁尼·斯特朗的一腔愤懑不但没有得到疏解，反而增添了七上八下，此刻他急需一个帮他消除孤立无援感的盟友，顺着心理惯性，他又按响了刘彩琪家的门铃。她打开门，见到了一个双眼充血、衣衫凌乱、和平时的样子大相径庭的鲁尼。

"很抱歉，彩琪，这么晚，打扰你休息了。"

"没关系，反正我整夜失眠，进来一起喝一杯吧。"

鲁尼跟随刘彩琪走进公寓，接过她倒给自己的一杯威士忌，一饮而尽，将内心的挫败感倾泻而出："董事会今天否决了我和伟业的合作计划。"

"成伟知道了吗？他怎么说？"

"他？表示遗憾。"

"然后，就这么完了？"

"看上去，就这样完了。"

"看上去？鲁尼，你还想做什么？"

刘彩琪何等聪明，她太能体会鲁尼的心有不甘，太了解他一往无前的坚定背后就是破釜沉舟的偏执，因此，能预见到未来他要做什么、会做出什么，刘彩琪一把抓住鲁尼的手，语气严峻："千万不要铤而走险！"

"我不能让这件事就这么完了！我求成伟再给我一点时间。你觉得他会放弃我吗？"

"恕我直言，他会！"

"所以我要争分夺秒、置之死地而后生。"

"鲁尼，无所谓，完了就完了、结束就结束吧，没有野心也可以平静地生活。"

"你们女人不懂男人，野心是一切，野心没了，男人就老了。"

"就这样和成伟分道扬镳，没准是一种幸运。鲁尼，其实你从来不了解成伟到底是个什么样的人。"

"你为什么这样说？"

"现在，你被他三振出局，不是他的利益共同体了，我终于可以告诉你很多事情的真相，还有，我到底是谁。首先，我遭遇的车祸不是意外，肇事车主只是个傀儡，指使他让我流产、杀死baby的人，就是成伟！"

刘彩琪说出的真相把鲁尼吓得张口结舌："我被你的话吓到了！"

"这才哪儿到哪儿？还有更多不可告人的呢！我不是成伟的情

人，孩子也不是他的。"

排除了刘彩琪是成伟的情人的可能性，鲁尼暗中松了一口气，放下了长久以来对于他、成伟和刘彩琪三角复杂关系的内心顾虑。

"虽然孩子不是成伟的，但也不意味着他父亲就和你们扯不上关系，恰巧相反，他位高权重，决定着成伟和你的命运。"

"他是谁？"

"成伟背靠的那棵'大树'。"

"他是你的情人？"

"我是他的……小三儿。"

鲁尼大脑被暴击，暂时死机。

"现在你明白我为什么被送到美国了吧？当我的存在威胁到他的名誉、地位和事业时，他们甚至希望我消失。你也明白孩子不是死于意外了吧？对他们而言，私生子是一颗随时会引爆的定时炸弹，怎么可能让他生下来？这些天，我也和现在的你一样，被一种疯狂的执念驱动……要不要赌上我的后半生去毁掉他们？"

鲁尼闻之惊悚，他的得失相比刘彩琪的遭遇，远远称不上惨烈，但是，被出局和被抛弃的命运，还是让他们产生了一种同病相怜感。

书澈向田园科技全体员工发出通知，萧清和威廉、彭一、Robin、安妮等十几人一起聚集在办公间，听他宣布一个重大决定。这个决定，除了萧清，还有经手财务的安妮事先早有预感，没有一个人会想到发生这样的事情。

"对于即将宣布的决定，我感到非常抱歉！我知道一定会遭到你们大家的反对，但我还是决定：暂停公司所有业务，解散team，中止域名解析服务器的市场推广和持续研发。"

书澈宣布的决定，犹如扔下一枚炸弹，把所有人炸得晕头转向，办公间里立刻开了锅。只有萧清沉默不语，她对这个场面早有准备，她了解书澈的所有心理轨迹,早在他和缪盈分手的那一天,她就预见到一定会有今天。

负责产品研发的彭一首先质疑:"域名解析服务器刚开始做推广,眼瞅着要引爆市场,好好的,为什么突然中止?"

主管市场营销的Robin继续发难:"资金链运转正常,公司不也一直在赢利吗?为什么突然关门?"

"我们即将和风投基金签署全额退款协议,300万风投资金悉数退还。"

书澈宣布的第二个决定虽然暂未发生,但听上去也已成定局,大家再次愕然。

威廉接棒追问:"公司发展超出了承诺给风投的预期速度,第一期红利也如期回报了,业绩这么好,风投怎么会要求我们全额退还投资?"

负责财务的安妮终于忍不住"背叛"书澈,揭发了她接触了解到的事实真相:"不是他们要求我们,是我们主动提出退还的。"

"为什么?安妮说的是真的吗?"

大家纷纷追问书澈,他点头承认:"是,是我主动退款。"

安妮进一步揭露事实:"另外,公司还向北美华隆返还了170万利润。"

众人惊呼:"那我们不是没钱了吗?"

安妮确认:"是这样!"

所有人都对书澈充满了不解和不满。

彭一:"书澈,大家是个团队,即使你是最大的股东,公司资金一直靠你维持运转,但这些重大决定不该由你一个人做出,我们每个人都有参与公司决策的权利。"

"对不起,我确实擅自做主了,因为我知道如果不独断专行,没有人支持我这么做。"

彭一:"你欠大家一个解释。"

"不关大家的事儿,不是你们的错,做出这些决定,主要是我个人的原因。"

威廉:"这也算是解释?"

彭一:"OK,就算公司现在没钱了,可我们把域名解析服务器做出来了呀,产品就是我们的财富,下面该做的,难道不是继续市场推广、展开新一轮融资吗?"

威廉:"对呀,域名解析服务器在研发阶段就能圈来风投,怎么产品做出来倒对融资没信心了呢?"

"无关产品,更无关信心,我就是——想把公司暂时停下来。"

彭一:"书澈,咱们哥们儿精诚合作这么久,你从来没像现在这样让人匪夷所思,你到底为什么要停掉我们的公司?"

书澈环视众人,四面楚歌,所有的目光都与他对立,只有角落里的一双眼睛,向他投来一股温暖,那是萧清。

"我承诺:停掉公司业务,不意味着终点,过一段时间,它会成为我们重新开始的起点,域名解析服务器也不会过时。就当放个长假,请给我一些时间,让我……解决了个人问题,落实新投资,再召集大家重聚,一起前进。但是现在,我想停下来……"

没有一个人被书澈说服,除了萧清。

彭一鼓动众人:"公投吧,针对书澈的决定,大家民主表决、做出自己的选择:是暂停公司业务,还是立刻展开新一轮融资、继续产品推广和公司业务?"

"同意公投!"

彭一的倡议一呼百应,只有萧清不出声。

"我尊重大家的选择,也尊重民主投票结果。如果大家决定继续把公司做下去，也如愿找到新的投资商、得到了新的融资，那么，请允许我辞去CEO职务，我名下50%的公司股份，也愿意以原始投资价格卖给大家和新加入的投资商。"

最后一次哗然。

彭一带头嚷嚷出众人的愤怒："书澈，你就是要抛弃我们，对吧？"

"就这样吧。"

书澈一句也不抗辩，转身离去，留下了一屋子曲解和误会他的小伙伴。萧清眼眶红了，起身离开众人，为了掩藏她的眼泪，也为了追赶书澈。

书澈在"田园科技"的中英文Logo前最后驻足，凝视着这四个字，当初他以"田园"二字命名自己的创业公司，寓意为"家"，为一个"精神栖息之地"，为一个"归宿之地"，然而现在……他离开了这个自己一手创建却被玷污的地方。

"书澈。"萧清追上他，"他们一无所知，谁也没法懂你。"

"无所谓。"

"但我懂。"

他无言点头，向她表达着感动和谢意。

"有没有折中的处理方法？不是停掉或者你离开。产品研发出来了，就算暂时没钱，是不是可以照顾大家的感受，引入新投资、开展新业务？"

"可以，所以就是——我走。"

"非要这样不可吗？"

"非要这样不可！每一个揣着钱上门、找我们寻求合作、买我们产品的，我都难以辨别，他们背后，是不是成伟和我爸？我累了……有时候防止细菌感染蔓延的办法，只能是截肢。"

萧清点头，她懂，只有她懂，书澈这种宁受断臂之痛的自洁方式，是源于多么纯粹的理想主义！此刻他是多么无可奈何！

书澈不顾团队伙伴的不解和反对，以最快速度停止了田园科技的全部业务、解散team，中止域名解析服务器的研发和市场推广的一系列举动，不但震惊了所有人，更激怒了书妈："你擅自去找刘彩琪、和缪盈分手、停掉公司，做这些事之前，没有和我商量过哪怕一句！这几件大事，哪一件不和我们休戚相关？哪一件该你自己独断专行？你还当我是你妈吗？还有这几天，你爸给你打电话、发微信，一概不回，你是以这种方式向他表示抗议，宣布和他断绝父子关系吗？"

"上回不是已经说过了吗？我没办法左右你们的选择，对我爸和你的处境都无能为力，同时，你们也别干预、安排我的生活。"

"可你停止公司业务，就是针对你爸，不然公司开得好好的，你为什么要关掉它？"

"好好的？你们认为它好，是因为只要我的公司开下去，就会有人第一桶、第二桶……源源不断地送金来！我不想变成替我爸收取贿赂的那只手！"

"小澈，说几句关起门来、只能在自己家说的话，比起别人拿的几亿、几十亿，你爸拿的这两三千万，不过是毛毛雨。"

"几千万和几亿、几十亿，只有量的区别，没有质的差别。"

"那些多拿了的不也平安无事吗？天下不照样歌舞升平吗？"

"雪崩发生时，没有一片雪花觉得是自己的责任！"

"好，你都对！感谢老天让我和你爸生出你这么一个无比正确的儿子！咱们到此为止好吗？我们不会再逼你做类似的事情，可以吗？你想要一个不要父母扶持的人生，你就去过吧！有钱有个屁意思？我就想一家三口过平平静静的日子……你能不能给你爸回个电话？"

书澈以沉默拒绝母亲。

"他背叛了我一次,我都能原谅他;他没有什么对不起你,最多就是把他的价值观强加于你,归根结底还是为你好,你就不能像我一样也原谅他一次吗?"

"我现在,暂时做不到……妈,就算你能原谅我爸出轨,但是,他们派人蓄意伤害,让刘彩琪流产,这种行为你也能原谅?"

对儿子的质问,书妈沉默不答。

"我懂了,你不说话,就是表示:这个你也能原谅。"

"我不原谅他又能怎样?我这个岁数的女人,还输得起什么?你要我像你一样纤尘不染、宁折不弯,然后失去丈夫、失去家庭、失去一切,只剩下你一个儿子,是吗?书澈,你早晚会明白:世上没有绝对的纯洁!没有绝对的忠诚!更没有绝对的完整!你拥有的一切都是残缺的,即使是残缺的完整,也是完整!"

书澈对爱情、对亲情的一切信仰,在听到母亲"世上的一切都不绝对"的断言时,稀里哗啦地,全部坍塌了。

赶走书妈,他向世界彻底关上了房门,一个人在封闭空间里,行尸走肉一样游荡,走到墙上的记事板前,上面写满了2014年5—6月间的备忘录:

5月1日公司例会:确定域名解析服务器市场推广计划;

5月9日最后一门考试;

5月18日硕士毕业典礼;

6月1日田园科技自主产品项目发布展示会。

拿起板擦,抹去记事板上的所有字迹,一切,都不存在了。

他拿起笔,在记事板上一笔一画地写下:田园将芜。

书澈的眼泪夺眶而出。

第23章

自从书澈宣布田园科技停业后,萧清就再也没有见过他。这天在法学院走廊里,她被安德森教授叫住,告诉她一个关于书澈的消息:

"萧,等一下。你最近见过书澈吗?我找了他几次都没找到。"

"最近都忙着复习考试,我也差不多一周没见过他了。"

"如果你见到他,让他来找我一趟。"

"教授,您找他有急事吗?我现在就给他打电话。"

萧清拿出手机拨打书澈的电话,发现对方手机处于关机状态。

"咦?关机了。"

"书澈申请的法学院JD,学校很快就会给他发offer了,我只是想早点儿把这个好消息告诉他。"

这是书澈期盼的好消息,也意味着在暑假之后的新学期里,他将成为萧清的同门师弟,她替他感到惊喜和高兴:"啊,太好了!"

"如果你见到他,就转告他吧。"

"一定!谢谢您,教授。"

告别安德森教授,萧清又从手机里调出书澈住处的电话,拨通以后,还是无人接听。她突然意识到:他不是又自我遁形了吧?这让她对他的状况产生了担忧，决定直接去他家找他，看看他怎么样了。

敲了两分钟门，屋里无人应声，但门口车位上停放的车分明显示他就在屋里。萧清敲得更加用力，几乎是捶门了："书澈，我知道你在里面，快开门！动不动就玩失联有意思吗？"门里还是无声无息，想要进屋，她要另寻他途。

萧清绕到隔壁，敲响了书澈房东太太的门，想说服房东太太帮她打开书澈的房门："太太，您好，我是来找书澈的，请问您这两天有没有看到他？"

"没有，也许他不在家。"

"他的汽车就停在门口，我觉得他没有出门，可能就在家里。"

"如果他在家却不开门，那是他的自由。"

"我是他朋友，好多天没有他的消息了，很担心。您有他的房门钥匙吧，能不能帮我开门看看？"

"不行，虽然我是他的房东，也不能未经允许开门让人进他住处，这是粗暴侵犯他的私人领地和个人隐私。"

"不算啦，太太，这样，您陪我一起进屋看一下，他不在，我就走。"

"除非你拿到他的授权，或者让他给我打电话，否则我不会给你开门。"

"就是因为谁都联系不到他，我担心他的安全，才想进屋去看看啊。"

"他只是想安静，不想被打扰，你不用担心他的安全，我和他住这么近，声息相闻，他的情况我很清楚。总之，我不会给你开门的。"

萧清被拒之门外，房东太太对书澈安静独处权的坚决捍卫和保护让她郁闷得没辙："房东、房客都轴到天际，你俩还真和谐。"

返回书澈门外，既然用礼无效，那就用兵吧，这个萧清也拿手。

她从地上捡起一块石头，东张西望，看看四下没人，瞄准书澈家门上的一块玻璃扔了出去。稀里哗啦！玻璃碎片和石头一起掉进屋里，萧清把一只手伸进碎裂的玻璃窗里，想从里面拧开门锁，手腕突然被抓住，吓得她一声惊叫！

门开了，门里站着身穿浴袍、形容枯槁、头发蓬乱、胡子拉碴的书澈。

萧清从来没有见过这种颓废款的他："你咋这样了？颜值有点崩塌。"

"关你屁事！"书澈对她恶声恶气，低头看看脚下一地碎玻璃碴儿，"你想干吗？非法入室？"

"我赔你玻璃行不？"

"有事儿没事儿？"

"有事儿啊！好事儿！安德森教授找了你好几天，他想告诉你：法学院要给你发JD录取offer了，恭喜你！终于从我学兄混成了师弟。"

"知道了。"

书澈依然冷若冰霜，抬手关门，却遇到一条小细胳膊的强力阻挡，怎么也关不上。

"你不请我进屋坐坐？"

"拒绝，请走！"

"求你让我进去坐会儿呗。"

"滚！"

遇横更横，萧清一秒变成女流氓："我还非进去不可了！"

她撞开房门，横冲直撞，长驱直入，书澈愣是拦不住。一进屋，萧清差点被刺瞎眼，房间一片狼藉，混乱如狗窝，床上被褥搅和成一团，桌上、茶几上、地上到处扔着东西，吃完的方便面盒、开口儿的食品袋子、空酒瓶子随意躺倒，充斥着一种破罐破摔的报废氛围。

"书澈,你什么情况?多少天没出门了?自己闻闻这屋什么味儿?快馊了。"

"关你什么事?谁让你来闻味儿的?"

"大家都忙着考试和毕业,你颓废给谁看呀?"

"反正没给你看。难道不是你非要硬闯进来看不可吗?"

"你会不会好好说人话?"

"不爱听走!我要睡觉。"

"大白天睡什么觉?你不是还有最后一门课要考试吗?哪天考?"

书澈被萧清问得一愣,这才想起被他全然忘到了脑后的期末考试:"今天几号?"

"你过得可真是昏天黑地啊,今天5月8日。哪天考?"

"明天。"

"明天就考,你还这么悠闲?还不赶紧准备?"

"不用你管。"

"你别躺了,赶紧去洗把脸精神精神,该干吗干吗。"

书澈不可阻挡地往床上倒,萧清不由分说拽他起来,突然被他灼热的皮肤烫了一下,赶紧摸他额头,滚烫。

"天哪!你在发高烧!"

"你走,别管我。"

"我就不走!就管你!"

萧清的拗劲儿上来,帮书澈调整好睡姿,押平他的睡袍,拽过毯子给他盖好,然后给他的家庭医生打去求诊电话。守在床边等待医生上门时,望着他因为高烧赤红的脸、昏沉的睡相,她不由一阵心酸:"烧成这样不早说,你这是自虐给谁看啊?"

家庭医生来了,给书澈做完身体检查,确诊他身体里有内热,是扁桃体炎症引起的高烧,炎症没有严重到要使用抗生素,也不需要去医院治疗，开了一些解热镇痛的退烧药，嘱咐萧清让他多喝水，最后丢下一个巨大的难题："你会做物理降温吗？"

"会，不过物理降温会不会太慢了？他明天还有一门毕业考试呢，要是退不了烧就麻烦了。"

"你辛苦点儿，从现在起一直守着他，持续做物理降温，明天早上应该能退烧。如果需要，明天一早可以给我打电话，我再过来看他。"

医生开车走了，萧清一个人对着书澈干瞪眼："谁一直守着你做物理降温？我？"

她拿出手机，拨通了缪盈的号码："缪盈，你在忙吗？"

"哎，萧清，我刚从图书馆出来，怎么了？"

"那个……我现在在书澈家里。"

一听"书澈"的名字，听筒那边的缪盈立刻沉默了。

"他现在状况非常糟糕，高烧不退、不省人事，医生刚才来给他看过了，没别的办法，只能一直物理降温，需要有人一直守着他、照顾他。"

"跟我有什么关系？"

明明一脸担忧，缪盈嘴上却说得冷酷无情。萧清对她知己知彼，知道怎么说最管用："和我就更没有关系了，那就不管他，让他自生自灭吧。没事了，你忙你的，我也走了。"

"哎……你等会儿，我马上过去。"

缪盈把成然的保时捷开得风驰电掣，十几分钟就赶到了书澈家。萧清开门迎接她，缪盈疾步进门，脚步是她的内心写照，嘴里却依然口是心非："人死没死？"

"还差一口气，等你来一击致命。"

缪盈抢在萧清前面，冲到床边，第一眼看到额头贴着退热贴、昏迷不醒的书澈，她的眼圈就红了，掀开被子，摸他额头、摸他身上，被他的高温惊诧得一个劲儿摇头。萧清顺水推舟,把医生布置的重任移交给正主儿:"医生给他吃了解热镇痛的药,嘱咐要不停地给他做物理降温。"

缪盈拿起萧清备好的医用酒精和棉片,解开书澈腰间的浴袍带,敞开他的浴袍,给他擦拭全身。萧清抬手遮眼,准备打退堂鼓:"我是不是该回避一下?"

"不用回避,随便看!这不是我私人财产了,我只是来救死扶伤的。"

因为对酒精棉片的刺激起了反应,书澈动了一下。

"他醒了。"

"趁他醒了,赶快给他喝水,帮我把水拿来。"

缪盈接过萧清递过来的水杯,用力支撑起书澈的上身,坐到他的身后,让他靠住自己,把吸管塞进他嘴里。书澈迷迷糊糊睁开眼,正好看见面前的萧清:"你还不滚?"

"你以为我愿意待在这儿?总算有人接管你了,我马上滚。"

书澈这才意识到身后靠着一个温暖柔软的身体,扭头看见缪盈,她正低头凝视他。两个人的对视,像时光停止,又像是倒流。但是,只有短暂一瞬,书澈的脸色就变了,恢复了冷若冰霜:"谁让你来的?"

"书澈,缪盈是来照顾你的。"

"你走,我不想看见你!你也没有义务管我,你被弹劾了,是前任了。"

"缪盈,你别搭理他,他现在就是一高压锅炉,脑子被烧成一锅开水了!"

"没错,我卸任了,我吃饱了撑的来管你!你爱死不死,谁爱管谁管,反正和我没有关系了!"

缪盈愤怒起身,把手里的水杯重重摔在床头桌上,书澈顿时失去依靠，被仰面撂倒在床上。

"哎，缪盈，别走！他烧糊涂了，你别跟他一般见识。"

萧清一直追出门外、追到保时捷前，试图挽留住照顾书澈的唯一合法人选。缪盈来得本就艰难，走得又这么屈辱，扬长而去。重任又落回到萧清头上，回到床前，望着缪盈扔下的酒精瓶、棉片和书澈袒露着的胸膛，她这才知道自己叫缪盈过来的潜意识里，就是在逃避这一刻。

这是从来没有谈过恋爱的萧清第一次和一个男性肌肤相触，充血膨胀的大脑和乱云飞渡的思绪让她完全辨别不出自己的脸红心跳，是因为第一次，还是因为他是书澈？好在此刻他浑然无觉，让她有足够时间和空间静静感受、悄悄梳理、偷偷收藏……

物理降温果然有效，书澈体温下降了，萧清又用毛巾包裹着冰袋，放在他的额头、腋下和腿窝处持续冰敷。料理完人，就接着打扫房间，收拾垃圾，洗刷擦拭，物归其位，总算把房间恢复了能下脚、能见人的本来面目。一抬头，萧清看到了墙上记事板上书澈的笔迹：

田园将芜

爱人、亲人没有一个人不让他感到失望，再没有什么东西能让他相信并热爱，萧清看到了书澈心里的满目疮痍。

开始第二轮物理降温时，书澈突然睁开眼，视线直勾勾地落在萧清脸上，把她吓了一跳："妈呀，醒了也不出个声。感觉好点了吗？"

书澈居然点点头。

"趁你醒了，赶紧补水。喝！"

书澈吮吸塞进他嘴里的吸管，还是直勾勾地凝视萧清。

"看什么看？再让我滚，我可真滚了！"

第 23 章

书澈喝了几口，突然吐出吸管。

"又干吗？"

"谢谢。"

他嘴里突然冒出来的这两个字，让她的心一下就酥软了，硬撅撅地把吸管塞回他嘴里："接着喝！"

这一夜，就在不停地物理降温和醒醒睡睡的交替中度过，第二天，萧清被自己的生理时钟唤醒，发现她的头栽在书澈臂弯里，两人头挨着头，一起睡到现在。这个姿势让她无地自容，有没有被他看到？他有没有意识？有没有感觉？书澈也在这时睁开眼，萧清立刻弹跳起来，伸手摸他的额头，来掩饰自己大乱的方寸。

"太好了，已经退烧了。怎么样，你行吗？爬起来去考试？"

"不行。"

"为什么不行？"

"没劲儿。"

"刚发完烧，身上没劲儿很正常，你起来去洗洗脸，我给你冲点营养粉补充能量。"

"真不行。"

"没试你怎么知道不行？我扶你起来。"

不由分说，拽胳膊、搬腿，萧清把书澈从床上扶起来。

"我说了：不行！"

"听你这声吼，元气至少恢复六成了，只要不考体育，肯定没问题。"

书澈被萧清架着，半扶持、半胁迫地拖进卫生间，她替他往电动牙刷上挤好牙膏，掰开他的手指，把电动牙刷塞在手里，再举到他的嘴边、塞进嘴里，按下启动键，伺候到了牙齿。

趁着书澈被动刷牙时，萧清返回卧室客厅，用温水冲调了康宝莱，灌进便携式保温杯，打开衣柜，找出一套干净的T恤长裤，又把考试需要的东西：笔记本电脑、笔、水壶、纸巾，统统装进书澈背包。卫生间里传来"咕咚"摔倒声，她立刻放下手里的活儿，冲回卫生间。

只见书澈仰面躺倒在浴缸里，这就有点耍赖的意思了，萧清冲过去，不由分说，抓住他两条胳膊，把他从浴缸里拽出来，按坐在浴缸沿儿上，扯下一条毛巾，拧开水龙头弄湿，湿答答地摔在他脸上。

"伺候你到此为止啊，洗完脸换衣服去，给你5分钟，5分钟一到，不管你穿成什么样，我都把你推出门去。"

萧清像一台推土机，推搡着人高马大的书澈向门外移动，磕磕绊绊，终于推到门口，却怎么也推不动了，抬头一看，两条大长胳膊抓住两边门框，书澈整个人"卡门"了，任凭她拉扯摇撼，他岿然不动。

"哟，你不是没劲儿吗？你省下跟我较劲的力气去应付考试，绰绰有余了。真看不上你这副德行！生病虚弱就两成，剩下八成任性撒娇耍赖！全世界就你一个人感觉受伤害！天底下就你一个人分手失恋！所以你有理由、有权利消沉自虐不管不顾对吗？不就是一门考试吗？大不了补考，老子现在就是没心情去考！你就是这么想的，没错吧？

"书澈，分手、失恋是你自己的选择，公司也是你主动关停的，做这些，你是为了守住底线，我理解，也很佩服，可你打算从此开始玩颓废吗？在哪儿摔倒，就在哪儿躺下？这还是你吗？田园始终是你的田园，你有勇气让它荒芜，就该有勇气让它重建！

"告诉你，逼你今天去考试，我就是想提醒你：还有比谈恋爱和开公司更重要的事儿，你是来留学的！MBA这三年，一千多天，就算不对父母出的学费、生活费负责，也请你对自己付出的时间和努力负责好吗？我们在美国留学的每一天、每一个小时、每一分钟都是花钱的，谁也没资格自暴自弃，哪怕放弃一天的资格也没有！今天，就是爬,你也要爬到考场去!"

劈头盖脸一顿暴骂,萧清一把抱住书澈的腰,想用肩膀一个旱地拔葱把他扛走,突然,他身上和她较劲的反抗力全部消失了,化为一个拥抱,她被他紧紧抱住,他的脸埋在她肩头上,她感觉到肩头的衣服被他打湿,他却不好意思被她看到自己的眼泪。她轻拍着他的后背,告诉他:我明白你,全都明白。

缪盈把保时捷停在商学院外的停车场上,她记得书澈今天上午在这里还有最后一门毕业考试,因为担心他的身体状况,所以她在考前悄悄过来查看。熄火,正要下车,就看见不远处,萧清正扶着书澈下车,她背着他的书包,架着他走进商学院。看来,在她昨天离开以后,萧清通宵达旦守候着书澈。一个前所未有的念头突然冒上缪盈的心头:萧清对书澈,仅仅是因为……友情?

萧清坐在商学院走廊的椅子上等了两个小时,等到考试结束,才看见书澈步履沉重地缓慢走出考场。

"怎么样?你还行吗?"

"不行也得行啊。"

"我还担心考到一半你就被抬出来呢。"

"我怕你踹我起来还得回考场,就咬牙死扛下来了。"

"我任务完成了,现在你可以随便耍赖,就地躺下打滚也没人管你了。"

"我饿。"

"吃肘子去?"

"悟空,走!"

书澈拐着萧清的脖子,两人像哥们儿一样连体走出商学院时,全然不知缪盈也坐在车里等了两个小时,把这一幕看在眼里。缪盈隐隐看到了即将要发生的感情,甚至比两个当事人看见得更早。

成伟离开美国后,刘彩琪的元气渐渐从丧子之痛中恢复过来,当然这和鲁尼·斯特朗殷勤体贴的陪伴密切相关。被剪断了最后一条与书望的联系纽带,似乎也断绝了刘彩琪对他的最后一丝期望,从前想拼命抓住书望的执念,让她认为被置于死地的结果就是死,却没想过死地之后还可以再生。现在,日复一日渐趋的平静,让刘彩琪越来越多地去思考:彻底告别书望、摆脱成伟以后的人生,自己应该怎么过?

鲁尼登门已经成了日常,但这一天,他似乎和之前哪一天都不同。虽然刘彩琪常常见到他西服革履,但此刻他的头发经过精心修剪,一扫近期的颓丧,春风满面地迈进她的公寓,整个人焕然一新。

"看上去不错,鲁尼,发生了什么?"

"是因为即将发生的事儿。"

"你今天不上班吗?"

"今天有一件比工作更重要的事要做。彩琪,我来是想问你一个问题:现在,你还在爱着那个他吗?"

"爱?我恨他,恨不得毁掉他。"

"是因为有多爱就有多恨?会不会有一天他来忏悔、请求你的原谅,你就会重新爱上他?"

"我多贱哪!他和我的私情暴露在他太太面前,威胁到他的家庭和名誉、地位时,他抛弃过我一次;现在,杀掉我的孩子,斩断我和他最后一丝联系时,他又抛弃了我一回。"

"你不再存有和他破镜重圆的幻想了吗?"

"幻想一旦破灭,就像爱变成恨,无法扭转。"

"那么,你是否有愿望、有心情或者还有力气,开始一段新感情、投入一种新生活呢?"

"你什么意思?比如?"

"新的恋爱,甚至结婚。"

第 23 章

"现在吗?"刘彩琪摇头苦笑,"这个真没有。"

鲁尼掏出一个戒指盒,郑重其事地放到刘彩琪面前,她当然知道盒子里是什么。

"给我的?"

"彩琪,我现在,向你求婚。"

"鲁尼,你可太会挑时候了,没有比现在更差的求婚时机了。"

"我建议你:嫁给我,然后,慢慢尝试爱上我。"

刘彩琪如实相告,因为他们之间,也确实有着坦诚相告的亲密:"我可能……不会爱上你。"

"如果是那样,也没关系,就让我单方面好好爱你,对你来说,结果也不会太差。"

"听上去,嫁给你,对我怎么都是稳赚不赔的买卖。"

"彩琪,我爱你,见到你的第一天,这件事就发生了!但我知道很难,尤其在很快得知你怀孕,你要求我帮你向所有人隐瞒时,我知道你有着神秘复杂的背景,甚至我以为你是成伟的地下情人,所以我不能有非分之想。坦白地说,在你感觉最糟糕的这段时间,我却觉得:自己终于有机可乘了。我不想让你以后活在怨恨里,甚至被这种怨恨驱使,毁掉别人并不足惜,但是,谁都不值得你为他毁掉自己的人生。"

这段表白,让刘彩琪无法不为之动容,无法再以玩笑的态度对之,尤其是在她开始思考新的未来、新的生活之际。

"所以,请你嫁给我,我心甘情愿做你的救命绳,就算你不会爱上我,等有了力气再爱上别人,也没有关系。"

刘彩琪突然热泪盈眶,昔日的情感和生活碎成一地瓦砾,鲁尼是向这片废墟之上的她伸过来的唯一的手,他承诺给她稳定的婚姻生活,竟然有种雪中送炭的感觉,爱他不够又如何?足够的爱让她为之疯狂了三年，几乎毁掉自己，平静难道不正是现在的她急需的吗？刘彩琪伸手拿起戒指盒，打开它。

"哇！还挺大。"

无须他动手，她给自己套上戒指，含泪举手欣赏。鲁尼惊诧地看着，还真没见过自己给自己戴戒指的女人，一语双关地问了一句："你感觉合适吗？"

"还不错，那就试试吧。"

"彩琪，你说过的一句话我记住了：'结束就是结束了，还可以平静地生活。'"

"简直就是真理。"

"让我给你一个平静的生活。"

我们永远无法预测生活的下一秒会发生什么，你以为坠落到了不能更糟的深渊，但随即可能就会上岸。不管是否出于现实的考虑，刘彩琪接受了鲁尼的感情，很快和他注册结婚，成了鲁尼的太太，获得了一种令她自己满意，同时也让书望和成伟感到满意的现状，但这样皆大欢喜的稳定现状能否一直持续下去？

书澈迎来了他留学生活中最为重要的一个时刻——硕士毕业典礼，他只邀请了萧清作为好友前来观礼。缪盈？他做不到释怀，也做不到淡然。

"2014年的毕业生们，在座的390位获得MBA工商管理硕士学位的同学，祝贺你们今天从斯坦福大学毕业！正如三年前吸引你们通过不懈的努力奋斗来到这里的原因所示：斯坦福商学院，是这个地球上最好的学院！世界上没有比拿到斯坦福商学院毕业证书更棒的事情了！"

书澈身穿硕士袍坐在2014届商学院毕业生座席里，最后一次聆听校长讲话。在毕业生座席两侧，众多前来观礼的亲朋好友或坐或站，萧清就站在人群中，遥望着书澈。

第 23 章

"这是我作为商学院院长对你们下的最后一个命令:请全体毕业生起立!向二十多年来始终支持你们、今天专程来到这里、分享你们生命中最重要时刻的父母和亲友们致以敬礼和感谢!"

全场掌声雷动,书澈和同学们齐齐起身肃立,向两边亲友席上的父母鞠躬、挥手,呼叫声此起彼伏:

"爸爸妈妈,我爱你们!"

"感谢爸爸妈妈!"

书澈微笑鼓掌,因为他无人可谢,书望、书妈都没有接到他的出席邀请,当然不会出现在这个场合。

萧清感觉有人挤到她身边,扭头见是成然。

"你怎么来了?"

"我不该来吗?当不成姐夫,他还是我哥们儿呢!"

"缪盈呢?"

"一会儿见了书澈,别告诉他:我姐也来了。"

"她人在哪儿?"

"躲在那棵树后面,别让她发现你在看她,否则她就知道我出卖她了。"

萧清按照成然指示的方向,用目光搜索,见缪盈独自一人静静地站在远处,借树藏身,她的视线无疑锁定在会场内的书澈身上。

书澈走上台,接受商学院院长颁发的MBA毕业证书,院长亲手把他学位帽上的流苏从右前侧拨到左前侧,宣布他学成毕业。就在书澈鞠躬致意时,突然,他看到了台下观礼的人群当中,站着书妈,和她并肩而立的,居然是书望!台上台下,父子四目交会,父亲在为儿子热烈鼓掌。情不自禁,书澈向父母扭转身,向他们深情地鞠了一躬。

典礼一结束,书妈第一时间奔向儿子,给了书澈一个大大的拥抱;而书望,故意保持着一段距离和一种姿态,等待儿子走到他面前

"你来美国,是因为公务?"

"因私,今天来,明天就回。"

"就为了参加我的毕业典礼?"

"还有比见证你人生这个时刻更有意义的事儿吗?"

"你因私出入境,不会很麻烦吗?"

"当然很麻烦!但我还是要来。"

"你爸这趟,只跟相关部门打了招呼,谁也没惊动,低调出行。"

"就为了做一个高调的父亲。书澈,祝贺你硕士毕业!"

父亲向儿子伸出手,父子紧紧拥抱在一起,书妈站在一旁红了眼眶,一家人迎来了这一两年来最为温情的时刻。在分别了半年之久,经历了地震海啸一般的家庭剧变后,在硕士毕业当晚,在书澈不大的斗室里,三口人终于坐在一起,吃上了团圆饭。

饭前,书望伫立在书澈的记事板前,盯着儿子写下的"田园将芜"四个字,站了很久,直到母子俩把一道一道的菜从厨房端上餐桌。书妈开心地张罗,丈夫和儿子一起围绕她而坐的场景,有好久没有过了。

"今天太值得庆祝了,来,为儿子学业有成,干杯!"

"真快啊,书澈,咱们爷儿俩还没有认真聊一聊你毕业后未来的打算,你就已经毕业了。"

"我的未来,在我心里,已经计划好了。"

"暑假过后,你还要再回这里念一个法学JD的学位?"

"是。"

"为什么?难道你将来想从事法律相关职业?"

"学法未必关乎我将来的职业,我对自己和对现实有很多疑问,希望学法能帮我找到答案。"

"你做这个决定前,没有想过应该和我商量一下,问问我们的意见吗？"

"我想，我做得了自己的决定。"

"我这个父亲的意见早就无法左右你了，可我不明白，你原来的计划不是读书、创业同步进行，硕士毕业后就回国发展吗？现在拿到了MBA硕士学位，公司也已经走上正轨，为什么又忽然关停，放弃创业，去学法律？"

"你很清楚我为什么停止创业。"

"的确，这一年发生了一些事情，我们这个家经历了很多不愉快，当然，主要是我的错，我要向你和你妈妈郑重道歉。"

书望的正式道歉，让书妈泪盈于睫，让书澈垂目不语。

"书澈，我有个想法，想跟你商量一下。这一年经历的风波，让我们的家庭关系经受了严峻考验，我和你妈，你和我，都是如此。现在你硕士毕业了，能不能不要继续留学，再读法学院？我希望你能回家，在我们身边待上一两年，一家三口守在一起，好好修复感情，找回从前的家庭气氛。"

"我收到法学院JD的offer了。"

"你想再拿个学位，当然也不是坏事。但你的域名解析服务器已经研发成功，做出产品了，这时候停下来，不可惜吗？如果你愿意，可以回国继续开公司，这个项目在国内有很大市场空间，找到投资应该不难，假如你需要，我也可以帮你；如果你不想我帮忙，我保证绝不插手，完全由你自主。你愿不愿意考虑一下我的建议，暂缓读JD的计划，回国重启创业计划？当然，要不要继续开公司，完全由你决定，我和你妈主要是希望你能回到我们身边待一段时间。你可以向法学院申请延期入学，哪怕只回去陪我们待一年也好，一年后，如果你仍然想回到斯坦福读书，我也支持你。"

"一年后，地铁车厢招标就尘埃落定了，在那之前，我最好能待在你可控范围之内,以免给你们惹出麻烦。这才是你的真实想法吧?"

书澈一句话,就把家庭欢宴的温度降至冰点。

"书澈,你怎么这么说你爸?为什么话到你嘴里就非要说得这么难听不可?"

"我不否认,我有你说的这种想法,毕竟你不在我身边,我们沟通起来非常困难,不利于相互理解。而很多问题,如果能够在一起经常沟通,可能就不至于闹僵,不至于父子之间长期冷战,也就不至于惹出什么麻烦。所以,这些原因都是彼此关联的。当然,最重要的目的,还是修复我们之间的感情。"

"爸,即使我们守在一起,你有些想法我也无法理解认同,与其把我放在眼皮底下给你添堵,还不如让我按自己的意愿选择。而且,我和缪盈已经彻底分开了,你不用再担心我给你惹麻烦。"

"书澈,为什么你不能正面理解你爸的建议?你回国,既能趁热打铁实现你的创业,又能和我们朝夕相处,一家人享受天伦之乐,有什么不好?法学JD以后再读也可以,多少功成名就的人,快退休了还回母校拿学位呢,什么都不耽误。"

"既然是建议,既然是商量,那我选择不接受。爸、妈,我感激你们把我送出来读书,让我学会独立,拥有自立的能力和选择的自由,请允许我继续留在美国读书。"

在书澈坚定明确地表态后,书望的怒气终于爆发:"你所谓的独立是什么?就是花着我的钱,一再违背我的意志?是不是只要听了我的话,你就失去自我了?只有反抗我,你才能找到存在感?你这是虚妄的独立、虚弱的自信!除非你有本事不要家里的经济支持,否则就没资格谈独立和自由!"

"你说得对,花你的钱谈我的独立确实虚妄,这样的存在感太没底气。从现在起,我会自食其力,不再要家里一分钱,我要靠自己读

第 23 章

完三年JD，证明给你看：我可以！"

话说至此，书澈已经不在乎这顿家宴如何收场，起身抬腿就走，摔门而去。

"书澈，你回来！你们爷儿俩连顿饭都不能好好吃完吗？"

母亲的苦苦挽留和父亲的恼羞震怒被弃置脑后，书澈开车前行，他不知道要去哪里、何处是他的归处。这一晚，他亲手割断了和家庭连接的脐带，把自己逼进了孤立无援的绝境；但同时，他也得到了——真正的自由。

自断脐带的一个诺言后，书澈沦落到和此前的萧清一样——今天不知道咋过、明天也没有着落——的悲惨境地里。但自己发的毒誓，流着泪也要践行。所以，他现在需要的是一个师父。

把车停在合租别墅前，书澈给萧清打去电话，说正在门外等她。他的突然而至吓了她一跳，因为知道今晚他应该正和父母一家欢聚，所以一脸诧异跑了出来。

"哎，你为什么跑到我这儿来？此刻你难道不是该和你爸妈一家三口享天伦之乐吗？难得你爸那大人物专程出国参加你的毕业典礼，他可是我这辈子亲眼见过的最大的官儿了！"她对他察言观色，"怎么了？"

"萧清，我觉得有点惭愧，来美国七年，我没有打过一天工，连校内工也没打过。"

"这有什么可惭愧的？没打过工是因为你不需要。明明可以拼爹，干吗非要拼自己不可？明明可以当boss，干吗非要打工不可？要是条件允许，我也不打工。"

"打工……难吗？"

"打工本身一点都不难，只有弯不下去的腰，没有挣不来的美元！对我来说，最难的是时间分配，赚钱、上课哪个都不能耽误，一旦安排不好,下场是很惨的,那次刑法课,你不是见证了我的屈辱经历吗?要是换个脸皮没我这么厚的,怕是退学的心都有了。"

"那时候,我就是个自大的傻帽儿,可能现在还是。"

"你只是不知民间疾苦而已。"

"请教你,如果暑假打全职工,有没有可能找到两个月挣一两万美元的工作?"

"哇!你眼眶子可有点高,恐怕很难………哎,你怎么忽然对打工感兴趣了?是想帮谁找工作吗?"

"不是帮别人。"

"难道是你自己要打工?"

书澈点头承认。

"暑假里?"

"不是,要长期。"

"还要长期?暑假你也不回国了?"

"不回了,我要赚下学期的学费和生活费。"

"你有这个必要吗?不会真为体验民间疾苦吧?"

"从现在开始,我不会再向父母要一分钱,我要和你一样,自给自足读完JD。"

"独立宣言呀!你……跟你爸吵架了?"

"他想让我放弃学法,回国继续开公司创业,其实,是为了把我拴在他身边,便于掌控。"

"你爸对你的未来有设想很正常,我爸妈也经常和我讨论我以后的发展方向,提各种建议。你应该和他好好商量,吵架不能解决问题。"

"你父母的建议是供你参考,我爸从来只要求我服从,而我从不接受他的安排。控制和反控制是我们父子永恒的主题,一天不切断和家里的经济联系,我就不可能有真正的自由。"

"懂了,祝贺你。"萧清向书澈伸出手。

"祝我什么?"

"祝你成功断奶。"

书澈微笑着握住萧清的手。

"同时也祝你——离山穷水尽不远了。"

"别吓我,我心里还是有点打鼓的。"

"山重水复疑无路的下一句是什么?"

"柳暗花明又一村。"

"任何一个开始都值得庆祝。还有,在你打工的崎岖道路上,前方,有个身影伟岸的先驱,那就是我。"

书澈双手合十拜萧清:"请大神指教!求大神罩!"

"叫我师父。"

"师父,请受徒儿一拜。"

"心放肚里,妥妥的,万事有我!"

萧清气吞万里如虎的气势把书澈逗笑了,这一晚的压抑郁闷,对未来没有把握的惶恐,都在面对她时,变得不再那么沉重。第二天,两人又在校园里碰上,萧清小跑着追上书澈:"暑假我也决定先不回国了,我给几个大律所交了求职信,想等等有没有面试机会。"

"好啊,有人跟我做伴了。"

"打工的事儿你别急,我打听一下有没有适合你的工作。"

"谢师父。"

一句玩笑遮盖了书澈内心的感动,他知道仅仅隔了一夜就让萧清改变自己暑期计划的原因,并不是要等什么律所回复,而是想留下来陪他;他也没有流露出心里的踏实,她在身边,无论发生什么状况,他都不觉得自己孤立无援。一辆车窗贴了黑膜,完全看不到车里状况的汽车缓慢停在他们面前，车门打开，书妈下车，走到儿子面前。萧清见书澈脸色瞬间凝重，赶紧主动礼貌地向书妈打招呼，给他争取调整情绪的时间。

"阿姨好！"

书妈扭头正视萧清："你好！你是……"

"我叫萧清。"

"你是书澈同学？"

"我是法学院的，下学期书澈读JD，就是我师弟了。"

"哦。"

书妈上下打量萧清，儿子和这个陌生女孩的关系至少不平常，刚才他们的座驾驶向他俩时，她坐在车里，远远就看到书澈和她的身体姿态里，透着一种熟络和亲密。

"妈，你怎么到学校来了？"

"我和你爸马上去机场，他在车里，你还有什么话和他说吗？"

书澈沉默，萧清感受到了他们母子间的尴尬气氛，决定回避："我不打扰你们，先走了。"

"不用萧清，他们马上走。"

书妈望着儿子的眼神，充满无奈。

"你希望我们像昨晚那样不欢而散地回北京去？书澈，妈求你，去向你爸告个别。"

书澈感觉到后腰被萧清悄悄碰了一下，于是起步，走向父母的汽车，来到后车窗外，车窗缓缓降下，露出了父亲的侧脸，书望没有正视儿子。

"爸，这个暑假我就不回去了，趁开学前这三个月，我在这边打工给自己挣生活费。你放心，我可以的！一路平安，再见。"

萧清翻了个白眼，仿佛能听见父子关系彻底摔稀碎的声音。没想到，书望听儿子说完，居然点了下头："好，我给你一个机会，一个证明你不用踩着我肩膀照样能爬得很高、没有我你也依然很好的机会。"

书望隐没在渐渐升起的车窗后，书妈丢给儿子一个难言的眼神，无奈上车。萧清陪书澈一起目送他们的汽车开走，他转身望向她，她对他竖起一个大拇指。

远去的汽车后座上，书妈伸手握住丈夫的手，书望这才发出一声长叹，吐出胸中积郁，他反手握住妻子的手，夫妻二人有了一种"度尽劫波兄弟在"的同感。书望突然想起刚才那个和书澈在一起的女孩，于是问书妈："和书澈在一起的那个女孩儿是什么人？"

"说是法学院的，高书澈一级。"

"是不是他新女朋友？"

"我看不像……"

"谁家姑娘？父母是干什么的？"

"这我哪知道？也没查人家户口。"

"叫什么名字？"

"好像叫……萧清。"

"法学院的？书澈学法会不会受了她影响？"

"你儿子是轻易能被谁影响的吗？"

"以前你没见过她？"

"第一次见，可能只是凑巧和书澈在一起。"

"哦。"

书望此刻无法预见到：这个只有一面之缘、名叫萧清的女孩，未来将成为主宰和决定自己和书成两家的命运之人。

登上回京的航班前，书望站在旧金山机场贵宾候机室的落地窗后，沉默地眺望窗外的停机坪，若有所思，他掏出手机，给儿子发去了一条微信。

和萧清一起坐在咖啡馆的书澈,接到了书望发来的微信。

那是陶渊明《归去来兮辞》中的一段:

> 归去来兮,田园将芜胡不归?
> 既自以心为形役,奚惆怅而独悲?
> 悟已往之不谏,知来者之可追。
> 实迷途其未远,觉今是而昨非。

书澈猛然醒悟:父亲之所以发来这段古辞,是因为昨晚他看到自己记事板上的"田园将芜"。书澈把这条微信推给萧清看。

"'归去来兮,田园将芜胡不归',你爸他还是想让你跟他回国。"

书澈摇摇头:"不仅仅是那个意思,这更是他现在的心境。"

既然认为自己的心志被形体所役使,又为什么惆怅而独自伤悲?认识到过去的错误不可挽回,也知道未来的事还来得及补救。误入迷途还不算太远,已经觉悟出今天的"是"和昨天的"非"。书澈听到了父亲心里没有言说的悔意和惭愧,这让他百感交集。

从这一天开始,萧清就浩浩荡荡展开了骚扰身边所有朋友,发动一切人脉给书澈找工作的大规模行动,作为室友的本杰明和凯瑟琳当然涵盖在被发动对象里,就连挺着六七个月的大肚子的莫妮卡,也没有被放过。

本杰明:"萧清,你什么朋友?想找一个什么样的工作?你描述一下。"

"书澈,我女朋友的男朋友,你们还记得他吧?"

莫妮卡问:"他们不是分了吗?"

"啊,是分了,可能是分了。"

第 23 章

"为什么说可能？"

"因为……他们不是因为彼此不再相爱分开的，所以我总觉得：他们还会在一起，或者说，我希望。"

"你真希望？"莫妮卡的眼神像X光一样穿透萧清，露出一个意味深长的笑容。

凯瑟琳："歪楼了，歪楼了，那个书澈不是你老板吗？之前你不是在他的科技公司，叫什么田园科技做法律顾问吗？好好的老板不做，为什么要打工？"

"他暂时把公司停业了。"

凯瑟琳："为什么？你们公司发展势头不是非常好吗？一下子就拉到了风投，一下子就挣了几百万。你不是上班两个月薪水就翻倍了吗？怎么会一下又垮了？"

"没有垮，停业有……很复杂的原因。"萧清不能说出书澈家的秘密，"总之，就是他要给自己挣下学期研究生的学费和生活费。"

莫妮卡又问："他不是市长家的公子吗？"

"他不靠家里，以后更不会靠。"

本杰明："哇！市长公子，自己又做过老板，得是金领工才能配上他吧？"

"当然，他没有打工经历，怎么说也是含着金汤匙出生、锦衣玉食长大的，所以，就请大家帮忙留意一些职位高端、薪水优厚的工作。"

"要多高端？好吧，我问问狐朋狗友，看有没有哪个公司需要请一位老板。"

莫妮卡说完，凯瑟琳和本杰明哈哈大笑，萧清赤裸裸地被奚落了。

留学生假期不回国，对每个家庭而言，都是一件大事，需要一个正当理由，或者不正当但也能让父母喜闻乐见的理由，比如为了谈恋爱。所以在和父母的视频对话里，萧清必须征得他们的谅解和同意，这就要求她必须撒谎,把为了书澈留下的不正当理由,说成是为了找律所实习职位的事业追求。

"怎么样,清儿,你妈现在步伐矫健吧?都是你爸我的功劳啊!"

"我一恢复正常,你爸就开始作威作福奴役我,他要把这一年来受的累都报复回来。"

"爸、妈,有件事我要汇报一下,希望得到你们的谅解。"

"什么事?"

"我本来已经准备预订暑假回国的机票了,但之前不是向几个大律所提交了简历和面试申请吗?我想:留在这边等等消息,看哪家律所可能给我一个面试机会。你们也知道:研一、研二之间的这个暑假,是找律所实习的最好时机,如果这个暑假找不到,开学就难找了,如果在硕士最后一年前都找不到在美国律所实习机会的话,那我几乎很难在毕业后拿到工作签证。所以,我想在这个假期里争取一下。"

"清儿,你现在计划JD毕业后留在美国、进入美国律所工作?"

"我想各种可能都尝试一下,留在美国进律所,也不排除回国工作,用几年时间确定一下:最适合自己的是什么。"

"太好了!妈支持你留在美国,别回来了。"

父母恢复了南辕北辙的日常互怼:

"你又来了。"

"你是看女儿听了我话不爽是吧?不服憋着!清儿,照此办理,妈现在生活完全能够自理、坚持康复,越来越好,不用你惦记,这个暑假可以不回来,一直不回来都行,我们想你了就飞过去看你,专心找实习工作,妈鼎力支持!"

"爸,我还没弄清楚自己的定位,未来的计划也没有确定,但我要尝试,尽可能把能试的都试一遍。"

"不管你怎么决定,只要是你认真、谨慎选择的,我都支持。"

第 23 章

　　萧云拍打老何的肩膀,勉励他终于跟上了自己的脚步:"要的就是你这个态度。"

　　结束和父母的视频,一扭头,萧清发现莫妮卡靠在她的卧室门框上。

　　"这个暑假你就不回国了?"

　　"是呀,我要等面试,我要进律所,还要照顾你。"

　　"难道不是不放心书澈,要帮他找工作吗?"

　　"不是。"

　　"呵呵,我觉得你对他比对自己都上心。"

　　"没有啦,我们是朋友,帮忙而已。"

　　"呵呵。"

　　莫妮卡翻了个白眼,甩给萧清一个"鬼才信你"的背影。

第24章

暑假开始了,就在萧清忙着给书澈找"大活儿"时,她自己的工作先迎来了历史性机遇,得到了一位大神的加持。安德森教授打来电话,说要和她谈一件事,萧清敲开了他办公室的门:"教授,您找我?"

"萧,你是不是给MTA律师事务所递交了求职简历?"

"是呀,在等回复。"

"上周我见了MTA三个合伙人之一的汤普逊(Thompson),他是我十年前的学生。"

如果能有一封安德森这种大神级别法学教授的推荐信,萧清向几大律所递交的求职简历的含金量会陡然增加,但之前她之所以不好意思开口请教授写推荐信,是因为没有这个自信,不知道自己是否优秀到教授愿意向律所推荐她。现在,他主动递上话茬儿,萧清决定觍着脸要一下:"您能帮我写一封推荐信给他吗?"

"你为什么不早点儿来求我呢?"

"这不好不容易才等到您递过来的话头儿吗?"

"清,记住:在美国求职,需要一种勇往直前的不要脸精神!汤

第 24 章

普逊告诉我:这几年他们律所承接的case,很多涉嫌违反《反海外腐败法》,违法行为多发生在美国境外,调查涉及的海外公司很多设在中国,所以他们急需一名熟悉中国国情、精通中英双语的法律专业助理或者实习生。"

"我!我!我可以!"

萧清急不可待地举手,安德森教授笑了。

"我也认为你可以!所以当面向汤普逊推荐了你。还有,今天叫你来,拿上我的推荐信。"

梦寐以求的教授亲笔推荐信就这样送到了眼前,萧清如获至宝,接过信封,咧嘴笑了:"谢谢教授!"

"还有一件好事告诉你,算我徇私舞弊提前走漏消息吧,鉴于你第一年各门成绩绩点均保持在3.5以上,奖学金评委会决定:第二年批准颁发你申请的校方奖学金。"

这个消息让萧清喜上加喜,硕士第一年一边上课一边打工忙得焦头烂额的努力终于有了结果。

"您今天演的是圣诞老人吗?"

"上帝的眼睛一定会看到努力的小孩,祝贺你,萧清!"

MTA是一家在旧金山排名前5、美国西海岸地区也能排进前20的著名律所,由合伙人马丁、汤普逊、安布罗休(女)三位律师领导,拥有上百名员工,规模很大。安德森推荐萧清的这个实习生职位,是给汤普逊律师做助理,安德森的推荐+成绩优异+中国籍背景,确保了萧清过五关斩六将后通关,但她还要过最后一关:汤普逊律师本人亲自面试。

汤普逊指定好一个面试时间,萧清如约来到他的办公室门外,秘书却告诉她:律师因为在外面谈工作超时,导致时间被耽搁了,无法赶回律所面试,又因为马上要去机场搭乘两小时后飞往中国的航班,所以只能请萧清前往他去机场途中的一家咖啡馆，20分钟后，在那里见10分钟面。

萧清拿上写有咖啡馆地址的便笺，还帮秘书带了一份律师中国之行的重要文件，用时18分钟，赶到了第二个指定地点。她气喘吁吁，刚进了咖啡馆，就接到汤普逊本人打来的致歉电话："对不起，萧小姐，我又被绊住了，必须立刻前往机场，去不了咖啡馆和你见面了。"

"今天都见不到了吗？"

"只能等我从中国回来再说了。"

"您去中国待多久？"

"10天行程。"

"10天……"

"能听出你很失望，如果不改变面试计划的话，我们只能在机场见10分钟面。"

"我立刻去机场！您的秘书还有一个文件袋托我转交，说是您要带往中国的文件。"

"哦，看来我们还必须见一下，可你不一定赶得到，我距离机场的路程比你要近。"

"我争取一下！"

"OK，如果你能的话。"

萧清一路狂奔，满头大汗地冲进旧金山机场国际出发厅，在旅客中穿梭寻找，没有找到著名的汤普逊律师的那张脸，肯定错过了，她沮丧地正要转身离开，却看见汤普逊迎面走来，不但没错过，她居然还比他早到了几分钟！

"您好，汤普逊律师，我就是被改约三次、约好在这里和你见10分钟的萧清。这是您的秘书托我转交的文件，这是安德森教授的

第 24 章

推荐信。"

萧清如同神兵天降的速度惊呆了汤普逊:"你是怎么做到的?"

"哪件事?安德森教授推荐我?"

"不是,我问你是怎么做到在我抵达前就赶到机场的。"

"我开到了交通规则允许的车速上限。"

"还要感谢你帮律所节省了联邦快递到中国的费用。"

"律师,您打算怎么面试我?"

"你通过面试了,等我从中国回来,就通知你到律所上班。"

"啊?通过了?您还什么都没有和我聊呢。"

"你向我证明了一个面对不靠谱的老板依然竭尽全力、使命必达的靠谱员工的素质。"

"您真要我了?"

"目前我要的这个职位,只是一个精通中文、熟悉中国法律的工人。"

"无所谓,对我来说都是机会。"

"如果你有野心寻求更大发展,那么在未来的工作里,展示给我看。"

"您会见到的!"

"我要登机了,等我回来见。"

"回来见!"

目送汤普逊律师走进安检口,萧清振臂欢呼:"耶!"她想不到跑了一段马拉松,自己就跑进了梦寐以求的MTA,创造了JD第二年就入职著名律所的风光履历。如此一来,她就有了校方奖学金和律所实习工资的双份收入,至少可以帮家里减免一半的学费和生活费负担,成功脱贫,一举致富。

书澈走进一家咖啡馆,站到柜台前等候,前面有一位女顾客正在下单,付完款一扭身,是缪盈。两人你看我、我看你,都尴尬得不知如何开口。

"嗯……"

"嗯……"

缪盈意识到自己挡在书澈和柜台之间,赶紧让开,走到柜台尽头,等候她的咖啡。书澈结完账,不得不再次走近她,缪盈没话找话:"暑假你不回国了?"

"嗯,你也不回了?"

"嗯。"

取了各自的咖啡,两人一前一后走出咖啡馆,书澈主动道别:"我走了。"

"拜拜。"

目送他的背影走远,缪盈突然不想这么让他走掉,鼓起勇气,叫住他:"书澈,我们能聊一聊吗?"

他走回到她面前。

"我从别墅搬出来了,自己租了一个小公寓。"

书澈沉默点头,表示:我听见了。

"一个人住,上学、下课、回家,好像又回到了清华的时候……"

书澈依然沉默,尽管心里翻江倒海。

"我听说……你爸让你跟他回国,因为这个你们不欢而散,他还……断了你的经济来源?"

书澈沉默点头,表示:是这样。

"那你未来的学费、生活费?"

"靠我自己。"

"暑假你要打工?"

"在找。"

第 24 章

"需要我帮忙介绍吗?"

"不用。"

他这一声拒绝,把她下面还想说的话堵截在嘴里,说不出口了。片刻冷场后,她拿出钱包,抽出一张信用卡,递到他面前:"我的信用卡副卡,你拿着,以防万一。"

他瞥了一眼她递来的信用卡,当然不会伸手接:"我不需要。"

他起身离开,她跟随而起:"这是我的银行卡,我自己的钱!"

"谢谢你的好意。"

但是,他的背影坚决说:No。

"是不是只要和我有一丝一毫联系,你都不想要?"

书澈头也不回地走了,缪盈依然被他拒之千里之外。

念念不忘必有回响,萧清的普遍撒网得到了收获,她曾经在旧金山一家华人旅行社打过工,做过两个月的地接带国内旅行团,和业务主管陈雷混成了哥们儿,这次,陈雷给了她一个符合书澈薪金需求的理想工作。

"赶紧想想怎么谢我,这回我可是给你拉来了一个高薪、高端的工作,我不信你能找着比我这个更好的暑期工!"

"别卖关子,快说!急死我了。"

"我们旅行社不是一直有接国内到美国考察大学名校的业务吗?之前到各所大学,校方都会派教职工或者学生接待、接受咨询,旅行社这边一直由地接带队。但客户考察回去后,还是反馈:普通地接对美国大学,尤其是名校招生、就读情况非常陌生,经常对家长们的问题一问三不知。我们正在想,怎么调整地接的员工来源和构成,你就送上门了!我和社长一说,一拍即合,就拿你当试验田了,尝试一下用名校生当地接,看看接待考察团的效果,客户满意的话,这个模式可以长期实行。"

"这种考察团一般几天行程？都去什么地方？"

"行程涵盖东西部，西岸旧金山、洛杉矶两地，东岸纽约、波士顿，20天，东部归那边分社管，我们只管西岸这两站。考察团一般由几个到十几个中国家庭组成，每家都有一个正在国内读高中或初中的孩子，未来一两年有送孩子赴美留学的计划，行程目的就是考察大学和留学生活环境。"

萧清觍着脸问："给多少钱？"

"你不是有名校光环加持吗？社里定的时薪标准比普通地接高一点，接一个团，9个工作日，5000美元，另外，客人给的小费归你自己。"

无论是工时还是薪金待遇，这个工作都太适合书澈了，萧清高兴坏了，给了陈雷一个大大的拥抱："发达了！谢谢你，陈雷！"

"明天你就来旅行社上班，需要做个岗前培训。"

"没问题，但……不是我。"

"不是你？那是谁？"

"这个工作，我是给一个叫Kris的朋友找的，男的，斯坦福商学院MBA刚毕业，又要读一个法学院JD的双硕士，开学后就是我同门师弟了，他来美国七年，对所有情况可比我熟悉多了。"

"不带这样的！我是给你争取的工作，是因为我了解你底细，怎么能临时换人、滥竽充数呢？"

"你才滥竽呢！比起他，我们都是滥竽。"

"我可是你恩人！"

"恩人！我错了！那个，我用人格担保他的优秀！"

"你还是用我看得见、摸得着的担保吧。"

"那就用我的美色吧。"

"他是你什么朋友哇？还要你出卖色相？"

"就给你看看，没别的。"

"我告诉你呀：这个团可全是土豪，连小屁孩都跟着大人全程五星级酒店和商务舱，个个不差钱！难伺候着呢！伺候不好就投诉要赔偿，你那人精朋友，我不了解他，真心不敢用。"

"那我和他一起干，行不行？"

"床你俩睡不睡一张？餐吃不吃一份？你们愿意，我可以，反正我只给一份薪水。"

"他一定行！"

"看把你热忱的，行！可以让他干，但你可给我兜着底儿。下面说说你怎么谢我，这辈子以身相许吧？"

"恩人，下辈子我给你做牛做马。"

几天后，书澈就成了接待来自首都北京"美国东西部名校亲子考察团"西部两城的地接导游。尽管上岗前已经做过心理建设，会遭遇个别奇葩人和奇葩事儿，但始料不及的是，整个考察团竟然大面积都是奇葩，8个家庭22名团员，基本组成都是壮年父母带一个初、高中生的儿女，这些家长都是中产以上的成功人士，把在国内的颐指气使的霸气惯性带到了美利坚合众国，不但视自己为上帝，而且他们的孩子，更是上帝的上帝。他们给地接导游的定位，就是为自己服务的人员，没有一个人会相信书澈来自比他们阶层更高的家庭。

书澈带大巴到机场接机，第一天的行程安排是：接机后直接带考察团去午餐，然后办理酒店入住，小休之后，前往斯坦福大学参观。接上考察团后，书澈站在大巴车前，向大家致欢迎辞："欢迎各位家长和小弟弟、小妹妹来到旧金山，你们一路辛苦了！我叫Kris……"

因为自己的姓氏太容易让人产生联想，尤其是接待来自国内的团，所以书澈刻意不使用中文名，但是，英文名让众人产生了不适："你不是中国人吗？中文名字叫什么？"

"各位叫我Kris就好。一个月前,我刚从斯坦福商学院毕业……"

一高中生孟楠惊叫起来:"哇!你是斯坦福的?"他对孟妈孟太太说:"斯坦福商学院,和哈佛商学院并列全美第一!"

孟太太顺口给儿子灌鸡汤:"那你要向人家看齐喽。"

"刚好,我们今天下午第一站行程,就是参观我的母校斯坦福……"

林先生举手发言:"Kris,趁这个时间,我们沟通一下行程问题。"

"请问您觉得行程有什么问题?"

林先生说:"我看了一下,行程基本是参观大学、博物馆、科技馆,这些项目安排时间过长,分配给游玩和购物的时间太少。出来前,我们也和你们国内的同事反映过,他们说,攻略是旧金山这边做的,让我们有什么诉求对你说,让你们这边来重新调整制定新行程。"

书澈环顾众人:"大家都希望游玩和购物时间多一点吗?"

众人七嘴八舌、纷纷附和:

"学校嘛,不都一个样吗?看看就行了。"

"孩子以后来读书,每天都窝在学校里,我们这次举家出行,也是希望带女儿一起玩玩,留个美好回忆,一直参观学校太枯燥了。"

"林先生代表我们全体的意见!"

书澈听懂了:"OK,今天回去我和旅行社沟通一下,今晚就给大家回复,现在我们先去吃饭。"

到了指定的高档中餐馆,考察团围坐两桌就餐,书澈顾不上吃,忙着和陈雷通电话,汇报刚才大巴上众人对行程安排的集体意见。

听完汇报,陈雷交代书澈:"我知道了,Kris,这样,你随机应变,每天还按咱们行程走,因为所有参观地点、行车路线、就餐地点都是统筹协调好、固定下来的，牵一发而动全身。具体走到哪个行程，他们不想看了，你就缩短时间、尽快结束，把他们拉到就近的大mall，往里一撒，咱就不管了，还乐得轻松呢。"

"我懂了。"

书澈挂断手机，一走回餐桌边，就见孟楠黑着一张小脸，正在为午餐和父母斗气："我不吃这个！就不吃！看着就恶心！"

孟太太："哪儿恶心了？色香味俱全，你还想怎样？你要吃什么？"

孟先生："哪能由着他吃不吃？只有这个，爱吃不吃！不吃饿着！"

孟楠顶撞他爸："我自己出去吃我想吃的，行不行？"

孟太太："哪能让你自己出去吃？你英文能跟服务员要到吃的吗？"

孟楠抬手一指书澈："让他陪我去！就在街拐角上，有家汉堡店，刚才坐车过来时我看见了，我就要吃那个！"

孟太太问："远吗？"

孟楠："不远，走过去10分钟，你们不用管我，让他带我去就好了。"

书澈说："对不起，我要在这里照顾大家吃饭。"

孟太太已经站到了儿子一方："我们吃饭不用照顾，要不你带孟楠去吃汉堡，他就喜欢吃那个，在国内每天吃。"

书澈申辩道："我不能为一个人离开整个团队，这是我的工作……"

孟先生一脸不耐烦地催促书澈："你带他过去买了就回来，能用多长时间？我们又不是小孩，不需要你分分钟盯着，有在这儿磨牙的时间，你带着他都回来了。"

孟楠起身站到书澈身边，命令他："快带我去！"

书澈无奈，只好带孟楠走出中餐馆，走向汉堡店。一路上，孟楠表达了对这趟美国之行居然还吃中餐的不满和抗议："都到美国啦，我们还是每顿都吃中餐吗？"

"大多数中国人的饮食习惯，受不了顿顿都是西式。"

"我就爱吃汉堡，我就受得了顿顿西餐。"

"我们在这边留学几年还是爱吃中餐，其实汉堡薯条也不是正经西餐，是简餐，说白了就是垃圾食品，少吃一点，你会健康很多，也会瘦下来。"

"不要你管！"

小屁孩的一句抢白，把书澈给整没电了。到了汉堡店，两人站在柜台前，开始点餐下单，书澈鼓励孟楠自给自足："你想吃哪种尺寸、什么口味，就跟服务生说。"

"我英文不好，你告诉他，我就要那个、那个，还要大薯条、喝可乐。"

"点餐只要基本日常用语，你就是蹦单个单词，他也听得懂，来试试，将来你来这里留学生活，张不开嘴就寸步难行。"

孟楠因为难堪，当场发作，怒吼着训斥书澈："让你要，你就替我要！废什么话？你每分钟的薪水都是我们家付的，你有义务给我服务！"

服务员和身后排队的美国顾客虽然听不懂中文，但都被这个中国少年当众大发雷霆吓到了，对他的无礼纷纷面露不屑。书澈不想把事态扩大骚扰到其他人，选择了忍耐，转头对服务生歉然微笑，帮孟楠点了他要的食物。

但是一出汉堡店，书澈就一把拽过孟楠，把他拉到一个避人的角落，不苟言笑地对他说了一段话："孟楠，我告诉你三件事：第一，对任何人说话都不可以像你刚才那样傲慢无礼，不然吃亏的早晚是你自己。第二，所有服务与被服务的关系，都不代表双方不平等，人和人之间无论人种、性别、贫富差异，人格一律平等，没有任何一种合理合法的不平等，所以，你不能凌驾于任何人之上，也无权对他人颐指气使。不然，最后吃亏的，还是你自己。第三，你多大了？"

"17。"

孟楠的声音露出胆怯，他被书澈的神态和话语震慑住了。

"明年你就是成年人了，或许还要来美国留学，你还有一年时间，为成人和独立做准备。在这里，凡事自食其力才叫牛，伸手向父母要、不劳而获会被当作低能和脑残。如果你永远指望别人为你代劳，下场就是——叫天天不应、叫地地不灵！懂吗？"

"懂。"

孟楠惶惶点头，书澈径直往前走去，孟楠亦步亦趋赶紧跟上他。回到中餐馆，考察团都吃完了，剩下两桌残羹冷菜，书澈刚在桌边坐下，狼吞虎咽，随便塞两口剩饭剩菜，孟先生就来到他面前，一脸兴师问罪："Kris，你刚才对我儿子说什么了？一个大人欺负小孩算什么本事？"

"我没有欺负他，只是作为大哥哥，教育了他几句。"

"教育他是我们父母的职责，轮得着你吗？不要把嫌麻烦的怨气发泄到小孩身上，你服务，我们都是花了大价钱的！"

"算了算了，别和他计较。"

孟太太过来拉走了孟先生，书澈如鲠在喉，这饭没法吃了。

经过在酒店短暂休息，大巴载着考察团驶入斯坦福大学椭圆形广场，广场中央有一个圆形花坛，中间大大的S就是Stanford的首字母。书澈率领众人下车，走过著名的棕榈大道，前往中心广场。站在纪念教堂前，眺望胡佛塔，环顾四周的商学院、地学院、教育学院、工学院、法学院、医学院,所有人都被这座校园的宏伟肃穆震撼了。书澈带着骄傲自豪,介绍他的母校:"如果说哈佛、耶鲁代表美国传统的人文精神,那么,斯坦福则是21世纪科技精神的象征。它被评为全美第五名明星级大学,全美学术排名第一。最新公布的全美研究生院排行:工程学院全美第二,教育学院全美第二,商学院高居第一,法学院也位列前五。"

孟先生提问:"想上斯坦福大学,大概需要什么样的成绩?"

"在国内申请美国大学,托福成绩至少要在600分,这是门槛。申请斯坦福本科,需要参加SAT美国高考,中国内地不设这个考试,可以去香港考,可以多次考试,用最好成绩申报,斯坦福最低也要2200分,高中达到省重点学校年级排名前十、拿过奥赛金牌,还有文艺、体育特长,这些都有加分指标。"

孟先生问孟楠:"你参加SAT能拿到2200分吗?"

孟楠翻了个白眼:"打死我也不能!"

林先生插嘴问:"名校太高端了,能考上的都是学霸中的学霸,不适合大多数孩子。我想问问:在国内听过美国有很多非常容易申请上的大学,门槛不那么高,我也不指望自己孩子成为人尖儿,出国有个大学上就行,不能多介绍介绍这种学校吗?"

"美国大学基本分为四类:国立,就是联邦政府出钱办校,除了几所军校,美国基本没有国立大学。公立,主要是州立。最好的大学,基本都是私立。私立名校,个个富可敌国,校友捐款基金会交给华尔街职业经理人打理,投资股市,不断升值,学校每年为花钱发愁,不停翻新校舍、增发奖学金,甚至推进在校学生学费全免,因为必须花掉捐助基金总额的5%才能免税,这些名校小金库,比一个小国的GDP还多。所以只要考进名校,其实可以省钱,甚至不花钱。美国高等教育体系,最高级的无疑是研究性大学,次之是本科教育，最低一等是社区学院，相当于国内的中专、大专。根据教育部资料库认证，全美大概有6900家高等教育机构。所以说，美国各级大学虽然不能说产能过剩，但基本应有尽有，高等教育资源供给充足。激烈的人才竞争，主要集中在排名前100的大学；排名往后的，百分之八九十的申请者都可以被录取，比中国高考录取率高多了；排名300开外的大学，只要高中毕业、英语达到最低标准，交钱就能上。"

林先生听得很高兴："是不是还有学校明码标价出售文凭？甚至博士、博士后学历都有的卖？给我们介绍介绍这方面的信息。"

"买学历在这边很容易被查出来，没有帮助，还适得其反。"

林先生："拿回国还是有用嘛，毕竟国内不了解这边情况，只要出国镀上一层留学金，谁清楚你是真金还是假金？"

关于买文凭和假学历的话题，书澈不屑多谈："我对这个不清楚，您可以去留学中介机构咨询一下。其实花大钱送孩子来这边读一个不好的大学，无论对他留在这边就业还是回国发展，意义都不大，无非增加了一些国外生活经验。但如果把出国留学的几年留在国内学一门专业技术，积累国内职场经验，比花钱在美国上个野鸡大学、混个文凭有意义得多。很多家长送儿女出国留学混文凭，是对孩子前途和时间的双重浪费，也是家长推卸责任、寄望别人帮自己教育孩子的双重不负责任。"

他的精英教育观点，引起了林先生的不满："你的意思是，我们孩子成绩不行考不上名校就不要来了？量力而行念个一般学校就是浪费？"

"不是说一般大学毕业就没有前途，但无论留这边还是回国，毕业求职会遭遇更大困难，学历竞争力会弱一些。而且，在国内依赖父母、生活无法自理的小孩一旦被送到国外，就会遭遇语言、适应、学习、生活全方位障碍，寸步难行，可能会把自己与同学、群体和社会隔绝开来，造成自闭，又由于缺乏监管失去自控，浑浑噩噩混日子，几年一混而过，浪费金钱，虚度时间。所以，留学是机遇，也可能是误区；它会历练你、打造你，也有可能荒废你、毁掉你。"

林先生听得越发不顺耳，甩手走了。

孟先生凑近书澈，接着问："我在国内听说美国也有家长给名校捐款，孩子就会被录取的先例。这是不是说美国大学也有捷径可走？也是有钱就能通行的地方，没有钱解决不了的问题？"

"的确有，如果你爸是斯皮尔伯格、你妈是梅丽尔·斯特里普，会有大学上门求你去他们学校念书的。"

孟先生听出书澈在讥讽，脸色一变，语气蛮横："你就说，你们斯坦福，需要捐多少钱才能上？"

一个斯坦福学子的骄傲，岂能容许母校被如此市侩地亵渎？

"很抱歉，我没法回答你。2010年，中国籍耶鲁大学硕士毕业生张磊向母校管理学院捐赠888万美元！我不确定耶鲁会不会因此给他的孩子入学开一扇方便之门。"

这句回答，引爆了孟先生的怒气："你是来提供服务的，还是居高临下来指导我们的？斯坦福毕业了不起呀？告诉你，年轻人，从现在算起，你就算奋斗十年，都未必能达到我们这些人的成就。跟我炫精英、比成功，你还嫩得很！敢不敢回国找工作，挨一挨现实的大耳刮子？让我看看到底有没有人把你当精英供着，月薪10万把你八抬大轿给请去？"

林先生杀了个回马枪："孟先生说得对，我们这些父母没别的，就是有钱！我们愿意花钱省事儿，让孩子少吃苦、不受累；不像你，父母提供不了好条件，还要自己一边打工一边上学，这就是命！"

忍耐，忍耐，唯有忍耐。书澈这才体会到萧清经历过的不易，打工之不易，不在于辛苦，而在于尊严。

书澈带团返回酒店时，萧清正坐在大堂里等他。等书澈宣布完第二天早上的集合时间、解散考察团后，她起身走过去招呼他："可以下班了吗？"

"你怎么来了？"

"办完事经过这里，就想干脆等你回来一起吃个饭。这个工作怎么样？你好像很累的样子。"

"一言难尽……"

来不及细说，孟先生、林先生和张先生一起来到两人面前。解散后，这三位没有和家人返回房间休息，交头接耳，开了个小会，决定一起结伴向导游提要求。萧清没想到她亲眼看到了书澈和三位男士的又一次冲突。

孟先生："Kris，有件事需要你帮忙。"

"您说，我尽力而为。"

林先生："很容易，你知道哪儿有赌场吗？"

"我不知道。"

林先生："在这儿待了这么多年，哪儿有赌场都不知道？真的假的？你Google一下，查出具体地址，带我们过去。"

书澈没有动。

林先生催促他："赶紧查呀！另外，只有张先生没看过脱衣舞，他想见识一下，你把我们送到赌场，不用你陪，但你要陪一下老张，他不会英文，连小费都不知道怎么给。"

"对不起各位，你们提出的要求，不在我服务范围之内。"

张先生掏出钱包，抽出两张钞票，递给书澈："不会让你白做的，我马上付你小费，200美元够不够？"

"明天我还要继续工作，所以现在我要回去休息，抱歉。"

张先生："你是不是嫌钱少呀？"

孟先生："他还真不是！老张，这孩子傲娇得很，心里指不定怎么看我们呢。这样，Kris，我们不打扰你休息，你回家休息个够，明天还要不要你继续工作，我们和旅行社聊一聊再说。"

第一天工作，书澈就创造了被考察团集体投诉、被集体要求罢免的"辉煌"业绩。两人一起吃晚饭时，听完书澈的讲述，老江湖萧清的抵触比他还强烈："这个团，简直是一群行走的误区。"这时书澈手机响了，他看了一眼来电显示，对萧清做了一个"嘘"的手势："陈雷打来了。"

她预感不妙，竖起耳朵听两人通话，听到陈雷一张嘴就怒气冲冲："集体投诉要求换你是什么节奏？第一天就搞到众矢之的，你都做了什么？"

"我没有……"

"我没时间听你解释，你现在在干什么？"

"吃饭。"

"做好心理建设：如果今晚不向考察团全体道歉，明天你只能下岗了。"

"我没什么需要向他们道歉的。"

"吃完饭回旅行社见我！"

书澈闷头继续吃饭，手机铃声又响了，这回是萧清的，她一看，还是陈雷。给书澈打完电话后，他给她打来了。

"陈雷……"

"你那哥们儿，太傲娇！太牛了！客户集体投诉他，都要起义了！他这人可有点轴啊，跟客户较什么劲？他们愿意上野鸡大学混文凭就让他们上，你管他们浪不浪费生命？他们孩子的人生，他们都不负责任，你对这些孩子有责任、义务？赌场、脱衣舞，怎么就不能带人家去看看？跟着蹭吃蹭喝，几小时多挣几百美元，不划算吗？他不是要挣学费、生活费吗？"

"我也不认为他有什么错！"

说完这句话，萧清抬眼看到书澈深深凝视自己的目光。

"嘿！斯坦福把你们惯得都这么牛，那我明天只好换人了。"

陈雷又一次挂了电话。

书澈对萧清歉然地一笑："何必为我得罪你的朋友？"

萧清心里替书澈憋闷，用筷子使劲戳馅饼，他的筷子伸过来，从她的暴虐下拯救了满是窟窿的馅饼："馅饼君又没得罪你，我还吃呢。"

走出中餐小馆，萧清问书澈："你去哪儿？"

"回旅行社。"

"真要向他们道歉？"她不愿意让他回去忍受向陈雷、向考察团全体道歉的委屈。

"我不能让陈雷觉得你的朋友这么不靠谱。"

这份工作是萧清开来拯救自己的诺亚方舟，为了她的情意和信誉，他的傲气和尊严可以折损。萧清心里突然有了一个主意，这个想法让她顿感快意恩仇、浑身松爽。所以，书澈问她去哪儿时，她对他撒了一个谎。

"你呢？"

"我？回家。"

萧清跨上自行车，挥手告别书澈，她要在他接受陈雷训斥的这段时间里，一举改变他的不利处境，让他从众矢之的变成被众人跪舔！萧清的方法简单粗暴，但行之有效。

书澈在旅行社听完陈雷训斥，做出即刻返回酒店向考察团全体人员道歉的承诺。他把车停在酒店外，一眼看到了萧清的自行车靠在墙边。她不是已经回家了吗？怎么又回到这里了？

带着狐疑，书澈乘电梯上楼，迈出电梯门，刚拐出电梯间，就看见走廊尽头站着萧清和两个男人的身影，双方正在对话，因为走廊的回声效果，他们的对话被听得清清楚楚，书澈正好听见了萧清耀武扬威的嘚瑟宣言："知道在你们眼中父母提供不了好条件，只能自己打工赚学费、生活费的穷孩子是谁吗？他中文名姓书，对，就是现任××市副市长的那个书，那是他爸！"

孟先生惊诧地问道："Kris姓书？"

"他怕一说出自己叫什么，你们就能猜到他是谁。"

林先生还有点怀疑："市长的儿子，还用自己打工？"

"因为我们都以自食其力为荣，以伸手向家里要钱为耻。你们要换作他，会不会不太和谐？慎重考虑一下你们的投诉吧。"

任务完成，萧清得意扬扬地收兵而去。不用看，她就能猜到身后那两张脸上惶恐不安的狼狈表情。一边走，一边窃笑，迈着魔幻的脚步，转过拐角，戛然止步，笑容石化，她的面前，戳着书澈一张铁青的脸。

萧清小碎步，低三下四、做贼心虚地一路追赶书澈出了酒店，追到他车前，被他一顿怒喷："谁让你背着我回来找他们的？"

"是我自作聪明，但其实，我确实很聪明！你看他们的反应，尽在我的掌握之中。"

"你不觉得自己的行为……让人作呕吗？"

所以我只能背着你偷偷干啊！萧清给自己找辙。

"啊……是有点，不过对付这帮势利鬼，就得用势利招儿。我保证他们明天集体变脸，360度无死角跪舔你。"

"你这种助攻，我宁可不要！"

萧清因为无耻助攻被书澈彻底拉黑，打手机不接，发微信不回。

第 24 章

这一夜,书澈没有接到任何让他终止工作的通知,所以第二天一早照常出门,前往酒店接团,一眼看见萧清守在他家门外,左手一个袋,右手一个袋,里面装着两人的早餐:汉堡和咖啡。

一见到他,她手举两个袋子,笑得龇牙咧嘴,谄媚外露地跑过来:"你一定顾不上吃早饭,我买了咱俩的……"

书澈视而不见,径直打开车门,坐进驾驶室,汽车一溜烟开走了。扔下萧清站在汽车的尾气里,手拎俩个袋儿,干瞪眼。

但是,一走进酒店大堂,书澈就感受到了立竿见影的效果!考察团员破天荒地一个不少,在大堂里集合完毕,等待他的到来。22张笑脸整齐划一地迎接他,像22朵面朝太阳的向日葵,包括昨天对他声色俱厉的孟先生、林先生和张先生。这个场面让书澈恍惚。

孟太太第一个热情招呼他:"Kris,吃早饭了吗?我们给你准备了一份,一会儿在车上吃。"

"谢谢。大家都到齐了吧?可以出发了吗?"

众人齐刷刷点头服从,一个一个经过书澈,纷纷向他慰问致意。

"辛苦你了Kris!"

"麻烦你了Kris!"

书澈有点懵,在内心不得不承认:集体对他变脸儿,得益于萧清的助攻。这一天的行程,气氛愉快和谐,吆三喝四、颐指气使全都无影无踪。大巴上还出现了一个有趣的细节,孟楠突然伸过头来,悄悄问了书澈一句:"你爸真是市长?"

书澈不得不点头承认。

"你真是自己考上的斯坦福?自己打工挣钱交学费?"

书澈点头确认,孟楠不说话了,一路都在低头想着他的小心思。结束第二天带团工作,书澈走出酒店,走向停车场,一辆自行车突然冲过来,一声急刹停下,萧清充分演绎出了一种他乡巧遇故知的惊喜："哇！好久不见，你怎么会在这里？要不要坐下来一起叙个旧？"

不屑于她的把戏，书澈绕过萧清，她再一次沐浴在他的汽车尾气里。

"这么不要脸了都不行？唉，脸皮厚起来，连我自己都害怕。"

萧清臊眉耷眼、度日如年地过了几天被书澈嫌弃的日子，一直到他带团去了洛杉矶，悲惨境遇都没有丝毫改善。算计着这天晚上书澈应该从洛杉矶返回了，她给陈雷打了个电话，索要书澈航班抵达时间。萧清期盼着自己觍着脸去接机，在他风尘仆仆走出机场的一刻，浑身疲惫因为见到她一扫而空，然后，解除她的封印，恢复两人的邦交。

刚一挂断陈雷的电话，萧清就见缪盈朝她走来。

"嘿，萧清。"

"嘿，缪盈。"

"咱俩好久没见了，暑假你也没有回国，忙什么呢？"

"乱忙一气，找律所实习。"

"找到了吗？"

"找到了，MTA。"

"大律所啊，恭喜你！"

"呵呵，你怎么也不回国了？"

"回去见谁？我爸吗？你最近经常见到书澈吧？"

被缪盈这么一问，萧清说不清楚自己为什么会尴尬："有……但不多。"

"今晚一起吃晚饭吧？正好有件事儿，我想和你聊聊……"

那个时间，正是萧清前往机场接书澈飞机的时刻："晚饭……不行，我有个事儿。你想聊什么？"

第 24 章

"哦,我知道书澈正在找工作,我朋友那边有个不错的职位,但不能说是我介绍的,他不会去,所以想请你说是你朋友,我和那边也打好招呼了……"

"没问题,咱俩晚一点儿见吧,8点半或者9点以后,完事儿了我给你打电话,具体在哪儿见,到时候再约。"

"OK,我等你电话。"

萧清和缪盈约好当晚八九点以后见面,书澈也在洛杉矶机场给结束了西部两城9天行程的考察团送行,送他们登上飞往纽约的航班,他和每个人拥抱、握手道别,大家纷纷向他表示感谢和不舍。

孟先生还带着歉意:"Kris,这趟辛苦你了,感谢你的招待,更感谢你提供给我们有价值、有帮助的留学信息,我们有什么不合适的行为、说了什么不当的话,也请你多包涵,再见了!"

孟楠从孟先生、孟太太之间的缝隙里挤到书澈面前:"Kris哥哥,我一定要像你一样,来美国留学,自己点餐、自己打工,谁也不靠。"

孟太太惊叹:"哟!这话说得妈妈心花怒放。"

书澈和孟楠拉钩为约,一直把考察团送进安检通道,他才去搭乘自己的飞机飞回旧金山。

晚上8点半,到了和萧清约好的时间,缪盈给她打去电话:"萧清,咱们在哪儿见面?我现在可以去你家找你。"

此刻的萧清还等候在机场抵达厅里,因为书澈的飞机延误了:"不好意思,缪盈,我来机场接个朋友,他飞机延误了,我一时半会儿回不去,咱俩明天见行吗?"

"OK,那明天中午,电话沟通。"

缪盈挂断电话,不知道哪儿来的一种预感,她隐隐约约觉得萧清接机的那个朋友、那个听不出性别的TA,就是书澈。她忍不住想去亲眼看看，想去验证什么，是，或者不是，这个念头无法克制……缪盈发动保时捷，开往能找到萧清的地方。

书澈家窗口一片漆黑，显示他并不在家。但是，缪盈看到了萧清的自行车，就停在书澈家门外，这是他和她最近频繁在一起的铁证。缪盈的心往下坠，她决定等在这里，一直等到书澈回来，或者，等到他俩一起回来，给自己的怀疑一个答案。

走出机场抵达厅，经过他和萧清的"老地方"，书澈停下脚步，笑了起来，她席地而坐，背靠柱子，脑袋一点一点，打着瞌睡。他走到她的面前，蹲下身，凝视她睡着的样子。他何曾有过一秒生她的气？

书澈把车开回家，萧清还在副驾驶座上酣睡，她等待延误的航班等得太久，困得要死，上身一路向他这边倾倒，他送上肩膀，撑起她的脑袋，她靠上他的肩，睡得死去活来、心安理得。

书澈从什么时候开始意识到，萧清对他，不仅仅是一个哥们儿的？此刻？还是更早？

轻若鸿毛，他吻了一下她的额头，以她察觉不到的温柔。

就在他们对面，坐在熄了车灯的保时捷里的缪盈，透过书澈的前风挡玻璃，清清楚楚地看到了这一吻。在心碎成一地残渣前，她竭尽全力控制住自己，启动车子后倒车，无声地退进了夜色中。

图书在版编目（CIP）数据

归去来. 2 / 高璇，任宝茹著. —北京：中国友谊出版公司，2018.4
ISBN 978-7-5057-4371-7

Ⅰ. ①归… Ⅱ. ①高… ②任… Ⅲ. ①长篇小说－中国－当代 Ⅳ. ①I247.5

中国版本图书馆CIP数据核字（2018）第082053号

书名	归去来. 2
作者	高　璇　任宝茹
出版	中国友谊出版公司
发行	中国友谊出版公司
经销	新华书店
印刷	北京嘉业印刷厂
规格	880×1230毫米　32开 9.5印张　230千字
版次	2018年6月第1版
印次	2018年6月第1次印刷
书号	ISBN 978-7-5057-4371-7
定价	42.00元
地址	北京市朝阳区西坝河南里17号楼
邮编	100028
电话	（010）64668676

如发现图书质量问题，可联系调换。质量投诉电话：010-82069336